KB114830

天魔神教
洛陽本部

천마신교
낙양본부

천마신교 낙양본부 20

정보석 新무협 판타지

초판 1쇄 찍은 날 § 2022년 1월 6일
초판 1쇄 펴낸 날 § 2022년 1월 13일

지은이 § 정보석
펴낸이 § 서경석

편집책임 § 이준영
디자인 § 노종아

펴낸곳 § 도서출판 청어람
등록번호 § 제387-1999-000006호
등록일자 § 1999. 5. 31
어람번호 § 제2-2899호

주소 § 경기도 부천시 부일로 483번길 40 서경B/D 3F (우) 14640
전화 § 032-656-4452 팩스 § 032-656-4453
http://www.chungeoram.com
E-mail § chungeorambook@daum.net

ISBN 979-11-04-92409-5 04810
ISBN 979-11-04-92204-6 (세트)

天魔神教
洛陽本部

정보석 新무협 장편소설

FANTASTIC ORIENTAL HEROES

천마신교
낙양본부

20

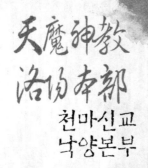

天魔神教
洛陽本部
천마신교
낙양본부

次例

第九十六章　　　　　　7

第九十七章　　　　　　65

第九十八章　　　　　　125

第九十九章　　　　　　187

第一白章　　　　　　　251

第九十六章

운정과 제갈극이 소론 왕을 부른 것은 11시경이었으나, 그가 도착한 것은 12시가 넘어서였다.

　　그런데 뜻밖에도 시아스가 그와 함께 왔다.

　　그녀가 말했다.

　　"첫 시간부터 함부로 빼시려고 하면 안 되죠, 마스터. 그래서 이제 온 거니까 나무라지 마세요."

　　그녀는 소론 왕을 대신해서 말했다.

　　운정은 고개를 끄덕였다.

　　"좋은 자세다, 시아스. 혹 너도 자리하겠느냐? 이는 신무당파의 일이기도 하니, 정식제자인 너도 이에 관해서 들을 자격이 있다."

시아스는 잠시 소론 왕을 돌아보고는 말했다.

"좋아요, 마스터."

그녀는 소론 왕을 운정의 왼편, 그러니까 제갈극의 맞은편으로 안내했고, 본인은 그 옆에 앉았다.

운정이 말했다.

"필립."

소론 왕이 대답했다.

"예, 마스터."

"그때 방 안에서 약조했었지. 신무당파가 소론의 안녕을 지켜 준다면, 얼마든지 신무당파의 제자가 되겠노라고. 그리고 이후 소론의 왕으로서도 신무당파의 규율을 수호하겠노라고."

소론 왕은 고개를 끄덕였다.

"그렇습니다, 마스터."

운정이 그를 바라보며 말했다.

"델라이에서는 네 부탁을 거절했지만, 나는 델라이와 상관없이 너를 도와주려고 한다. 그 전에, 아시스가 염려한 것이 무엇인지는 잘 알지?"

"알고 있습니다. 저를 통하여 중원의 무공이 유출되는 것을 염려했었지요."

운정이 고개를 끄덕이며 시아스를 보았다.

"아시스는? 왕궁으로 돌아갔느냐?"

시아스는 고개를 저었다.

"아시스는 매일 아침 10시에 와서 6시가 될 때까지 남아 연공해요. 아마 아직도 있을 거예요."

"그럼 그녀를 지금 불러올 수 있겠느냐?"

"글쎄요, 제가 부른다고 올 애는 아닌데요? 마스터께서 직접 말씀하시면 몰라도."

운정은 자리에서 일어나며 말했다.

"그러면 내가 아시스를 불러오겠다. 참고로 제갈극이 소론에 지원을 가는 것은 이미 결정된 것이니, 너희들끼리는 그에 관해서 미리 논의하고 있어도 좋을 것이다. 제갈극?"

"왜 그러느냐?"

"대량 학살에서 벗어나는 방향으로 부탁한다."

"칫, 알겠다."

당부한 운정은 마스터 룸에서 나갔다.

그길로 연무장에 갔는데, 그곳에는 아시스가 홀로 무공을 익히고 있었다.

"핫, 타핫! 하핫!"

기합 소리와 함께 올곧게 뻗어진 검에선 태극검법의 묘리가 짙게 묻어 있었다. 내력의 순환을 제외하고 오로지 외공의 관점에서만 바라본다면, 완벽하다고 할 수 있는 수준이었다.

시아스도 그렇지만, 아시스의 자질도 범인의 수준을 아득히 넘어가는 수준이다.

운정은 복도 안쪽으로 모습을 숨겨 그녀의 집중이 흐트러지지 않도록 했다. 때문에 그녀는 운정이 온지도 모르고, 계속해서 검법을 펼쳤다.

운정은 차분히 그녀의 모습을 보며 끝나기를 기다렸다.

그때 입구 쪽에서 한 남자의 목소리가 들렸다.

"아시스? 열심이네 아주?"

지금까지 세밀하게 모아져 있던 그녀의 집중이 그 말소리 하나에 완전히 흐트러졌다. 검 끝이 떨렸고, 다리를 헛디뎠다.

겨우 자세를 회복한 아시스는 이어서 검법을 펼치려 했지만, 이미 깨진 집중은 마치 바닥에 뿌려진 물과 같아서 다시 모을 수 없었다.

그녀는 결국 검을 아래로 내리고 연무를 멈췄다.

"말 걸지 마, 한슨."

한슨은 한쪽 입꼬리를 올리더니, 한 기둥에 몸을 살짝 기대고는 말했다.

"열심이야 아주. 응? 그렇게 열심히 하면? 그런다고 날 압도할 수 있겠어? 네가 아무리 검술 실력이 좋고 교육을 잘 받았어도, 여성의 몸으로는 한계가 있어. 흑기사를 봐 봐. 여자가 얼마나 있나? 그러니 그리 노력해도 달라지는 건 크게 없어."

아시스는 그를 완전히 무시하고는 다시 검을 앞으로 뻗었다. 태극검법의 기본 자세부터 다시금 연공하려는 듯했다.

하지만 한슨은 계속해서 빈정거렸다.

"그리고 설사 나를 이기게 된다고 해서? 그래서 달라지는 게 뭐라고 생각해? 응? 착각하지 마. 네가 머혼가를 이어받을 수 있을 거라고 생각해? 네가 나보다 검 좀 더 잘 휘두른다고, 태어날 때부터 정해진 게 바뀔 수나 있겠냐고?"

부웅.

휙, 휙.

아시스는 무표정한 상태로 그의 말에 아랑곳하지 않고 검법을 펼쳐 나갔다. 하지만 그 검은 전보다 투박했고, 세밀하지 못했다.

한슨이 그것을 보다가 툭 하니 말했다.

"아시스, 다리에 힘이 너무 들어갔어. 특히 왼쪽에 말이야. 내가 항상 말하잖아? 그거 신경 쓰라고? 응? 파인랜드의 검술을 펼칠 때도 항상 있던 버릇인데, 중원의 무공을 익히면서도 똑같네?"

한슨의 도발에 아시스의 태극검법은 더욱더 엉성하게 변해 갔다. 그뿐만 아니라 그녀의 무표정한 얼굴에도 점차 감정이 떠오르기 시작했다.

"하앗!"

조금은 짜증이 섞인 기합과 함께 아시스의 검이 멈췄다.

분명 앞 찌르기인데 사선으로 움직였다.

그에 따라 한슨의 한쪽 입꼬리는 더욱더 올라갔다.

아시스는 입술을 살짝 깨물고는 다시 검을 잡아 휘두르려 했다.

그런데 그때 우연치 않게 아시스의 눈에 운정이 들어왔다.

운정의 눈빛은 한없이 부드러웠다.

그리고 그 부드러움은 아시스의 굳은 마음에 스며들었다.

그러자 그녀의 얼굴이 편안해졌다.

"타핫! 탓!"

이후 이어진 검격.

그것은 날쌔고 부드러웠으며 동시에 빠르고 정확했다.

지켜보던 한슨의 입꼬리는 순식간에 제자리를 찾았다.

그는 더 이상 기둥에 비스듬히 기대지 않고 똑바로 섰다.

그리고 진지한 눈빛으로 아시스를 바라보았다.

"하핫! 하! 하핫!"

아시스의 검격은 시간이 지나면 지날수록 예리해져만 갔다.

이를 지켜보던 한슨의 두 눈도 마찬가지로 좁아져만 갔다.

아시스는 마지막 초식을 끝으로 검을 내리더니, 아름다운 미소를 머금으며 한슨에게 말했다.

"한슨, 나랑 한번 비무 해 볼까? 진검으로."

한슨은 즉답했다.

"좋아."

그는 허리에 착용한 아밍소드를 뽑아 들더니 아시스에게 달려왔다. 아시스는 신무당파의 미스릴 검을 강하게 잡은 채로 그를 향해 뻗었다.

그때 한슨은 이미 아밍소드를 휘두르고 있었다.

챙!

채-앵!

거침없이 휘두르는 한슨의 검격에는 파인랜드 아밍소드 검술의 묘리가 그대로 담겨 있었다. 아밍소드 검술은 총 5가지 자세와 3가지의 공방으로 이뤄져 있어, 한 자세에서 시작하여 검을 휘두르고 다음 자세에서 끝나는 것까지, 모든 조합을 따지면 총 45가지가 된다. 한슨은 이 45가지를 자유자재로 사용하며 끊임없이 아시스를 압박했다.

몸무게도, 검의 무게도 한슨 쪽이 무거웠다. 그리고 기본 근력 또한 한슨 쪽이 강했다. 그러다 보니 한 번, 한 번의 충격으로 몸에 쌓이는 피로도는 아시스 쪽이 월등히 많았다.

아시스는 힘을 감당할 수 없을 때마다 뒤로 물러났고, 한슨은 그 기세를 몰아 계속해서 맹공을 퍼부었다. 그렇게 아시스는 연무장 끝까지 내몰려서 더 이상 물러날 곳이 없게 되었다.

그때 한슨이 살짝 틈을 보였다. 아시스는 그 틈을 놓치지 않고 그대로 미스릴 검을 찔렀다. 그런데 그 순간 한슨의 몸이 빙글 돌며 그 찌르기를 피해 내고는, 양손으로 아밍소드를 잡으며 하늘 높이 들었다. 일부러 틈을 보였던 것이다.

양손.

상하.

회전.

이 세 가지가 모두 합친 한슨의 일격은 아시스가 검으로 막는다 해도 그 검을 그대로 눌러 그녀의 몸이 찍을 것이 분명했다.

부-웅!

엄청난 속도와 함께 아밍소드가 내려오는데, 그 순간 아시스의 몸이 흔들렸다.

탁. 탁. 탁.

아밍소드가 아시스의 몸에 닿기 일보 직전, 그녀의 발이 반투명하게 변하며 여러 개로 늘어났다. 그 발들은 짧은 시간을 쪼개 여러 번 땅을 밟았는데, 이상하게도 그로 인해 들리는 발소리는 오로지 세 번뿐이었다.

무당파의 태극보법은 중원에 있는 모든 보법에 지대한 영향을 미친 것으로, 오래전에 만들어진 것임에도 지금까지 유실되지 않았다. 그것만으로도 그 위력은 두말할 필요가 없다.

쿵-!

바닥에 박힌 아밍소드는 큰 소음을 냈다.

"아니?"

한슨은 고개를 돌려 아시스의 모습을 찾으려는데, 순간 목에서 느껴지는 서늘한 기운에 차마 목을 끝까지 돌릴 수 없었다.

"패배를 인정해, 한슨."

어느새 반 바퀴를 돈 아시스의 검 끝은 한슨의 목을 매섭게 노리고 있었다.

한슨은 이를 악물었다.

그가 아밍소드를 잡은 손에 힘을 주려 하자, 아시스가 검을 앞으로 내밀어 한슨의 목 주면을 살짝 베었다.

피가 흘렀다.

"패배를 인정해, 한슨."

목 언저리에서 화끈한 느낌을 받은 한슨은 결국 아밍소드를 버릴 수밖에 없었다.

그러자 아시스가 검을 거두었다.

한슨은 얼굴을 잔뜩 일그러뜨리더니 말했다.

"다시 해."

아시스가 뭐라고 말하려는 그때, 한쪽에서 이를 지켜보던 운정이 말했다.

"미안하지만, 내가 지금 아시스가 필요하다. 그나저나 한슨, 아까 아침 무공 수업 때 보이지 않더구나. 어디 있었느냐?"

한슨은 운정을 보더니 코웃음을 쳤다.

"어제 밤늦게 집에 들어가서 못 일어났습니다. 왜요? 벌이라 도 내리시렵니까?"

운정은 고개를 끄덕였다.

"그렇다. 앞으로 2시까지 아침에 하지 못한 연공을 하고, 이후 오후 수업에도 참석하여 4시까지 연공하거라."

한슨은 어이없다는 듯 피식 웃더니 말했다.

"전에 저택에서 봤을 때랑 아주 달라지셨습니다. 하하하."

"……."

"됐습니다. 이딴 애들 놀이 난 그만할 겁니다, 운정 도사. 난 이제 신무당파의 제자가 아닙니다. 그러니 내게 이래라저래 라 하지 마십시오. 그리고 아시스 너, 최근에 장군이 됐다고 아주 기고만장해졌는데, 아버지가 널 장군으로 앉힌 이유를 착각하지 마라. 앞으로 장차 나를 보필하라고 주신 거니까. 알아들어?"

그는 목에 난 상처를 손으로 쓸고 나서 묻은 붉은 피를 내려다보았다. 그러곤 욕설을 지껄이며 신무당파 밖으로 나갔다.

그러자 아시스가 툭 하니 말했다.

"마스터, 신무당파에는 탈퇴 조건이 있지 않나요? 죽음이라던가. 죽음이라던가. 혹은 죽음이라던가."

운정은 피식 웃었다.

"네게 그런 유머 감각이 있는 줄은 몰랐구나."

아시스는 미스릴 검을 검집에 넣으며 말했다.

"의외로 좋아요. 아무튼 저를 찾으셨다고요?"

"소론 왕과 이야기를 나누는데, 그 대화에 네가 없으면 안 될 것 같아서 말이다. 당시 내가 소론 왕과 남아서 나눈 대화도 궁금할 테니 나와 같이 마스터 룸으로 가자."

그 말에 아시스의 표정이 살짝 굳었다.

"오늘 아침 그가 신무당파의 제자가 된 것을 보고 대충 예상은 했습니다."

"혹 그로 인해 무공이 유출되는 것도 걱정되느냐?"

아시스는 고개를 끄덕였다.

"아버지께도 그 부분을 확실히 알아봐 달라고 하셨습니다. 그런데 제가 거절해서 아까 직접 오신 겁니다."

"……."

"마스터, 제가 한 말 기억하시나요?"

"어떤 말?"

"신무당파의 뜻을 관철시킬 수 있는 사람이 델라이의 머리가 되지 않는다면, 앞으로 신무당파의 앞날을 장담하실 수는 없을 거라는 말."

"……."

운정의 표정이 다소 진지해지자, 아시스는 오히려 해맑게 웃었다.

그녀는 앞장서며 말했다.

"얼른 가죠. 안 그래도 그에 관해서 이야기를 듣고 싶기도 했으니까."

운정은 아시스와 시선을 마주하다가 곧 걸음을 뗐다.

* * *

운정과 아시스가 마스터 룸에 도착하자, 시아스가 그들을 보며 말했다.

"왜 이렇게 늦었어요?"

대답은 아시스가 했다.

"한슨이 왔었어. 한판 했거든."

"한슨? 이 시간에? 한슨이 왜?"

"몰라, 그냥 와서 자꾸 빈정거리기에 혼내 줬어. 그랬더니 화가 났는지 신무당파에서 나가겠다, 그러던데."

"아, 그래? 진작 나간 거 아니었어?"

아시스는 미소 지으며 시아스 맞은편에 앉았다. 공교롭게도 제갈극의 옆이었는데, 제갈극은 눈살을 찌푸리며 그녀를 흘겨보았다.

하지만 아시스는 화사한 미소를 지으며 그를 내려다볼 뿐이었다. 그러다가 문득 소론 왕과 눈이 마주치자 그녀는 고개를 살짝 숙이며 인사했고, 소론 왕도 똑같이 인사했다.

운정은 상석에 자리하곤 그들에게 말했다.

"아시스, 나는 필립을 제자로 받아들이는 대가로 그를 도와주기로 했다. 이는 델라이와도, 천마신교와도 상관없는 내 결정이다. 난 델라이와 천마신교과 관계없이 소론을 도와줄 생각이다."

아시스는 소론 왕과 제갈극을 한 번씩 번갈아 보다가 말했다.

"둘과 상관없이 신무당과 홀로 소론을 도와준다는 것은 어떤 식이죠?"

운정이 대답했다.

"내가 직접 움직일 것이다."

아시스는 다시 물었다.

"델라이만 빠진다면?"

"제갈극이 움직일 것이다. 소론에선 천마신교가 요구하는 마나스톤을 줄 것이고. 빈 마나스톤도 상관없으니, 소론 입장에서도 어려운 건 아닐 거다."

"그리고 둘 다 상관한다면요?"

"소론 왕이 델라이의 공작이 되는 것과 소론이 델라이의 공작령이 되는 것을 델라이가 허락해야겠지. 대신 마나스톤은 델라이에서 지급해야 하고."

"흐음… 일단 상황은 그렇군요. 마스터께서 절 이곳에 부르신 이유는 델라이의 입장을 듣고자 함이겠지요?"

"그렇다."

"그러면 신무당파의 제자가 아니라 델라이의 장군으로서 입장을 말해도 될는지요."

"부탁하마."

아시스는 다리를 꼬며 말했다.

"일단 델라이의 입장에서 운정 도사님의 신분이 드러날 경우, 사왕국에서 이걸 빌미 삼아 델라이가 협정을 깼다고 할 수도 있습니다. 마스터께서는 델라이의 사람은 아니지만, 지금까지 델라이의 입장에서 많은 일들을 해 오셨으니까요. 그래서 마스터께서 직접 소론에 가는 것은 델라이의 입장에선 달갑지 않아요."

제갈극이 말했다.

"그는 신무당파를 위해서가 아니라 델라이를 위해서 파인랜드에 왔다. 하지만 분명 넌 어제 소론 왕의 제안을 거절하였지. 따라서 그가 소론을 위해 나설 이유는 없다."

아시스는 잠시 제갈극의 말을 이해하지 못했다. 그러나 곧 그의 특유의 말투를 기억했다.

제갈극이 '그'라고 말한 것은 자신을 지칭하는 것이다.

아시스는 고개를 끄덕이며 제갈극에게 말했다.

"그렇습니다. 어제 전 소론에서 함정을 파는 것이 아닌가 의심했습니다. 소론에서 당신에게 해를 끼쳐 델라이와 중원의 관계를 망가뜨리든, 아니면 당신을 통해서 중원과의 교류의 물꼬를 틀든 델라이 입장에서는 좋지 못하니까요. 그래서 거절했어요."

소론 왕은 차분히 아시스를 볼 뿐, 작은 표정의 변화도 없었다.

운정이 아시스를 보았다.

"하지만 그 이후 내가 독단적으로 그를 도와주기로 했지."

"그래서 당황했지요. 하지만 마스터의 입장은 충분히 이해가 가요. 마스터께서 델라이의 명령 아래 있진 않으시니까요. 또한 공존을 추구하시니, 전쟁을 막아야 하시기도 하고."

운정이 말했다.

"내가 너를 이곳에 부른 이유는 나를 믿어 달라는 말을 하고 싶어서다. 나를 믿고 내가 소론을 도와주는 것에 대해서 긍정적으로 생각했으면 한다."

아시스는 되물었다.

"그 뜻은, 어제 귀빈실에서 제가 소론 왕의 제안을 받아들인 것처럼 하자는 말씀이시지요, 마스터?"

"그렇다. 당시 네가 소론을 믿지 못했던 것은 이해가 간다. 소론의 입장에선 필사적으로 살아남아야 하니까, 전란을 피할 수만 있다면 무엇이든 했겠지. 하지만 지금은 다르다. 소론 왕은 신무당파의 제자가 되었고, 그 이유만으로도 나는 소론을 지켜 줄 것이다. 때문에 소론은 더 이상 도박을 할 이유가 없다. 네가 의심했던 것처럼, 제갈극에게 해악을 끼쳐 델라이와 천마신교 간의 이간질을 할 이유도 없고, 제갈극을 사왕국에 소개시켜 줄 이유도 없다. 그렇게 하지 않아도, 소론의 안녕은 보장되니까."

"……."

"그러니 델라이가 소론 왕의 제안을 받아들이고, 소론에서 연합군을 몰아낸 뒤, 소론 왕을 델라이의 공작으로 삼고 또 소론을 델라이의 공작령으로 삼아, 델라이의 보호 아래 두었으면 한다."

아시스는 눈을 감으며 중얼거리듯 말했다.

"잠시 정리해 볼게요. 델라이는 그 두 가지 가능성 때문에 소론을 도와주지 않으려고 한 것이다. 하지만 마스터께서 이미 도와주시기로 했으니 소론 왕이 도박할 필요는 없다. 이 뜻이로군요. 맞습니다, 마스터. 그 말이 맞아요."

그때까지 아무 말 하지 않던 소론 왕이 그녀에게 고개를 숙이며 말했다.

"델라이가 제국이 되어 제국령으로서 저희를 보호해 준다면 감사하겠습니다."

아시스는 잠시 머뭇거리다가 이내 말했다.

"아직 모릅니다. 제국이 될지 말지는. 일단은 알겠어요. 아버지께서도 반대하실 이유가 없으니 그럼 어제 했던 제안대로 가는 것으로 하지요. 그런데 아까 아버지와 이 이야기를 하신 것이 아닙니까? 만약 하셨다면 제게 확인받으실 필요는 없을 텐데요."

운정이 나지막하게 말했다.

"머혼 섭정께서는 말씀 도중 나가셨다. 그러니 아무것도 확정된 것이 없지. 때문에 나는 너를 통해서 확인받으려 한다. 델라이가 소론의 미래를 책임져 줄지 말지 말이다."

아시스는 시아스를 흘겨보았다.

그러자 시아스가 말했다.

"네 소신대로 말해. 이제 슬슬 때가 됐잖아."

아시스는 한참 동안 침묵을 지켰다.

다들 그녀를 바라보는데, 그녀가 이내 입을 열었다.

"알겠습니다. 아버지께서 해 주시지 않는다면 제가 하도록 하지요. 제가 보장하겠습니다."

그 말에 소론 왕의 얼굴에 복합적인 감정이 떠올랐다.

기쁘면서도 슬픈.

안심하면서도 걱정하는.

소론 왕은 얼굴을 굳히고는 아시스에게 말했다.

"장군께서 그리 확증해 주시니 감사할 따름입니다."

아시스가 말했다.

"그럼 혹 소론에 침공한 연합군을 상대하는 데 델라이가 도와드려야 하는 부분이 있습니까?"

그 질문에는 제갈극이 대답했다.

"그는 덫을 놓으려고 한다."

"덫?"

"그 덫을 더욱 확실히 하기 위해서 델라이에서 소론에 중요한 인물을 파견하는 것도 나쁘지 않을 것 같다."

아시스는 눈초리를 모았다.

"무슨 뜻이죠? 사왕국과 전쟁 중에 있는 소론에 델라이의 중요 인물을 파견하면 그것은 협정 위반이 될 수도 있어요."

"물론 그렇다. 하지만 그는 우선 항복 후, 소로노스에서 연합군을 맞이하는 성대한 파티를 열 생각이다. 그리고 그 파티에는 여러 인물들이 초대되어도 상관없겠지. 전쟁이 끝난 후니까."

아시스는 영문을 모르겠다는 듯 소론 왕을 흘겨보았다.

소론 왕의 표정 또한 진지하기 이를 데 없었다.

아시스가 되물었다.

"파티요? 아니, 전쟁을 하러 온 사람들을 상대로 파티를 연다는 게 무슨 말이에요?"

제갈극은 사악하게 웃었다.

"소론의 국토에서는 지금껏 단 한 번의 전투도 이뤄지지 않았다. 다시 말하자면 전쟁은 일어나지 않은 것이다. 연합군은 소론의 귀족들에게 자신들의 힘을 과시하려고 일부러 진군하고 있어. 그리고 소론의 귀족들은 모두 자기 성에서 한 발자국도 나오지 않고 방관만 하고 있지. 연합군이 그렇게 하는 이유는 이후 소론의 탈을 뒤집어쓰고 델라이로 침공하기 위해서 미리 소론의 귀족들을 길들이는 것이라 할 수 있다. 그러니 소로노스에서 소론 왕이 백기를 들고 그들을 환영해도 크게 이상할 것이 없다."

그 말에 아시스가 소론 왕을 바라보며 말했다.

"라마시에스와 갈등의 골이 깊다 하지 않았습니까? 그들을 환영하는 꼴을 보여 주면 국민들이 납득하겠습니까?"

소론 왕은 눈길을 내리며 말했다.

"이미 많은 귀족들이 그들을 방관했습니다. 그러니……."

아시스가 그 말을 잘랐다.

"그렇습니다. 방관했겠지요. 하지만 투항하지는 않았습니다. 그렇게 한 이유는 바로 소론인의 역사를 생각했기 때문입니다. 현실적으로 싸울 수는 없지만 그렇다고 투항할 경우 소론인들의 지지를 얻지 못하니까, 그래서 방관한 것 아닙니까?"

"그러나 덫을 놓기 위해선 감수해야 하는 부분입니다. 당장은 반발이 있을 수 있으나, 후에 내 의도를 알게 되면 백성들은 나를 지지할 것입니다."

아시스는 고민했다.

"흐음, 그렇다면 최대한 환영 파티를 여는 것을 국민들에게 숨겨야 할 겁니다. 아니, 당장 이론드 장군만 해도 동의하지 않을 테니 꽤나 독단적으로 나가서야 합니다."

"그렇습니다. 그래서 그에 관한 준비를 델라이 쪽에서 해 주었으면 합니다. 미리 다 준비해 놓고 일시에 공간이동으로 소론의 왕궁으로 보내서 그날 안에 모두 끝낼 수 있도록 말입니다. 그래야 극단적인 생각을 품게 되는 이들도 이렇다 할 행동을 취하지 못할 겁니다."

마지막 말은 꽤나 살벌했다.

아시스는 소론 왕을 가만히 바라보다가 말했다.

"당일 암살을 고려해 볼 정도로 심각한 겁니까?"

소론 왕은 나지막하게 말했다.

"과거 라마시에스는 수백 년간이나 소론 국민을 노예로 부렸었습니다. 같은 인간으로 생각하지도 않았었죠. 그 상처는 모든 소론 국민들의 마음속에 깊게 자리하고 있습니다. 만약 제가 라마시에스를 포함한 연합국을 상대로 환영 파티를 연다는 소식이 소로노스에 퍼지면, 그다음 날 바로 주검이 된다 해도 결코 이상한 일이 아닙니다."

그의 말투는 담담했지만, 그 내용은 전혀 그렇지 않았다.

아시스가 대답했다.

"그 정도인 줄 알았었다면, 전 의심하지 않았을 겁니다."

"소론인이 아니라면 잘 모르는 일입니다. 괘념치 마십시오."

사실 강대국의 최고 귀족 집안에서 자란 아시스의 입장에선 약소국의 사정을 이해하기 참으로 어려웠다.

분위기를 바꿔 보고자, 시아스가 말했다.

"그럼 내가 오랜만에 참석해 볼까요?"

그 말에 가장 놀란 건 아시스였다.

"파티에 참석하게, 언니?"

시아스는 방긋 웃었다.

"옛날의 내가 아니야, 아시스. 이번에 제대로 데뷔해야지."

그녀는 과거 사교계에 데뷔를 했을 때 망신당한 일을 시작으로 점차 성격이 어두워졌었다. 물론 그 외에 다른 많은 이유들이 있었지만, 그 일로 인해 마의 씨앗이 마음속에 자리잡은 것은 사실이다.

아시스는 시아스를 보며 말했다.

"하지만 너무 위험해."

시아스는 피식 웃으며 되물었다.

"누가?"

"……."

아시스는 꿀먹은 벙어리처럼 말을 못 했다.

델라이의 누구를 보내든 신무당파의 무공 지도를 도맡아 하는 시아스만큼 안전한 사람은 없다.

시아스가 즐거운 듯 말했다.

"그리고 아마 그녀도 올 테니까. 내가 나가 주는 게 격에 맞잖아? 그리고 오랜만에 라시아도 부르자. 천년제국의 황녀가 와 주면 수준이 확 올라갈 거야. 그 자리에서 함부로 칼을 빼들 생각은 감히 못 하겠지."

마치 파티를 기대하는 소녀 같다.

운정이 제갈극에게 말했다.

"제가 아시스를 데려오는 동안 나온 계획이 이것입니까?"

제갈극은 팔짱을 끼며 고개를 들어 보였다.

"처음 생각은 시아스가 했다. 꽤 괜찮지 않느냐? 파티장에는 당연히 중요 인물들만 모일 것이다."

운정이 조심스레 말했다.

"거기서 그들에게 수를 썼다가는 소론의 평판이 매우 떨어지게 될 것 같습니다만."

제갈극은 소론 왕을 흘겨보며 말했다.

"그렇게 단순하게 일을 진행하진 않을 거다. 맡겨 줘라, 운정 도사. 오랜만에 즐거운 유희 거리가 될 테니."

제갈극의 눈빛에는 시아스처럼 잔잔한 흥분이 감춰져 있었다.

그 둘은 묘하게 잘 맞는 듯했다.

그런데 그때 갑자기 한 하녀가 급히 방 안으로 들어왔다.

그녀가 말했다.

"우, 운정 도사님, 와, 왕비님께서 오셨습니다."

"애들레이드 왕비님?"

시녀는 다급하게 고개를 끄덕였다.

"밖으로 나가 보셔야 할 것 같습니다."

운정은 자리에서 일어났다.

"일단 구체적인 것을 논해 보고 있으십시오. 저는 나가서 왕비님을 뵙도록 하겠습니다."

그렇게 말한 운정은 다른 이의 대답을 듣지도 않고 마스터 룸을 나갔다. 그리고 서둘러 걸어 신무당파의 입구 앞에 도착했는데, 그곳에는 수행원 하나 없이 말 하나만 대동한 애들레이드 왕비가 있었다.

"왕비님?"

애들레이드는 운정을 보자마자 깊은 안도의 한숨을 쉬었다. 그러곤 얼른 신무당파 건물 안으로 들어오더니 그녀가 말했다.

"절 보호해 주세요!"

"……"

"아버지께서 말씀하셨어요. 일이 생긴다면 당신을 찾아가라고. 당신께서 절 지켜 주기로 약조하셨다고."

운정은 그녀의 양어깨에 살포시 손을 올리곤 말했다.

"진정하세요. 여기 오신 이상 해를 당할 일은 없을 겁니다. 그러니 일단 진정하시고, 마음을 가다듬으세요. 그리고 천천히 사정을 말씀해 보십시오."

애들레이드는 양손으로 팔꿈치를 잡고는 몸을 부르르 떨었다.

"점심을 먹고 있었는데, 머혼 백작이 또 찾아왔어요. 찾아와서는 이제 다시 결혼을 해야 한다면서, 아주 노골적으로 말했어요. 전 아직도 남편과 아들의 얼굴이 눈에 훤해요. 그런데… 그런데……"

그녀는 혐오감이 가득한 표정을 지었다.

운정이 말했다.

"혹 그가 자기와 결혼하자고 한 겁니까? 왕이 되려고?"

애들레이드는 운정을 한 번 올려다보더니 고개를 저었다.

"그게 아니에요. 그, 그러니까 자기 상속자인 한슨 머혼하고 결혼을 하라고 말했어요."

"……."

애들레이드는 끔찍하다는 듯 두 눈을 질끈 감았다.

"아니, 협박했어요. 왕궁에서 계속 살고 싶으면 그렇게 하라면서, 이제 아버지도 없으니 뒤를 봐줄 사람이 없다면서 말이에요. 한슨과 결혼하면 며느리로서 잘 대해 주겠다고, 그렇게 말했어요."

운정은 깊은 한숨을 쉬었다.

"그가 결국 그렇게 나왔군요."

"아버지께서는 분명 자신이 죽었다는 소식이 들리… 딸꾹!"

운정은 순간 무서운 얼굴을 하고 애들레이드를 째려봤다. 그러자 애들레이드는 딸꾹질을 하며 말을 멈췄다.

그가 말했다.

"일단 안으로 들어가시죠. 여기 이렇게 서서 대화할 것이 못 됩니다."

"……."

애들레이드는 다행히 운정의 말을 알아들었는지, 고개를 연신 끄덕이더니 그의 인도를 따라서 비어 있는 한 방으로 들어갔다.

운정은 잠시 눈을 감고 주문을 외웠다. 애들레이드가 그를 멍하니 바라보는데, 한참이 지난 후 그가 눈을 뜨며 마법을 외쳤다.

[위스퍼(Whisper)]

마법을 시전한 운정이 그녀에게 말했다.

"이젠 괜찮을 겁니다."

애들레이드가 말했다.

"마법도 하실 수 있군요?"

"연습 중에 있습니다. 무에 관련된 것이 아니면 훨씬 효율적이라 유용하게 쓰고 있지요."

"대단하세요."

운정이 희미한 미소를 머금더니 말했다.

"그래서 머혼 섭정이 그렇게 협박을 한 뒤에, 어떻게 했습니까?"

그 질문을 듣자 애들레이드의 얼굴에는 다시금 공포감이 서리기 시작했다.

"제가 결혼을 하면 내전이 끝날 수 있다고 했어요. 그러면서 많은 델라이 국민들의 생명이 제게 달려 있다고, 눈 딱 감고 결혼하면 나라가 안정을 되찾을 거라고 했어요."

"……."

"하, 하지만 전 도저히… 도저히 혼인을 할 자신이 없어요.

특히 머, 머혼 섭정의 아들이라니… 저보다 20년은 어린 청년하고 어떻게 결혼을 하라는 것인지 모르겠어요. 그래서 어찌할 바를 모르다가 이렇게 운정 도사님 생각이 나서 바로 왔어요."

"흐음, 그렇군요."

애들레이드는 조심스럽게 물었다.

"혹 앞으로 제가 신무당파에서 지내도 될까요? 너무 무서워서 왕궁에서는 도저히 지낼 수가 없을 것 같아요."

운정은 고개를 끄덕이더니 말했다.

"일단은 그렇게 하십시오. 좀 더 좋은 방에서 머물 수 있도록 조치를 취해 드리겠습니다."

애들레이드는 거의 반쯤 쓰러지듯 침상 위에 앉으면서 말했다.

"정말 고마워요. 감사합니다."

운정은 포권을 취해 보이고는 밖으로 나왔다. 그리고 지나가는 시녀 한 명을 붙잡더니 애들레이드에게 좋은 방을 내주라고 말하고 다시 마스터 룸으로 왔다.

그때까지도 그들은 열띤 대화를 나누고 있었다. 그러다 계획의 방향성이 잡혀, 이를 구체화하고 있었던 것이다.

그런데 운정이 들어오자 모두들 말을 멈췄다.

아시스가 대표로 물었다.

"왕비님은요? 같이 오시지 않으셨어요?"

운정이 대답했다.

"방을 하나 내드렸다. 그곳에 계실 것이다."

아시스가 의문을 담은 표정을 짓는데, 이번엔 시아스가 물었다.

"왜 오신 거래요? 갑자기?"

운정은 잠시 고민했지만, 그녀들에게 숨겨 봤자 의미가 없었기에 진실을 말했다.

"머혼 섭정께서 그녀로 하여금 한슨과 혼인을 하라고 종용했다 하더구나. 그래서 왕비님은 더 이상 왕궁에 있고 싶지 않아 하신다. 따라서 당분간은 신무당파에서 그녀의 신변을 책임지려고 한다."

그 말에 아시스와 시아스는 눈을 동그랗게 뜨고는 서로를 바라보았다.

이내 아시스가 자리에서 일어났다.

"진짜 노망이라도 났나 봐. 마스터, 저 왕궁으로 돌아가 볼게요. 돌아가서 이에 관해서 말해 볼게요. 내전 때문에 정신이 없어서 그런 노망난 소리를 한 걸 거예요."

이에 시아스가 고개를 저었다.

"아닐걸? 기억나, 아시스? 우리 저택 앞마당에서 몰살당한 마법사들? 나중에 사정을 들어 보니까, 그들은 모두 우리 도와주려고 온 마법사들이었어. 공간이동시켜 주려고. 그런데 그저 사건을 은폐하려고 싹 다 죽인 거야. 아버지는, 그런 분이시라고."

아시스는 얼굴을 확 찡그렸다. 그러더니 시아스에게 날카롭게 말했다.

"언니가 얼마나 안다고 그래? 항상 방 안에만 있다가 이제 좀 몸을 회복했다고 갑자기 다 안다는 듯 말하지 마. 그동안 아버지를 따른 것도 나고 아버지를 섬긴 것도 나야."

시아스는 얼굴에 웃음기를 머금었다.

"네가 아무리 부정해도 아버지의 본모습은 변하지 않아, 아시스. 내가 장담하건대 진실을 인정하고 나면, 넌 나보다 깊이 아버지를 증오할 거야. 넌 본래 선한 사람이니까."

아시스는 두 주먹을 꽉 쥐고 있다가, 곧 걸음을 옮기며 운정에게 나지막하게 말했다.

"말씀드리고 올게요."

그녀는 그렇게 마스터 룸 밖으로 나가 버렸다.

시아스는 무엇이 그리 즐거운지, 더욱 깊은 미소를 지어 보였다.

운정이 상석으로 걸어와 앉았다.

"향후 계획에 대해서 혹 내가 더 알아야 하는 부분이 있느냐?"

제갈극과 소론 왕 그리고 시아스는 서로를 바라보았다.

소론 왕이 대답했다.

"없습니다, 마스터. 이후 계획은 저와 제갈극이 논의하면서 세우면 될 듯합니다."

"그렇다면 시아스와 단둘이 이야기를 나누고 싶다."

그 말에 소론 왕과 제갈극이 자리에서 일어났다.

소론 왕이 말했다.

"혹 아무 방이나 사용해도 될는지요?"

"그렇게 하거라."

소론 왕과 제갈극은 함께 마스터 룸에서 나갔다.

운정은 홀로 남은 시아스에게 나지막하게 말했다.

"시아스."

"예, 마스터."

"상승무공은 잘되고 있느냐?"

갑작스러운 질문이었지만 시아스는 일단 고개를 끄덕였다.

"이론적으로는 괜찮아요. 하지만 마스터처럼 실프와 노움, 두 엘리멘탈을 단전에 두고 순수한 건기와 곤기를 공급받을 수 없으니, 내력을 회복하기 위해선 HDMMC에 들러야 하는 안타까움이 있지요. 그 방도에 대해서 알아보신다는 건 어떻게 되었나요?"

"안 그래도 그에 관해서 네게 말해 주고 싶은 것이 있다. 정식제자로서, 앞으로 신무당파를 함께 꾸려 나가야 함으로, 네 의견도 충분히 반영하고 싶다."

이후 운정은 바르쿠으르와 데란과의 갈등에 관해서 모두 설명했다.

이를 들은 시아스는 잠시 동안 깊게 고민하더니 자신의 생각을 말했다.

"아버지라면 분명 웃으면서 다가올 거예요. 아마 제 예상이지만, 테라 학파에서도 곧 사람을 보내서 계약대로 이행하지 않아 미안하다면서 건물을 안정화시켜 주겠지요. 그렇게 모든 것이 마스터의 뜻대로 흘러가는 것처럼 보여 준 뒤에 마스터께서 완전히 마음을 놓으시는 그때, 등에 칼날을 꽂으실 거예요."

마치 제삼자에 대해서 이야기하듯, 시아스의 말에선 아무런 감정도 느껴지지 않았다.

운정이 따스한 미소를 지으며 말했다.

"머혼 섭정의 다음 수에 대해서 의견을 내 준 것은 고맙다. 하지만 내가 정말로 네 의견을 듣고자 하는 부분은 바로 우리가 마스터 데란을 심판할 정당성이 있느냐는 것이다."

"아하……."

"어느 선에서부터 우리가 그를 심판할 수 있을지, 그리고 또 어디서 멈춰야 할지 그것을 나는 객관적으로 알고 싶다."

"흐음, 스페라 장로님은요? 이런 건 스페라 장로님이 잘 상담해 주잖아요? 어디 계시죠?"

"어젯밤 마지막으로 봤을 때 왕가의 서재로 돌아가셨다. 지금까지 모습을 보이지 않는구나. 아마 어떤 새로운 마법을 발견하여 그 마법에 대한 심도 깊은 연구 중에 있을 것이다."

시아스는 입술을 내밀더니 다리를 꼬았다.

그러곤 콧김을 내듯 소리를 내더니, 말했다.

"일단 냉정하게 생각하면, 먼저 공격한 건 엘프잖아요? 밑도 끝도 없이 라스 오브 네이처로 델로스를 공격했지요. 그러니 그들도 그렇게 밑도 끝도 없이 침공을 당한다고 해도 할 말은 없지 않을까요?"

"그렇다면 결국 힘의 논리라는 것이냐?"

"물론 그런 건 아니죠. 그냥 해 본 말이에요. 하지만 테라학파가 엘프 일족을 공격하는 데 왜 아무런 죄의식도 가지지 않는지는 알겠다는 거죠."

"……"

"하지만 마스터의 말도 맞아요. 그냥 테라가 많아 보여서 그걸 빼앗으려고 엘프 일족을 공격했다면 그것은 날강도 짓이나 다름없어요. 그래서 이를 막은 마스터의 행동에도 잘못된 것은 없고요."

"……"

"둘 다 틀릴 수도 있듯이, 둘 다 맞을 수도 있지요. 마스터, 선악의 문제는 너무 깊게 파고들어 가면 아무도 답을 알 수 없어요. 때로는 어느 선에서 정리하고 타협하는 게 필요하다고 생각해요. 모든 것의 공존을 추구한다는 뜻은 그것을 꼭 이루고야 말리라 하는 마음가짐을 가지는 것이 아니라, 그것을 이루기 위해서 평생을 노력해 보리라 하는 마음가짐을 가지는 것이라 보거든요."

운정은 턱을 쓸며 말했다.

"나는 혹여나 이 일로 인해서 사적인 것을 공적인 것보다 먼저 두는 것이 아닌가 하는 생각이 든다. 시르퀸과 우화는 신무당파의 제자이고 바르쿠으르는 신무당파의 제자를 위해 꼭 필요한 엘리멘탈 알을 가지고 있기에, 그들의 편에 서려는 것이 아닌가 하는 자기 의심이 있다."

시아스는 운정의 어깨에 손을 올리면서 쾌활하게 말했다.

"마스터 데란이, 더 나아가서 테라 학파가 자신의 것이 아닌 것을 탐내고 있다는 사실은 명백한 것이에요. 그것은 다른 이의 검토를 필요로 하는 문제는 아니라고 봐요. 그러니 그 부분에서는 자신을 믿으시고 행동하시면 될 듯해요."

"흐음, 그렇구나."

시아스는 양팔을 머리 위로 하며 말했다.

"그래도 이렇게 물어봐 주시니 고마워요. 혹 저도 하나 물어봐도 될까요?"

"얼마든지."

"제운종 말이에요. 그 구결이 잘 이해가 되지 않아서 그러는데, 제운종에서 말하는 종(縱)은 공용어로 Vertical이잖아요? 그런데 이것이 어떻게 앞으로 달리는 것이 되는 것이죠?"

운정은 부드러운 목소리로 대답했다.

"그것은 제운종의 구결에 관련된 부분이라기보단, 그 역사를 알아야 하는 부분이다. 제운종은 본래 하늘로 치솟아오르기 위해……."

이후 그들은 오로지 무공에 대해서만 논했다.

운정은 그 시간이 어찌나 행복한지 무거웠던 머리와 가슴이 모두 풀리는 듯했다.

*　　　*　　　*

쾅!

저택으로 돌아온 한슨은 자기 방문을 세게 닫았다.

그러나 속에 들끓는 울분은 전혀 해소되지 않았다.

"제기랄! 제기랄!"

그는 자기 허리춤에 있는 아밍소드를 아무렇게나 벗어 던졌다.

그리고 한참을 씩씩거리다가, 곧 문을 열고 밖에 나갔다.

저 멀리 한 하녀가 걸어가고 있었다.

"야!"

한슨의 외침에 그 하녀가 걸음을 멈추고 공손히 돌아섰다.

"예, 로드 한슨."

"목욕물 준비해. 지하에서."

"죄송하지만 그곳은 천년제국의 귀족들을 모실 때만……."

"뭐야?"

한슨은 큰 소리를 내더니, 성큼성큼 그 하녀에게로 다가갔다. 그러자 그 하녀는 더욱 고개를 조아렸다.

한슨은 왼손으로 그녀의 턱을 잡아 위로 들고는 말했다.

"난 상속자야. 이제 이 저택도 내 것이 될 거라고? 알아들어? 네까짓 게 함부로 내 말을 무시해?"

그는 오른손을 들어서 그녀의 뺨을 내려치려 했다.

그때였다.

"로드 한슨!"

복도를 울리는 높은 어조의 소리에 한슨은 들었던 오른손을 천천히 내렸다.

그녀는 머혼가의 하녀장 퀼린이었다.

저택의 대소사를 총괄하는, 한슨이 여전히 껄끄러워하는 인물이었다.

한슨은 얼굴을 일그러뜨리더니, 그 하녀의 턱을 확 놔주면서 말했다.

"잔말 말고 준비해라. 알았냐?"

그 하녀는 퀼른을 슬쩍 엿보았다.

퀼른이 고개를 살짝 끄덕이자 그제야 대답했다.

"알겠습니다, 로드 한슨."

"진작 그럴 것이지."

그는 고개를 돌려 다시 자기 방으로 돌아갔다.

쿵!

다시금 문을 강하게 닫은 그의 눈에 아무렇게나 널브러져 있던 아밍소드가 들어왔다.

그는 곧 천천히 그것을 빼 들면서 짜증을 냈다.

"뭐였지, 그건 진짜."

그는 자세를 잡아 갔다. 그리고 눈을 감고는 아시스와의 싸움을 복기했다.

"아래에서 위로 그리고 옆으로. 다음엔… 흐음 왼발을 앞으로? 아니야 살짝 뒤로 물러섰다가… 그래, 맞아. 여기서 아시스가 왼쪽에 힘이 너무 들어갔었지. 항상 그랬지만. 그래서 오른쪽으로 세게 파고들어서. 그래, 그래. 여기서부터 기세를 잡았어. 그리고 몰아세웠지."

부-웅! 휙! 휙! 부-웅!

방 안에서 검을 휘두르는 한슨의 모습은 방금 전 아시스와의 비무에서 아시스만 쏙 빼놓은 것 같았다. 조금 틀리는가 해도 금세 바른 자세를 잡아 똑같이 재현했다.

"좋아, 그래. 여기서 이렇게 틈을 보였지. 거기에 아시스가 걸려들었어. 아니야. 아시스도 걸려든 척한 거야. 그래서 그렇게 내 반격에 바로 이어서 반격할 수 있었지. 하기야, 아시스가 걸려들었다고 내가 좋아해서 너무 뻔한 공격을 하긴 했지. 하지만 뻔한 만큼 강했어. 회전의 무게에… 솔직히 그보다 강한 공격은 없었다고. 검으로 막아도 그 힘을 못 이겨서 주저앉았을 거란 말이지. 그런데……."

한슨은 느리게 마지막 공격을 재현했다. 그러자 검이 땅에 쿵 하고 부딪쳤다. 그 부분의 돌이 살짝 깨졌지만, 한슨은 전혀 신경 쓰지 않았다.

대신 고개를 갸웃하며 자문했다.

"절대로. 절대로 타이밍이 나오지 않는데. 어떻게 거기서 피한 거지?"

한슨은 그 마지막 공격을 다시 해 보았다. 깨진 부분을 검이 다시금 때리자, 더욱 큰 균열이 생겼다. 그러나 이번에도 한슨은 다른 데 정신이 팔려 있었다.

그는 고개를 갸웃하더니, 아시스의 자세를 떠올렸다.

"자, 그러니까. 아시스가 분명 이 자세였지. 그때 검은 어디에… 흐음, 분명 오른손을 들고… 왼손은… 그래 그 이상한 모양. 이런 모양이었나? 아무튼 이상한 모양을 만든 상태로 가슴에 모으고 있었어. 그래, 이렇게야. 이 상태에서 이렇게, 으엇?"

아시스의 움직임을 따라 하던 그는 볼썽사납게 옆으로 꼬꾸라졌다. 검도 놓쳐 버렸고, 다리도 완전 꼬여서 너무나 볼품없었다.

"잘하는 짓이다, 아주."

한슨은 갑자기 들린 그 소리에 문가를 바라보았다.

그곳엔 그의 아버지 머혼이 있었다.

"아, 아버지?"

한슨이 얼른 일어서려는데, 골반에서 느껴지는 찌릿한 고통 때문에 몇 차례 다리를 절어야 했다.

머혼은 한심하다는 눈빛으로 그를 바라보며 걸어오더니, 바닥에 깨진 부분 옆에 앉아서 그것을 바라보았다.

"이게 얼마짜린데? 응? 참 나, 이걸 깨 먹어? 하여간, 그런데 그 괴상한 춤은 뭐냐? 설마 무공이냐?"

한슨은 다리를 몇 번 툭툭 치더니 말했다.

"알 거 없습니다. 그런데 바쁘실 텐데 대낮에 저택엔 웬일이십니까?"

"너한테 해 줄 말이 있어서 그런다."

그 말에 한슨의 말이 반쯤 감겼다.

"설마 시녀들 중에 마법사라도 잠복시켰습니까? 벌써 소식을 들은 거예요?"

머혼의 얼굴이 찌푸려졌다.

"뭐? 뭔 소식? 너, 또 무슨 사고 쳤냐?"

"아, 그게 아니구나."

한슨은 아차 하는 표정을 지었지만 이미 늦었다.

머혼은 그에게 가까이 다가와서 으르렁거렸다.

"뭐야? 바른대로 말해."

한슨은 어설픈 미소를 지었다.

"일단 절 찾아오신 용무부터 말씀하시지요. 왕궁에서 저택까지 오실 정도면 꽤나 중요한 거 같은데."

"됐고, 너부터 말해라. 뭔 짓을 한 거냐?"

추궁하는 머혼의 눈빛을 본 한슨은 자신이 대답하지 않는한 그의 아버지가 물러설 리가 없다는 것을 경험적으로 잘알았다.

그는 결국 한숨을 쉬면서 말했다.

"신무당파에 더 이상 안 갈 겁니다."

머혼은 그 말을 듣자마자 욕설이 절로 나왔다.

"이 새끼가 진짜……."

한슨은 갑자기 역으로 화를 내며 말했다.

"아, 그딴 무공 익혀서 할 거 없다니까요? 제가 요즘 자주만나는 흑기사들 있잖습니까? 그놈들은 단 삼 일 만에 무공을 익혔습니다! 예? 그런데 신무당파에서 연무하는 놈들은 보름이 지났는데도 아직 검을 날카롭게 만드는 그 기술도 쓸 줄 몰라요. 그런데 왜 제가 신무당파의 무공을 배워야 합니까? 삼 일 만에 배우면 그만인데."

"그 흑기사가 결투에서 패배했잖느냐? 그러니까 신무당파의 무공에 관해서도 알아 둬야지! 이 멍청아."

"아, 시아스도 있고 아시스도 있잖아요! 그리고 거기 가 보니 하녀들도 떼거지로 있던데 내가 굳이 거기서 뭘 더 하라는 거예요?"

이에 머혼은 진심으로 분노했다.

"시아스나 아시스가 언제까지 네 핏줄일 것 같으냐? 응? 그런 안일한 생각을 하다가는 그 무늬만 있는 상속자 자리를 금세 빼앗길 것이다."

"……."

"아시리스가 그 둘을 밀어주니, 나도 딱 그만큼 너를 도와주려고 하는 거다. 공정하게 가져가라고. 그런데 네가 그걸 거절한다면 나도 더 할 말 없다. 네가 알아서 해."

머혼은 그렇게 말한 뒤, 몸을 홱 돌렸다.

한슨은 그런 그의 뒷모습을 물끄러미 보다가 말했다.

"그래서 뭔데요?"

"……."

"무슨 도움을 주려고 온 건데요?"

머혼의 걸음이 멈췄다.

머혼은 곧 깊은 한숨을 쉬고는 몸을 돌려서 그에게 말했다.

"애들레이드 왕비, 그녀와 결혼해라."

그 말에 한슨은 황당하다는 표정을 지었다.

"예?"

"뭘 못 들은 척하고 있어? 애들레이드 왕비랑 결혼하라고."

한슨은 입을 살짝 벌리곤 멍하니 머혼을 보았다.

"그게 뭔 말이에요, 아버지?"

머혼은 짜증 난다는 듯 말했다.

"가능하기만 했다면 내가 했을 거다. 하지만 아시리스를 내칠 순 없지. 그녀를 사랑하는 것도 있지만, 그녀는 엄연히 천년제국의 황녀니까."

"……"

"아무튼 그녀랑 결혼해라. 그러면 넌 단순히 머혼의 상속자를 넘어서 이 나라 국왕의 자격을 얻게 될 것이다."

한슨은 양손을 착 하고 펼치면서 말했다.

"하! 말이 되요? 사십이 넘었잖아요? 아니, 오십 가까이 되지 않아요?"

그 말에 머혼의 얼굴이 살짝 내려앉았다.

"그래서? 나이가 뭐가 중요하냐? 응? 왕이 될 수 있는데?"

한슨은 양손을 마구 흔들었다.

"절대 안 돼요. 절대 안 돼! 아니, 아버지. 생각 좀 해 봐요. 나 찰스하고도 꽤 친하게 지냈다고요? 예? 좀 엿 같은 새끼였지만, 그래도 찰스하고 같이 먹은 술이 몇 병인데, 그, 그 찰스의 어머니하고 결혼을 하라는 거예요?"

머혼은 깊은 한숨을 쉬었다.

그러곤 살의를 담은 듯한 눈빛으로 그를 보았다.

"내가 말했지. 이 저택에 들어온 이상, 천한 냄새 풍기지 말라고."

"……"

그 말에 한슨의 표정이 차갑게 돌변했다.

머혼은 다시금 나지막하게 입을 열었다.

"나이니, 외모니, 성격이니, 그딴 거 따져 가면서 결혼하고 애 낳고 살 거면 당장 이 저택에서 나가라. 귀한 핏줄이 되고자 한다면 그 책임과 의무도 함께 지녀야 해. 너는 머혼가의 상속자다. 그러니 이 머혼가를 위해서라면 오십이 아니라 칠십을 먹은 여자랑 결혼해야 한다 할지라도 하는 거고, 친구의 엄마가 아니라 할머니랑도 하는 거다."

한슨은 씹어 내뱉듯 말했다.

"아. 그래서 귀한 핏줄인 아버지께서는 그런 귀족의 의무를 다하기 위해서 천출인 엄마를 버려 두고 천년제국의 황녀와 재혼한 겁니까?"

"……."

"그런 거예요?"

머혼은 눈길을 땅으로 내렸다.

이후 지독한 침묵이 방 안에 가득했다.

입을 먼저 연 것은 머혼이었다.

"나도 싫었다. 나도 그 귀족의 의무니 뭐니 하는 게 너무 싫었어. 그래서 진심으로 사랑하던 네 어머니와 무작정 결혼했다. 넌 네 할아버지를 잘 모르겠지만, 나보다 열 배는 심하면 심한 양반이었어. 평민과 결혼했다니까, 아예 상속자 자격을 박탈해 버렸지."

"……."

"그래서? 결국은 어떻게 되었느냐? 내가 너희 어머니와 알콩달콩 잘 살았더냐? 그 이후로 영원히 행복하게 살았습니다, 였냐고? 난 결국 머혼가를 짊어져야 했어. 결국 이 책임에서 벗어날 순 없었다."

"……."

"그러니까, 한슨. 잘 들어라. 네가 아무리 귀족의 의무를 거부하고 행복한 삶을 꿈꾼다고 해도, 네가 이 저택에 들어온 이상 그건 네게 있을 수 없는 일이다. 내가 장담하는데 네 미래는 단 두 가지로 귀결된다. 애들레이드 왕비와 결혼하고 델라이의 새로운 왕가를 열거나, 아니면 아무도 없는 곳에서 차가운 주검이 되거나. 네 미래는 그 둘 중 하나야. 무조건!"

"……."

"무엇을 선택할지는 네 맘이다. 난 아버지로서 할 건 다 했어. 이 이상은 네가 알아서 해라."

머혼은 그렇게 말을 남긴 뒤 방 밖으로 나가 버렸다.

쿵!

닫힌 문을 보며 한슨은 한동안 그 자리에 가만히 선 채로 깊은 고민에 빠졌다.

얼마나 지났을까?

하녀 한 명이 들어왔다.

"준비됐어요, 한슨. 그런데 갑자기 대낮부터 웬 목욕이에요? 후훗, 그렇게 내가 그리웠어요?"

한슨은 눈을 들어서 그녀를 보았다.

하녀치고는 굉장한 미모를 가진 그녀의 미소를 보자, 무거운 마음이 한층 더 무거워지는 것을 느꼈다.

"이리 와."

한슨은 그녀를 확 하고 앉아 버렸다.

그녀는 아주 자연스럽게 그의 품에 안기더니 고개를 슬며시 들고 한슨에게 말했다.

"상속자님, 후후, 아까 로라에게 왜 그러셨어요? 듣자 하니까 뺨까지 때리려고 했다면서요?"

"기분이 안 좋았어, 아간."

"그럼 나한테 털어놓으면 되죠. 언제나처럼 같이 내려가실까요? 제가 위로해 드릴게요. 후후."

한슨은 고개를 느리게 또 여러 차례 끄덕였다.

그러면서 더욱 강하게 그녀를 끌어안았다.

그녀가 품 안에 들어오면 들어올수록, 한슨의 눈빛은 점차 차갑게 가라앉았다.

                    *   *   *

황궁에 도착한 아시스는 즉시 왕의 집무실로 향했다. 하지만 머혼이 저택으로 돌아갔다는 소식만 들었을 뿐이었다. 그녀는 이내 말에 바로 올라타 저택으로 향했다.

저택으로 가던 길에, 머혼을 태운 마차가 오는 것을 보곤 그 앞으로 말을 몰았다.

"로튼! 로튼!"

로튼은 씁쓸한 표정을 하고는 쪽문을 열어 안에 있던 머혼에게 말했다.

"레이디 아시스로군요."

그러자 안에서 머혼의 목소리가 흘러나왔다

"아시스가? 항상 늦은 밤에나 저택에 들어오던 애가 갑자기 대낮에 왜?"

"글쎄요. 섭정님께 용무가 있는 거 같은데요."

아시스가 거의 가로막다시피 서니, 로튼은 마차를 세울 수밖에 없었다.

그녀가 로튼에게 말했다.

"한동안 안 보이시더니 다시 돌아오셨나 보네요?"

"오랜만에 술과 조금 친하게 지냈습니다. 아버님과 나누실 말씀이 있으십니까?"

"네. 아버지 계시죠?"

그 말에 마차 창문을 연 머혼이 고개를 빼꼼 내밀고는 말했다.

"네가 이 시간에 웬일이냐? 저택에 가고?"

아시스는 말을 몰아 그에게 다가가서 말했다.

"이상한 소식을 들어서요. 아버지가 애들레이드 왕비랑 한슨을 혼인시키려고 한다면서요?"

머혼은 심드렁하게 말했다.

"왜? 네가 대신 해 주게? 동성 간의 혼인은 델라이에선 어렵단다, 애야."

"아빠!"

머혼은 고개를 다시 안으로 넣으면서 말했다.

"됐다. 별 얘기 아니다, 로튼. 가자!"

그가 그렇게 말하자, 로튼은 마차를 출발시키려 했다. 하지만 아시스는 다시금 말을 몰아서 마차 앞에 말을 세워 길을 막아 버렸다.

그러곤 훌쩍 뛰어내려서 마차 문까지 다가와서, 주먹으로 그 문을 쿵쿵 두들겼다.

"뭐가 별 얘기가 아니에요! 어서 문 열어요! 어서요!"

그녀가 아무리 세게 때려도 마차 문은 조금도 열리지 않았다. 대신 무정한 머혼의 목소리만 나올 뿐이었다.

"로튼! 가자니까!"

로튼은 고개를 절레절레 혼든 뒤에 고개를 슥 빼서 마차 문을 두드리고 있는 아시스를 향해서 말했다.

"레이디 아시스, 말을 빼지 않으시면 그냥 달릴 겁니다. 레이디 아시스의 애마로 알고 있는데, 행여나 다칠까 염려되는군요."

아시스는 눈을 반쯤 감으며 로튼에게 말했다.

"갈퀴 한 올이라도 상해 봐요. 앞으로 로튼 안 볼 거니까."

"그렇게 된다면 너무나 아쉽겠지만, 전 섭정님의 명령을 따라야 하는 입장입니다. 죄송하지만 이를 이해해 주시길."

로튼은 말채찍을 들어서 강하게 말을 때리려 했다. 그러자 아시스가 얼른 말했다.

"아! 알았어요! 잠깐만요!"

로튼은 다행히 높이 들기만 하고 내려치진 않았다.

아시스는 불만 가득한 표정으로 자신의 말에 올라타더니, 곧 순순히 길을 비켜 주었다. 그러자 마차는 다시 출발하기 시작했고, 아시스는 그 마차를 향해서 말했다.

"언제까지 피할 수 있나 봐요!"

그녀의 외침에도 마차는 아무런 영향을 받지 않고, 그대로 잘만 나아갔다.

아시스는 씩씩거리다가, 곧 말을 강하게 몰았다. 그러자 그 말은 아시스를 실은 채 최고 속력으로 저택을 향해 나아갔다.

그녀는 곧 저택의 대문에 도착할 수 있었다. 그녀는 말이 다 서기도 전에 내려서 한걸음에 저택 안으로 들어갔다. 그리고 가장 먼저 보이는 하녀에게 말했다.

"한슨 있지? 응? 어디 안 갔지?"

그 하녀는 고개를 끄덕이며 대답했다.

"네. 대낮에 갑자기 지하에 있는 목욕탕을 쓰고 싶다고……."

"뭐? 뭐라고? 거기를?"

"……."

"아주 지가 저택의 주인인 줄 아는가 보지?"

그녀는 역시 거친 걸음으로 저택의 지하로 내려갔다.

목욕탕 밖에는 세 명의 하녀들이 있었는데, 목욕을 하는 한슨의 시중을 들고자 이곳저곳에서 일을 하고 있었다. 과일을 깎고 있기도 하고, 옷을 준비하기도 했으며, 또 물 온도를 맞추고 있었다.

아시스는 그녀들에게 말했다.

"안에 한슨 있지?"

"레, 레이디! 지금 들어가시면 안 됩니다."

"긴히 할 말이 있어."

하녀들의 경고에도 그녀는 거칠게 문을 열었다.

쿵!

욕실 문이 열리자 모락모락 뜨거운 김이 일어나고 있는 목욕탕이 보였다. 그것은 수십 명이 들어가도 괜찮을 정도의 크기였는데, 단 두 명만이 있었다.

한슨과 한 여인은, 목욕탕 한쪽에 껴안은 채로 앉아 있었는데, 그들의 당황한 표정을 보아하니 지금까지 무슨 짓을 하고 있었는지는 너무나도 뻔했다.

분노한 아시스의 표정에 경멸까지 뒤섞이기 시작했다.

그녀는 큰 소리로 외쳤다.

"한슨!"

한슨은 곧 여유 만만한 표정을 지으며 말했다.

"뭐야? 아시스? 너도 같이하게?"

아시스는 눈길을 돌려 그의 품에 안겨 있는 하녀를 보았다.

암사자와도 같은 그 눈빛에 하녀는 자기도 모르게 몸을 움츠리더니, 곧 얼른 욕탕에서 나와 밖으로 뛰쳐나갔다.

"죄, 죄송합니다, 레이디 아시스."

한슨은 그 하녀가 사라질 때까지 그녀의 엉덩이를 뚫어지게 보더니 툭 하니 말했다.

"엉덩이는 별로인 줄 알았는데, 이제 보니 또 그렇지도 않네."

아시스는 얼굴을 잔뜩 일그러뜨리더니 그에게 말했다.

"한슨! 여긴 제국의 귀빈들을 위한 곳이야! 아버지도 함부로 쓰지 않는 걸 왜 네 맘대로 사용하는 거지?"

한슨은 어깨를 한번 들썩였다.

"어차피 곧 내 것이 될 텐데 내 맘이지? 안 그래?"

"그건 두고 봐야 아는 거야."

"오호? 선전포고 하는 거야, 드디어? 아버지께서 장군으로 널 임명해 줬다고 아주 기가 살았네, 살았어. 혹시 오늘이 내 제삿날인가? 그 허리에 찬 검을 뽑아서 날 죽이고, 상속자 자리를 얻으려고 하는 거야, 아시스?"

한슨은 서서히 자리에서 일어났다. 그에 따라 그의 나신이 드러났는데 유독 그의 남성이 돋보였다. 바로 전까지 활동적이었으니 말이다.

아시스는 진심으로 검을 휘두르고 싶다는 생각을 했다.

"난 기사야, 한슨. 무장하지 않은 자를 상대로 절대 검을 쓰지 않아. 너와는 다르지."

"마치 내가 그러는 걸 본 것처럼 말하네?"

아시스는 두 눈에 살기를 띠더니 말했다.

"됐고. 이거나 대답해. 애들레이드 왕비, 그녀하고 결혼할 생각이야?"

그 말에 한슨의 두 눈이 차갑게 내려앉았다.

한슨이 물었다.

"그 소식은 또 언제 들은 거야?"

"묻는 말에나 대답해. 결혼할 거냐고?"

한슨은 비웃음을 얼굴에 그리며 팔짱을 꼈다.

"글쎄? 네가 이리도 발광하는 것을 보니, 갑자기 꼭 해야겠다는 생각이 드는걸? 응?"

"뭐라고!"

한슨은 양손을 펼쳤다.

"아버지께서 그러셨거든? 왕비랑 결혼하면 왕가의 자격을 얻을 수 있다고 말이야. 하긴 그렇겠지? 델라이 왕가의 핏줄은 한 명도 남기지 않고 끊겼으니, 어떻게 보면 애들레이드 왕비 하나만이 간신히 왕가를 지탱하고 있으니까. 그녀의 남편이 된다면, 그게 곧 왕 아니겠어?"

아시스는 씹어 내뱉듯 말했다.

"너도 덩달아 미친 거야? 그녀는 겨우 한 달 전에 남편과 자식을 잃었어! 그 슬픔 안에서 겨우 살아 있다고! 그런데 네 욕심을 채우기 위해서 그녀에게 혼인을 강요하겠다고? 그게 사람이 할 짓이야?"

한슨은 코웃음 쳤다.

"사람이 할 짓을 따지자면 아버지는? 아버지가 한 그 수많은 것들을 다 큰 네가 모른다 하지 않겠지? 이번 일도 그래. 나라고 그 늙은 여자랑 결혼하고 싶겠어? 다 아버지가 하라고 종용하는 거라고!"

"그럼 네가 안 하면 되겠네! 그러면 네가 거절하면 되잖아! 신무당파에서 무공을 익히라는 명령도 제대로 지키지 않는 네가, 언제부터 순종적이었다고 아버지의 명령에 따르려고 들어? 방금까지도 하녀나 옆에 끼고 놀아난 놈 주제에, 무슨 왕비님과 결혼을 하겠다고? 말도 안 되는 소리지."

한슨의 비웃음이 순간 굳었다.

그는 곧 조용히 으르렁거리듯 말했다.

"나도 그따위 늙은 여자와 결혼할 생각 없어. 하지만 말이야. 네가 이렇게 나오는 것을 보니까 갑자기 하고 싶어지는데, 이걸 어쩌나? 항상 날 벌레 취급하더니, 갑자기 이렇게 찾아와서 말을 다 걸어 주고? 이젠 좀 위협적으로 느껴지나?"

아시스는 눈초리를 모으고 날카로운 눈빛으로 그를 마주 보았다.

그렇게 얼마나 지났을까?

그녀는 몸을 돌리면서 말했다.

"난 경고했어."

쿵.

욕실의 문이 닫히자, 한슨의 얼굴은 일그러질 대로 일그러졌다.

그렇게 그가 분노를 조용히 삭이고 있는데, 아까 전에 도망쳤던 하녀가 슬그머니 욕실의 문을 열고 말했다.

"로드 한슨, 들어갈게요?"

"......"

한슨은 대답하지 않고 눈을 감으며 가만히 그 자리에 앉았다. 그러자 그 하녀가 쪼르르 다가와, 그의 옆에 앉았다.

하지만 한슨은 시선을 앞으로 둘 뿐, 그 하녀를 바라보지 않았다. 이에 하녀가 손을 들어서 한슨의 젖은 머릿결을 만져 주었는데, 한슨이 갑자기 혀를 차며 짜증을 냈다.

"쯧!"

그 하녀는 놀란 눈길로 한슨을 보다가 곧 다시금 배시시 웃으며 그의 머리를 향해 손을 뻗었다.

"혹시 화나셨어요?"

그녀의 손길이 다시금 닿자, 한슨은 팔을 확 하고 돌려 그녀의 손을 쳐 냈다.

"가만히 좀 있어, 진짜 짜증 나니까."

"……."

하녀는 미안한 표정을 짓고는 두 손을 모았다.

하지만 침묵이 길어지면 길어질수록, 하녀의 표정에서 미안함이 사라지고 대신 화가 자리 잡기 시작했다.

그녀는 곧 나지막하게 말했다.

"나 좀 봐요, 한슨."

한슨은 고개를 확 하고 돌려서 큰 소리로 호통을 쳤다.

"야! 내가 네 친구야? 한슨이라고? 내 이름을 누가 그렇게 함부로 부르라고 했어? 천한 주제에 말이야! 조금 놀아 줬다고 기고만장해져서는!"

그 말에 하녀는 고개를 뒤로 빼면서 두려운 눈빛으로 한슨을 바라보았다.

한바탕 소리를 지른 한슨은 곧 다시 고개를 돌리고 앞을 보았다.

하녀는 그런 그의 옆모습을 보다가 조심스럽게 말을 시작했다.

"로드 한슨."

"……."

"그, 바, 밖에서 들었는데… 호, 혹시 왕비님하고 결혼하실 건가요?"

"……."

"저, 저는 아직도 기억해요. 우, 우리 첫날밤에… 로드 한슨께서 말씀하셨잖아요?"

"……."

"나중에 머혼가를 물려받으면, 저랑 결혼하실 거라고… 그리고 둘이서 자식을 낳고 행복하게 오래오래 살 거라고……."

"……."

"그렇게 말씀하셨잖아요, 로드 한슨? 네?"

한슨은 콧방귀를 끼더니 말했다.

"첫날밤 좋아하시네. 내가 처녀도 구분 못 할 줄 알아? 어디서 굴러먹다 온지도 모를 년이."

한슨은 물을 차며 자리에서 벌떡 일어났다.

그러자 그 하녀는 그를 올려다보곤 기가 막힌다는 듯 말했다.

"무, 무슨 소리예요! 나, 난 당신이 처음이라고! 왜, 왜 갑자기 그런 말을 하는 거예요? 한슨! 한스… 크학."

목덜미가 잡힌 하녀는 숨을 쉬지 못해 괴로워했다. 한슨의 손을 마구 때리면서 놔 달라고 했지만, 한슨의 손은 조금도 움직이지 않았다.

한슨은 그녀의 얼굴에 자신의 얼굴을 들이밀면서 말했다.

"내 이름을 막 부르지 말랬지? 천한 것이 감히 맞먹으려 들어? 죽을라고."

그는 그녀의 목을 잡은 채로 뒤로 확 하고 밀어 버렸다.

그러자 하녀의 몸이 목욕탕 물 위로 떨어졌다.

풍덩-!

다행히 물이 있었기에 하녀는 크게 다치지 않았지만, 만약 맨바닥이었으면 적어도 뼈 하나는 부러졌을 것이다.

"결혼? 그따위 거 해 주지, 뭐. 응? 일단 왕만 되면 내 맘대로 해도 되잖아."

한슨은 이를 부득 갈며 욕탕 밖으로 나갔다.

第九十七章

소론의 수도, 소로노스 앞으로 수천의 기사들과 수백의 마법사들이 진군했다.

  그들의 선두에는 전쟁과는 전혀 연관이 없을 것 같은 풍모의 중년 남성과 젊은 여인이 백마 위에서 그 모두를 이끌고 있었다.

  중년 남성은 마른 외모의 소유자로 양옆으로 솟아오른 듯한 콧수염이 인상적이었다.

  그리고 젊은 여성은 날카로운 눈빛과 다부진 인상을 가지고 있었는데, 그것만으로도 높은 신분임을 알 수 있었다.

그 여인은 점차 가까워지는 소로노스의 성문을 보며 말했다.

"내가 잘못 보고 있는 게 아니라면 성문이 열려 있네, 브리타니 백작."

브리타니라 불린 중년 남성은 콧수염을 매만지며 말했다.

"제 눈에도 그렇게 보입니다. 지레 겁을 먹고 문을 활짝 열어 둔 것 아니겠습니까, 미에느 공주님?"

라마시에스 왕녀, 미에느는 날카로운 눈매를 더욱더 얇게 모았다.

"지금까지는 그랬다 쳐. 하지만 수도의 대문까지 열어 둔다? 이건 함정이라 보는 것이 맞을 것 같아."

브리타니는 계속 콧수염을 만지면서 다른 팔로 팔짱을 꼈다.

"함정이라… 일단 마법사들에게 말해 둘까요?"

"그것만으로는 부족할 수도 있어."

"혹 중원의 무공을 염려하시는 겁니까?"

"델라이가 가만히 손 놓고 있는 것처럼 보여도 분명 움직임을 보인 건 사실이니까. 오늘 아침에만 해도 그렇고."

몇 시간 전, 연합군의 마법사들은 소로노스를 향한 큰 폭의 공간이동을 감지했다. 그러나 그 출발지는 매우 정밀하게 은폐되어 있어 알 수 없었다.

브리타니가 나지막하게 말했다.

"확실히. 백여 명의 사람이 공간이동했을 만한 사이즈임에도 불구하고 그 출발지를 알 수 없었다는 건 델라이의 NSMC나 천년제국의 기술이 아니라면 불가능하겠지요."

미에느는 느릿하게 고개를 끄덕였다.

"그 백여 명의 사람이 모두 중원인이라면? 그리고 저 소로노스에서 진을 펼쳐 두고 있는 거라면?"

그 말에 브리타니가 안심하라는 듯 부드럽게 말했다.

"걱정 마십시오, 공주님. 천년제국의 집정관이 은밀히 보내준 마법사들이 있지 않습니까? 그들은 중원의 무공에 익숙해져 있습니다. 날카로운 바람을 쏘아 보내는 그 기술도 단번에 제압할 수 있고, 또 무기를 날카롭게 만드는 그 기술도 개량된 노마나존으로 단번에 없앨 수 있습니다. 그러면 압도적인 숫자로 밀어붙이는 것이 가능합니다."

"라고 나도 옆에서 들었지. 하지만 실제로 그게 가능한지 아닌지는 겪어 봐야 아는 거잖아."

"거금을 들여 고용한 이들도 있으니 괜찮을 겁니다."

그 말을 듣고도 미에느의 표정은 나아지질 않았다.

"일단은 도시로 들어가지 말고 앞에서 주둔하며 농성하는 방향으로 가자. 사신을 보내서 왕이 직접 밖으로 나오게 만드는 게 가장 좋을 것 같… 뭐, 뭐지?"

미에느의 눈이 그녀답지 않게 꽤나 커졌다.

브리타니는 그녀와 같은 곳을 바라보았지만, 그에게는 잘 보이지 않았다.

"무슨 일 때문에 그러십니까, 공주님?"

미에느가 나지막하게 말했다.

"소론 왕, 분명 아직 나이가 어리다고 했지? 성년식도 치르지 않았다고."

"그렇습니다만."

"그럼 맞는 거 같은데? 방금 소론 왕이 소로노스 정문을 통해 밖으로 나왔어."

브리타니는 고개를 갸웃하더니 다시금 미에느가 보는 방향을 바라보았다.

하지만 평생을 책과 문서만 마주했던 그의 늙은 두 눈에는 흐릿한 모습만이 보일 뿐이었다.

"정말입니까? 수행원은요? 대동하고 있습니까?"

"뒤로 쭉 소로노스의 기사들이 있는 것 같기는 한데, 무장은 하고 있지만 검을 빼 들진 않았어. 대략 한 오십여 명 정도."

"……."

"왜지? 성문을 활짝 열어 놓고는 자기가 먼저 나와서 기다리고 있다니. 저 오십여 명으로 우리 연합군을 상대할 생각은 아닐 테고. 그렇다고 함정이라고 하기에는 굳이 성 밖으로 나올 필요가 있나?"

"가짜일 확률이 높습니다."

미에느는 고개를 저었다.

"아니야. 저 눈빛… 저 눈빛은 진짜야, 브리타니 백작."

"……"

"백작, 나랑 같이 가자. 군대는 잠시 세워 두고."

"고, 공주님?"

그렇게 말한 공주는 주먹을 쥔 손을 높이 들었다. 그러자 그 신호를 받은 연합군은 차츰 진군을 멈추기 시작했다. 하지만 공주는 속도를 줄이지 않았기 때문에, 그녀만 홀로 튀어나가게 되었다.

둘 사이에서 어찌할 바를 모르던 브리타니에게, 미에느 공주가 고개를 돌리곤 말했다.

"뭐 해? 나랑 가자니까?"

"그, 그것이… 공주님, 너무 위험하지 않겠습니까?"

"위험이야 하겠지. 하지만 군대 전체를 이끌고 가는 것보다는 리스크가 적어. 게다가 군대를 여기 두고 있어야, 우리가 죽어도 복수해 주지. 무슨 말인지 몰라?"

"……"

"그런 표정 짓지 말고. 얼른 따라오기나 해. 왕이 나왔으니,

우리도 응당 나가야지."

그녀는 엉덩이를 세우고 힘껏 말을 몰아 앞으로 내달렸다.

브리타니는 한숨을 쉬었지만, 하는 수 없이 그녀를 따라서 달려 나갈 수밖에 없었다.

수천의 군대에서부터 두 명이 튀어나와, 성문 앞에 있던 소론 왕 앞에 다다랐다.

소론 왕이 말에서 내리자, 미에느와 브리타니도 말에서 내렸다.

소론 왕이 말했다.

"안녕하십니까, 미에느 공주님. 수행원들을 이끌고 소론을 여행 중에 계시다는 소식을 들었습니다만, 이렇게 소로노스까지 방문하시다니 영광입니다."

"……."

"……."

둘은 황당함에 아무 말도 하지 못했다.

소론 왕은 태연하게 말을 이었다.

"소로노스에 오신 것을 환영합니다. 어서 들어오십시오."

그 말에 미에느와 브리타니는 어이없는 표정을 짓고 서로를 돌아봤다.

브리타니가 먼저 고개를 돌리고 말했다.

"소론 왕께서 뭔가 착각하시는 것 같은데, 저희는 전쟁을 하러 온 것입니다."

소론 왕은 금시초문이라는 듯 놀라며 말했다.

"전쟁이요?"

브리타니가 한쪽 입꼬리를 올렸다.

"라마에시스 왕국은 정식으로 소론 왕국에 전쟁을 선포하였습니다. 이에, 군대를 이끌고 온 것입니다. 그러니 소론의 안위를 생각하신다면, 저희 라마에시스 왕국에게 항복하시길 권고하겠습니다."

소론 왕은 고개를 갸웃했다.

"저는 전혀 들은 바가 없습니다만. 확실히 전쟁을 선포하신 것 맞습니까?"

이에 브리타니가 뭐라 더 말하려는데, 미에느가 먼저 한 발자국 앞을 나가며 말했다.

"이상한 술수를 부리시는군요. 전쟁 선포를 듣지 못했다고요? 그럼 지금 들려 드리겠습니다. 저희는 소론 왕국을 향하여서 전쟁을 선포하겠습니다. 그러니 당장 항복하십시오."

이에 소론 왕은 고개를 저으며 말했다.

"죄송하지만, 제가 알기로는 라마에시스 왕가 또한 사랑교를 섬기는 사랑교도인 것으로 알고 있습니다. 그렇다면 전쟁을 선포하기 위해서 우선 사랑교의 허가를 받아야 할 텐데요? 게다가 이렇게 여행인 것처럼 은근히 수천의 기사들을 이끌고

와서는 갑자기 수도 앞에 진을 치고 항복을 하라니요? 당황스
럽기 그지없습니다."

"이미 허가가 난 상황입니다. 분명 소로노스의 주교를 통해
연락이 들어갔을 겁니다."

소론 왕은 안타깝다는 듯 표정을 지으며 말했다.

"죄송하지만, 전 들은 소식이 없습니다. 또한 전쟁을 원하신
다면 전투하기 좋은 곳과 시일을 정하여서 알려 주십시오. 그
때를 맞춰서 소론의 전력을 다한 기사들과 마법사를 준비하
겠습니다. 이런 식으로 몰래 국토 안에 발을 디디고는 갑자기
전쟁을 하겠다 하면 당신들이 야만인들과 다를 것이 무엇입니
까?"

미에느는 코웃음을 치며 말했다.

"아무리 소론 왕께서 떼를 쓰셔도, 이미 전쟁은 선포되었
을 뿐만 아니라 시작되었습니다. 저희는 소론의 각 영지를 돌
면서 전쟁의 의사를 확고히 했고, 공간이동이 아닌 진군을 통
하여서 그 의사를 분명히 했습니다. 모른 척하신다고 해서 될
일이 아닙니다."

소론 왕은 한숨을 쉬더니 말했다.

"흐음, 저는 미에느 왕녀께서 수행원들을 데리고 소론의 이
곳저곳을 유람하시는 줄 알았습니다. 때문에 소로노스에도
왕녀님을 맞이하기 위해서 성대한 파티를 열었습니다만."

브리타니는 웃어 버렸다.

"파티요? 하하하, 이거 참. 침략한 군대를 위해서 파티를 여셨다는 겁니까?"

소론 왕이 대답했다.

"그렇습니다. 이에 델라이는 물론이고 천년제국에서도 귀빈들이 오셨습니다. 하지만 이런 때에 전쟁으로 인해서 소로노스가 전란에 휩싸이면 델라이와 천년제국에서도 가만히 있지는 않을 텐데요. 워낙 중요한 분들이라서 말입니다."

그 말에 브리타니와 미에느의 표정이 순식간에 굳어졌다.

그들은 서로를 돌아봤다.

눈빛을 통해서 그들은 같은 생각을 하고 있음을 알 수 있었다.

그들의 고개가 다시금 동시에 돌아가 소론 왕을 향했다.

"만약 델라이가 조금이……."

"천년제국의 사랑교에……."

동시에 말을 시작한 터라, 그들은 곧 말을 멈췄다.

이에 브리타니가 고개를 숙이면서 먼저 말하라 신호했고, 미에느가 다시 입을 열었다.

"만약 델라이가 이번 전쟁에 조금이라도 관여한다면, 이는 같은 사왕국인 라마에시스에게 전쟁을 선포한 것과 다름없습니다. 다시 말씀드리자면, 이는 제국과 사왕국 사이에 맺은 미티어 스트라이크 협정을 위반한 것이지요."

소론 왕은 고개를 저었다.

"아닙니다. 델라이에서 오신 귀빈께서는 직책을 맡고 계시지 않습니다. 그저 신분이 높으신 분이라 귀빈인 것입니다."

"누구죠?"

"시아스 머혼입니다."

그 말에 미에느의 얇은 눈이 더욱 얇아졌다.

"시아스? 그녀가 소로노스에 왔다고요?"

"예, 그렇습니다. 저희가 성대한 파티를 연다 하니, 참석하겠다고 하셨습니다."

이에 미에느가 말이 없자, 브리타니가 말했다.

"천년제국의 사랑교는 분명 이 전쟁을 허가했습니다. 소론 왕국은 본래 라마에시스의 치하에 있던 곳으로 사실 왕국도 자치령도 아니지요. 그저 델라이가 불법적으로 점거하고 자치령으로 삼았던 것뿐이었고, 사랑교가 이를 용인했을 뿐입니다. 그러나 몇 달 전 소론 왕국은 스스로의 의지로 델라이로부터 독립하였습니다. 그러니 라마에시스가 소론 왕국을 침공한다 해도, 더 이상 사왕국 간의 대립이 될 순 없습니다. 그리고 사랑교에선 제국과 사왕국 간의 대립이 아니라면, 또한 이처럼 역사적 정당성이 있다면, 전쟁을 하지 말라고 주장할 수 없지요."

이에 소론 왕이 말했다.

"엄밀히 말하면 저희는 독립하지 못했습니다. 델라이와의 전쟁에서 패배했고, 그 대가로 델라이에 부속하게 되었으니까요."

브리타니는 준비한 것처럼 바로 말했다.

"하지만 실상은 전혀 그렇지 않지요. 델라이는 내전 중에 있었고, 그 때문에 소론 왕께서는 소론을 자체적으로 통치하셨습니다. 그 증거는 몇 주 전부터 소론 왕께서 독자적으로 입헌하신 안건들만 봐도 알 수 있지요. 사랑교에서도 이를 증거로 받아들여 소론은 자체적으로 통치하는 독립국이라 인정했습니다. 그러니 이렇게 전쟁 선포를 받지 못했다고 떼를 쓰셔도 전혀 의미가 없다는 말입니다."

소론 왕이 대답했다.

"만약 그랬다면 전란으로 휩싸여야 마땅할 이 소로노스에 천년제국의 황녀께서 왜 오셨겠습니까? 사랑교는 천년제국의 황가와 밀접한 연관이 있습니다. 사랑교에서 허락한 전쟁에 천년제국의 황녀를 보냈다는 것이 말이 됩니까?"

미에느의 눈썹이 흔들렸다.

"황녀요?"

"예. 지금 소로노스 왕궁에는 라시아 펠릭스 황녀께서 와 계십니다. 그뿐만 아니라 제국의 많은 귀족들께서 참석하였지요. 그런 상황에서 저희 소로노스를 침공하겠다는 것은 그들의 신변을 상관치 않겠다는 말로 들립니다."

시아스 머혼.

라시아 펠릭스.

그들의 아버지는 실질적으로 델라이와 천년제국을 지배하는 통치자들이다.

미에느는 의미 모를 미소를 지었다.

"좋아요. 그 파티, 참석해 드리지요."

이에 브리타니가 놀란 표정으로 그녀를 바라보는데, 소론왕이 고개를 숙이며 인사했다.

"7시까지 왕궁에 와 주시면 감사하겠습니다. 파티의 주인공은 엄연히 미에느 공주님이시니까요."

"가죠, 브리타니 백작."

미에느는 말을 돌려서 먼저 연합군 쪽으로 달렸다. 그러니 브리타니도 결국 그녀를 따라갈 수밖에 없었다.

연합군에 도착한 그녀는 말에서 내려 즉각 캡틴들을 소집했다. 마법사들에 의해서 방음 마법이 갖춰지자, 브리타니가 그녀에게 말했다.

"정말로 파티에 참석하실 겁니까?"

미에느는 한 기사가 준비한 의자에 앉으면서 어깨를 들썩였다.

"완전히 당했어. 오히려 군사 활동을 보여 줬으면 이를 빌미 삼아서 뭐라도 할 텐데 말이야. 델라이는 그렇다 쳐. 라시아 황녀는… 정말이지, 도대체 소론에서 어떻게 라시아 황녀를 움직인 것이지?"

"황제와 머혼은 긴밀한 관계라고 알려져 있습니다. 아마 시아스가 초대한 것이겠지요. 아니면 그냥 거짓말일 수도 있고."

미에느는 고개를 저었다.

"거짓말일 리는 없어. 그 눈빛과 자신감은… 분명 뒤가 있는 사람의 것이지. 그런데 그냥 믿기도 어려워. 시아스는 데뷔 때부터 사교계에서 완전히 퇴출된 여자야. 사교계의 여제라 알려진 라시아가 겨우 그녀의 요구에 움직였을 리 없지. 자기 자신하고 엮이는 것조차 더럽고 추하다고 생각할 텐데 말이야."

"……"

"어차피 델라이와는 결국 갈등 관계로 가겠지만, 라시아 황녀는 잘못 건드렸다가 황제까지 자극할 가능성이 있어. 그가 직접 개입하기 시작하면 델라이는커녕 소론에서도 손을 놓아야 할 거고."

"어차피 머혼과 황제는 같은 편 아닙니까? 저희가 계획대로 델라이를 침공하면 결국 머혼과 대립하게 될 것이고, 그러면 또 황제와는 절로 대립할 것입니다. 아니, 그렇기 때문에 황제

쪽에서도 미리 손을 써서 라시아 황녀를 보냈을 수도 있지 않습니까?"

라시아는 때마침 기사가 앞에 내려놓은 물을 한 모금 마셨다.

그녀가 말했다.

"그렇지 않아. 황제와 머혼은… 분명 겉으로는 의형제를 맺은 사이라고 알려져 있지만, 서로 이익이 되지 않으면 철저하게 버릴 사이니까. 그들의 우정은 어린 시절에나 깊었지, 나이가 들고 권력의 자리에 오래 있던 만큼, 더 이상 유지되진 않고 있다 봐야 해."

브리타니는 콧수염을 매만졌다.

"글쎄요. 저는 그저 보이는 대로 생각하는 게 맞는 것 같습니다. 황제는 머혼을 아끼기 때문에, 델라이를 보호하고자 소론에 자신이 총애하는 딸을 보내면서까지 전쟁을 막으려는 것이지요. 간단하지 않습니까? 그리고 또한 라마에시스를 포함한 세 왕국이 델라이를 먹는 것도 탐탁지 않았을 것이고요."

"흐음, 그런가? 나는 분명 우리가 모르는 뭔가가 있을 것 같은데……."

브라티나는 한숨을 쉬었다.

"아무튼 저들의 수는 꽤나 인상 깊은 것이긴 합니다. 고작 젊은 여귀족 둘로 전쟁을 막다니요."

그때 연합군을 이끄는 캡틴들이 하나둘씩 방음 마법 안으로 들어섰다. 대략 20여 명 정도 되었는데, 그들은 모두 라마에시스와 다른 두 왕국의 기사단장들로, 자연스럽게 세 부류로 앉았다.

미에느는 다리를 꼬며 모두에게 상황을 설명했고, 이내 질문했다.

"만약 이 상황에서 우리가 전쟁을 강행한다면 어떤 일이 일어날 것 같습니까?"

이에 다른 두 사왕국 중 하나인 토레이의 기사단장 중 한 명이 대답했다.

"사랑교에서 허락한 것은 맞지 않습니까? 그러니, 크게 문제될 것은 없다고 봅니다만."

그러자 두 사왕국 중 다른 하나인 크반의 기사단장 중 한 명이 반론을 제기했다.

"하지만 이는 황제에게 명분을 주게 됩니다. 제국이 끼어들수 있는 명분을요."

"우리가 라시아 황녀만 건들지 않으면 되는 것 아닙니까?"

"우리가 그녀를 건드리지 않아도, 황제가 암살자를 보내서 죽이겠지요. 어차피 명분을 삼으려고 보낸 것이니까요."

그 간단한 말에 몇몇 기사단장들은 침음성을 내었다.

여기 모인 사왕국의 기사들은 각자 특색이 뚜렷하여, 양지에서 활동하는 이들과 음지에서 활동하는 이들 모두가 모여 있었다. 그중 명예와 기사도를 소중히 여기는 기사단장들이 그 말에 격한 반응을 보인 것이다.

그들의 입장에선 사람이 그런 생각을 해낸다는 것 자체가 믿기지 않았다.

미에느가 말했다.

"그럼 라시아 황녀는 이곳에 죽으러 온 것이군요. 천년제국의 개입을 위해서."

방금 말했던 크반의 기사단장이 양손을 펼쳐 보이며 말했다.

"우리가 전쟁을 강행한다는 가정하에서 그렇습니다. 우리가 이대로 돌아간다면, 황녀도 무사하겠지요."

이에 브리타니가 말을 얹었다.

"사실 그렇지도 않습니다. 오늘 저녁 파티장에서 그녀가 암살이라도 당해 보십시오. 우리가 군사 활동을 전혀 하지 않았더라도, 천년제국에서 그대로 우리 탓을 해 버리면 그만입니다."

미에느가 고개를 저었다.

"라시아가 황제에게 총애를 받는 것은 그녀 나름대로 사교계에서 엄청난 영향력을 미치기 때문입니다. 그런데 그런 그녀를 전쟁의 개입을 위해서 이곳에서 희생시킨다는 겁니까?"

그 말에 처음 대답했던 토레이의 기사단장이 말했다.

"최근 천년제국이 빠른 미티어 스트라이크나 드래곤을 이용한 노마나존 등등, 여러 신기술들을 델라이에 시험해 봤다는 건 잘 아시지 않습니까? 천년제국의 집정관은 언제나 사왕국과의 전쟁의 빌미를 찾아다녔습니다. 이번에 그것을 얻으려고 하는 것인지도 모르겠습니다."

이에 크반 기사단장이 말했다.

"그건 황제와 집정관이 손을 잡았을 때나 가능한 말입니다. 물론 그것이 아주 불가능한 건 아니지만요."

"그야 지금으로선 확실히 알 수 없는 것 아니겠습니까?"

그 말에 기사단장들이 모두 수긍했다.

정보가 확실하지 않으니, 해결책도 잘 나오지 않는 것이다.

이에 가만히 앉아서 고민을 거듭하던 미에느가 나지막하게 말했다.

"그럼 라시아 황녀만 죽지 않으면 되는 것 아닙니까?"

브리타니가 되물었다.

"예?"

미에느는 한참 동안이나 말을 하지 않다가 이내 말을 이었다.

"그러니까 전쟁을 강행하되, 라시아 황녀만 우리 쪽에서 보호하는 것입니다. 황제가 전쟁에 끼어들려 할 때 우리가 소론으로부터 그녀를 보호했다 하면, 황제는 우리와 전쟁할 명분이 없을 겁니다. 오히려 소론과 전쟁을 해야 하지요."

"······."

"그리고 막상 일이 그렇게 되고 나면 황제 입장에서도 델라이가 아니라 우리 쪽에 붙는 것이 명분이 더 선다는 사실을 깨닫게 될 겁니다. 제국이 붙은 만큼 델라이를 무너뜨리고 얻는 이득은 줄어들겠지만, 확실히 우리 편으로 끌고 들어오는 것치고는 싼 대가라고 생각합니다."

"······."

"혹 저보다 더 좋은 생각이 있으시다면, 언제든 말씀해 주시면 됩니다."

이 말에 모든 기사단장들은 자기들만의 생각에 빠졌다.

이후 몇 가지 의견들이 더 있었지만, 어느 것도 미에느의 생각보다 더 나은 것이라는 인정을 받지 못했다.

이에 그들은 라시아 황녀의 신변을 보호하는 방향으로 결정하고는 미에느 공주와 함께 왕궁에 침투시킬 기사들을 선별하기 이르렀다.

사실 이는 정해져 있었다.

그때 한 기사가 방음 마법 안으로 들어오자, 모두의 시선이 그에게 꽂혔다.

"부르셨습니까?"

미에느가 말했다.

"임모탈 기사단장 스파르타쿠스, 듣자 하니 최근 당신은 무공을 익힌 기사와 싸워서 승리했다고 들었습니다. 맞습니까?"

스파르타쿠스는 고개를 끄덕였다.

"무공을 익힌 델라이의 흑기사와 싸워서 승리하긴 했었습니다."

"때문에 연합국에선 거금을 들여 당신을 모신 것이기도 하고요."

그녀의 미묘한 시선을 보며, 스파르타쿠스는 단도직입적으로 물었다.

"무슨 일 때문에 부르셨습니까?"

미에느가 대답했다.

"저와 함께 소로노스로 들어가시지요. 그곳에서 기사단의 품위에는 맞지 않는 일을 하게 될 거예요. 그러다 보니, 용병인 당신을 쓰려고 합니다."

"……."

"또한 무공을 익힌 자들과 마주할 가능성이 있어요. 델라이가 바보가 아니라면 말이지요. 물론 그렇지 않을 수도 있고."

스파르타쿠스는 시선을 돌려 기사단장들을 보았다.

의심의 눈초리.

경멸의 눈초리.

혐오의 눈초리.

그를 향한 기사단장들의 시선은 모두 부정적이었다.

그는 눈길을 돌려 미에느를 보았다.

"다시 묻습니다만, 어떤 일을 시키려고 하시는 것입니까?"

"제국 출신인 당신은 라시아 황녀를 잘 알겠지요. 지금 그녀가 소로노스에 있어요. 그녀의 신변을 지켜 주면 돼요."

스파르타쿠스의 눈썹이 꿈틀거렸다.

"라시아 황녀?"

"예. 그녀가 저 안에서 죽을 수도 있거든요. 그러니 그녀를 소로노스에서 빼 와 이곳 우리의 군대 안에서 보호할 생각입니다."

그 말에 스파르타쿠스의 눈이 반쯤 감겼다.

"결국 납치를 해 달라는 것이로군요."

"그래요. 납치."

"……."

"내 알기로는 당신은 돈이라면 무슨 일이라도 한다고 들었습니다만. 저희가 약속한 금액에다 절반을 더 얹어 주지요."

그 말에 스파르타쿠스의 두 눈이 번쩍 뜨였다.

그걸 본 한 기사단장이 툭 하니 말했다.

"아주 좋아 죽는군."

그러자 다른 기사단장들도 그를 비웃기 시작했다.

"하하핫."

"큭큭."

스파르타쿠스는 가만히 그 모욕을 참아내었다.

그가 말했다.

"좋습니다. 그렇게 하지요."

미에느는 작은 미소를 지어 보였다.

"그럼 6시까지 저와 함께 소로노스로 가지요. 파티 수행원
은 기본이 네 명이니, 임모탈 기사단에서 가장 강한 네 명으
로 부탁드리겠습니다."

스파르타쿠스는 고개를 한번 끄덕여 보인 뒤, 방음 마법 밖
으로 나갔다.

미에느는 기사단장들을 향해서 말했다.

"각 캡틴들께서는 언제든 전투를 할 수 있게끔 기사들을
준비해 주십시오. 라시아 황녀를 빼 오는 대로 소로노스를 침
공하겠습니다. 마법을 동원해서라도 오늘 밤 소로노스를 함
락하지요."

이에 기사단장들은 하나둘씩 자리에서 일어나 사라졌다.

둘밖에 남지 않게 되자, 브리타니가 말했다.

"저들 중에 첩자가 있을 수 있습니다."

미에느가 대답했다.

"그렇다 해도, 상황을 설명하지 않을 수 없었어. 우리가 연

합군인 이상 어쩔 수 없는 것이지."

"……"

"그리고 첩자를 통해서 정보가 저쪽으로 흘러들어 간다 해도 크게 달라질 것은 없어. 그나마 할 수 있는 것은 두 가지. 라시아 황녀를 미리 암살하든가, 아니면 보호하든가. 전자의 경우에는 우리가 막을 수 있는 수단이 없고, 후자의 경우는 어차피 당면할 문제야."

"흐음."

"그리고 내 감인데 저들 중에는 없었어. 대책을 논의하는 중에 표정 변화와 눈빛을 잘 살펴보았는데, 모두들 대책을 마련하는 데 심혈을 기울였지. 대강 자신의 생각을 아무 말로 때워 버리곤 어떻게 이 정보를 소론에 보낼까 고민하는 자는 없어 보였어."

"공주님의 감이라면. 흐음, 알겠습니다. 혹 소론 왕이 거짓말을 한 것일 가능성은 없겠습니까? 그저 미에느 공주님을 성 안으로 들이고 역으로 납치할 생각일 수도 있습니다."

"그건 아직 시간이 있으니 사람을 써서 확인해 보도록 하자. 진짜 파티가 열리는 것인지, 델라이와 제국에서 귀족들이 왔는지. 그것은 저들이 기밀로 숨기는 정보가 아니니까, 쉽게 알아볼 수 있을 거야."

"예, 공주님."

"그보다 사랑교에 연락해서 확인해. 과연 사랑교가 황제와 대립하고 있는지, 아니면 다 알면서 우리에게 전쟁을 허락했는지. 이 또한 매우 중요해."

브리타니는 고개를 숙였다.

"알겠습니다, 공주님."

그 또한 곧 방음 마법 밖으로 걸어 나갔다.

홀로 남은 미에느는 하늘을 올려다보면서 깊은숨을 들이마셨다.

"시아스라고? 그 오줌싸개가 어떻게 변했을까? 거의 죽은 것처럼 살아 있다고 들었는데, 파티에 나오다니……."

*　　　　*　　　　*

"공주님."

작은 한마디였지만, 쪽잠을 자고 있던 미에느를 깨우기엔 충분했다.

그녀는 눈을 번쩍 뜨더니 허리를 짚고는 의자에서 일어났다.

"허리 아프네. 알아보라는 건?"

브리타니는 공손한 어투로 대답했다.

"황제와 사랑교는 아직 반목하는 사이라는 정보가 있었습니다. 이는 사랑교가 이 전쟁을 찬성하고, 황제는 막으려 한다는 가설을 뒷받침합니다."

"라시아와 시아스는? 정말 왔어?"

"그들뿐 아니라 제국의 많은 귀족들이 왔습니다. 그리고 소론 같은 변방에선 있을 수 없는 규모의 파티를 준비하고 있다더군요. 아침에 감지되었던 대규모 공간이동을 통해서 이번 파티를 위한 많은 물자들을 소로노스로 들여온 것이라 합니다."

"그래? 그럼 내가 들어간다고 해서 감금당하거나 그러지는 않겠네."

"하지만 조심하셔야 합니다. 미에느 공주님께서는 라마시에스에서 절대 잃을 수 없는 분이시니까요."

"고마워. 하지만 내가 이 정도의 위험을 감수하지 않으면 안 돼. 내가 직접 가서 라시아를 만나 보고 그녀의 의중이 무엇인지 확실히 확인해야 계획을 실행할지 안 할지도 판단이 서니까."

"정보가 너무 부족한 탓입니다. 죄송합니다."

"아니야. 애초부터 그냥 이리저리 진군하지 말고 전쟁 선포 후 소로노스로 즉각 올 걸 그랬어. 기를 꺾는다는 게, 너무 많은 시간을 줘 버린 꼴이 됐네."

그녀는 하녀가 가져온 물에 얼굴과 귀를 씻었다.

이에 브리타니가 말했다.

"그대로 가실 생각이십니까?"

라시아는 수건으로 얼굴을 닦으며 말했다.

"치장은 가서 하려고. 뭐라도 주겠지, 초대까지 했는데."

"……."

"그럼 백작은 여기 남아서 기사들을 통솔해 줘. 내일 정오까지 내가 돌아오지 않으면 즉각 공격하고."

"알겠습니다, 공주님."

미에느는 막사 밖으로 나갔다.

그곳에는 스파르타쿠스를 포함한 네 명의 임모탈 기사단이 서 있었다.

그들은 모두 절로 두려움을 심어 주는 기이한 눈빛을 하고 있었다.

"준비되었습니다."

목소리마저도 음산한 느낌을 주었다.

미에느가 말했다.

"전 제 말을 타고 갈 테니, 그 옆에서 호위하듯 걸어오시면 됩니다. 누구하고도 말을 섞지 말고 제 신변을 최우선으로 생각하되, 중간중간 라시아를 어떻게 납치할 수 있을까 봐 두고 계십시오. 그리고 제가 명령하면 그녀를 납치하여 수단과 방법을 가리지 않고 브리타니 백작에게로 데려오시면 됩니다."

스파르타쿠스가 말했다.

"기사단 내에서 셈을 해 보았습니다. 이 임무에 성공한다면, 절반을 더 주는 것이 아니라 두 배로 주십시오. 그러면 임모탈 기사단의 오랜 염원을 이룰 수 있습니다."

미에느는 잠시 고민했다.

"그 정도라면 제 재량 아래 있어요. 좋아요. 성공한다면 약속한 금액의 두 배로 드리겠습니다. 대신 최선을 다해야 할 겁니다."

스파르타쿠스가 말했다.

"선불로 부탁드리겠습니다."

"……."

"넷의 목숨을 걸고서라도 반드시 임무를 완수할 것이니."

그 눈빛에는 단단한 결연함이 있었다.

미에느는 찬찬히 다른 세 임모탈 기사들을 보았는데, 그들의 눈도 마찬가지였다.

그녀가 고개를 끄덕이더니 말했다.

"좋습니다. 받아 가시지요. 여봐라."

하녀가 다가오자, 미에느는 그녀에게 말을 전했다.

그 와중에 스파르타쿠스가 멀찍이 있는 한 임모탈 기사를 불러다가 마찬가지로 말을 전했다. 그 둘은 곧 막사들 사이로 사라졌다.

거래는 이뤄졌다.

"가실까요?"

미에느는 자신의 애마를 찾아 그 위에 올라타곤 천천히 말을 몰았다. 임모탈 기사단 네 명은 묵묵히 그녀의 뒤를 따랐다.

소로노스의 성문쯤에 도착하자, 그들을 마중 나온 소론의 기사들이 있었다.

"어서 오십시오, 미에느 공주님. 채비를 하시겠습니까?"

"그런 배려를 해 주신다면 감사하지요."

"저희를 따르십시오."

두 기사는 말의 고삐를 잡고 그녀를 안내했다.

소로노스의 거리는 한가했다. 여섯 시라면 사람이 아주 없을 시간은 아닌데, 마치 새벽이라도 된 듯 아무도 밖에 나와 있지 않았다. 그뿐이랴, 문이나 창문도 모두 닫혀 있었다.

간혹 열려 있는 창문 틈으로 사람이 보였는데, 미에느와 눈이 마주치자 얼른 창문을 닫아 버렸다.

미에느는 으스스한 기분을 느꼈지만, 그녀를 따르는 임모탈 기사단을 보며 안심했다.

그들은 이내 소로노스의 왕궁에 도착했다.

미에느는 그 왕궁을 보곤 다시금 소론이 약소국임을 알 수 있었다. 라마시에스의 유명 가문의 저택들보다도 못했기 때문이다.

　다만 한 가지 확실한 것이 있다면 그 건물이 수백 년은 됐을 만큼 오래된 것이라는 점이다. 거기서 오는 웅장함과 무게는 분명히 휘황찬란한 궁전에선 느낄 수 없는 것이었다.

　소론은 약소국이지만, 역사가 깊은 나라다. 국민들의 정체성도 깊다. 애초에 그 때문에 라마시에스에도, 델라이에도 흡수되지 않은 것이다.

　그녀는 기사들의 안내를 따라 한 방에 도착했다. 그 장소 안엔 반경 3m 정도 되는 큰 나무통이 있고 그 안에 뜨거운 물이 담겨져 있었는데, 먼저 수욕을 하라는 뜻이었다.

　그녀가 옷을 벗자 임모탈 기사들이 밖으로 나가려 했다.

　그런데 그들을 향해서 미에느가 말했다.

　"그냥 안에서 지켜요. 지금이 위험하니까. 그리고 하녀들은 다들 나가 줘."

　스파르타쿠스와 임모탈 기사들은 잠시 고민했지만, 곧 고개를 끄덕이고는 동서남북 네 방향으로 돌아섰다. 방 안에서 그녀를 치장하기 위해 대기하던 하녀들은 다 밖으로 나갔다.

　미에느는 네 기사의 호위 속에서 몸을 씻고, 흑색의 드레스를 입었다. 큰 장식들 없이 파티 복장만 간신히 갖춘 그녀는 다행히 7시가 되기 바로 직전에 모든 채비를 마칠 수 있었다.

　그녀는 남는 시간 동안 눈을 감고 명상을 하며 긴장한 심신을 달랬다.

"시간이 되었습니다."

하녀의 말에 그녀는 자리에서 일어났다. 그리고 네 기사들을 대동하고 그 하녀를 따라 나갔다.

깊고 어두운 복도.

한참을 걷자, 저 멀리서 빛이 흘러들어 오는 것이 보였다. 그리고 그곳에서 웅성거리는 사람들의 대화 소리도 들려오기 시작했다.

그녀를 안내하던 하녀 중 한 명이 속도를 내 앞으로 나아갔다. 그리고 발표자에게 그녀의 등장 소식을 알려 주자, 그녀를 소개하는 말이 파티장 전체로 울렸다.

"이번 파티의 주인공이신 미에느 조프르아 라마시에스께서 입장하십니다!"

팡파르가 울리며 사방에서 박수가 쏟아졌다.

미에느는 곧 빛 가운데로 모습을 드러냈다.

파티장에는 라마시에스에서 열린 어떤 파티도 따라갈 수 없는 화려함이 가득했다.

마법인지 뭔지 모를 빛을 내는 구체들. 이리저리 벽과 천장을 어지럽히는 예쁜 문양들. 파티장에 있는 사람 수의 다섯 배를 충분히 먹이고도 남을 음식과 다과들.

또한 이곳에 참석한 다양한 귀족들이 각양각색으로 자기

자신을 뽐내고 있었는데, 모두들 고급 천으로 만든 옷과 값비싼 보석을 주렁주렁 몸에 달고 있었다. 악기를 연주하는 연주단은 제국의 황정악단을 방불케 하는 솜씨였으며, 이리저리 시중을 드는 하녀들조차 그 미모가 빼어났다.

이 모든 것을 한눈에 훑어본 미에느는 사람들의 시선이 자신을 향해 있다는 것을 깨달았다. 그녀는 익숙하게 모두에게 고개를 숙이곤 대강 머리에 떠오르는 것을 말했다.

"소로노스에서 절 이렇게 환영해 주시니 감사합니다. 저는 아마 평생 동안 이 환대를 잊지 못할 겁니다."

그 말에 한쪽에 있던 소론 왕이 잔을 들면서 모두에게 외쳤다.

"미에느 공주의 아름다움을 위하여."

그러자 모두가 똑같이 말했다.

"미에느 공주의 아름다움을 위하여."

잔 부딪히는 소리와 함께 파티는 다시 시작되었다.

소론 왕은 미에느에게 다가오더니, 그녀에게 춤을 권했다.

미에느는 웃으면서 말했다.

"파티장에 들어오자마자 춤이라니요."

소론 왕은 대답했다.

"여기 계신 분들은 다들 제가 당신을 사모해서 청혼이라도 하려고 이런 성대한 파티를 준비한 줄 알고 있습니다. 그러니 거절치 마시고 잠깐이라도 추시지요."

그 말에 미에느는 고개를 끄덕일 수밖에 없었다.

소론 왕의 손을 잡은 미에느가 중앙으로 나오자, 춤을 추고 있던 귀족들도 자리를 비켜 주었다.

곧 악단은 새로운 음악을 시작했고, 이에 맞춰서 다들 새로 춤을 추기 시작했다.

스텝을 밟아가며, 미에느가 소론 왕에 귓가에 입술을 달싹 였다.

"사랑교에 확인했습니다. 전쟁은 허락되었고, 소론의 대주교 에게도 소식이 전해졌다고 합니다만."

소론 왕도 마찬가지로 미에느에게 속삭였다.

"그러고 보니 안토니오 대주교께서 몸이 좋지 않아 요양하 고 계십니다. 그 때문에 제게 소식을 전하지 못한 것이 아닌 가 합니다."

그때 마침, 미에느의 시선에 라시아가 들어왔다.

과연 제국에서 가장 아름답다고 소문이 자자한 그녀는 잘 생기고 자신감이 가득한 여러 젊은 남자 귀족들 사이에서 웃 음꽃을 피우고 있었다. 그러나 그녀의 눈은 미에느에게 고정 되어 있었다.

미에느가 말했다.

"라시아 황녀를 너무 믿으시는 건 아닙니까? 그녀가 얼마나 소로노스에 머물겠습니까? 그저 환영 파티에 지나지 않는 것을 이틀, 사흘씩 질질 끌어 봤자, 그녀는 곧 흥미를 잃고 떠날 겁니다. 그러면 저희는 바로 공격을 강행할 겁니다."

"하지만 적어도 오늘은 편안하겠지요. 매일매일 소로노스의 시민들에게 평안한 밤을 주는 것이 제가 왕으로서 존재하는 이유입니다."

"과연, 그러시군요."

춤이 끝나자, 소론 왕은 박자에 맞춰 정중히 고개를 숙여 보이며 말했다.

"그럼 파티를 더 즐겨 주시길."

미에느는 드레스를 살짝 잡아 보이곤 바로 몸을 돌려 라시아에게로 향했다.

수많은 남자들에게 둘러싸여 있던 터라 그녀에게 접근하기가 쉽지 않았는데, 다행히 라시아가 먼저 미에느를 발견하고 말을 걸어 주었다.

"안녕하세요, 공주님? 오랜만에 뵙습니다. 전에 토레이에서 뵈었었지요?"

미에느도 인사했다.

"안녕하세요, 황녀님. 저희가 가장 최근에 본 것은 아마 크반이 아닐까 싶습니다. 2년 전 겨울에요."

"아, 아, 그랬죠, 맞아요. 아버님은 강녕하신가요?"

미에느는 방긋 웃더니 말했다.

"잠시 저와 테라스로 가실까요? 가서 여인들의 대화를 나누심이 어떠신지요?"

그 말에 라시아도 깊은 미소를 지었다.

"여인들의 대화를 원하시는 분치고는 너무 삭막한 분들을 대동하시고 계시네요. 후훗, 그래도 여긴 파티장인데."

미에느가 슬쩍 뒤를 보니, 어느새 임모탈 기사단 넷이 따라붙어 있었다.

"저를 지키시는 분들이라 제가 이래라저래라 명령할 수는 없네요."

그 말에 라시아가 말했다.

"그럼 저도 한 분 정도만 대동할게요. 한 명밖에 안 되니까 괜찮겠죠?"

라시아는 미에느의 말을 듣지도 않고 한쪽을 향해서 손짓했다.

그곳에는 음침한 얼굴을 한 소년이 있었는데, 그 얼굴을 보니 파인랜드에서 찾아볼 수 없는 인종이었다.

"저자는……."

라시아는 자신을 둘러싸고 있는 남자들에게 손짓으로 비키라고 한 뒤, 미에느에게 다가가 그녀의 손을 붙잡았다.

"친구예요. 오늘 새로 사귄. 공주님에게도 꼭 소개해 드리고 싶어서요. 후훗."

라시아는 그녀를 이끌고 한쪽 테라스로 성큼성큼 걸어갔
다.

덜컹.

문만큼 거대한 창문을 직접 열어 버린 라시아는 그 뒤로
있는 테라스에 나갔다. 그러자 미에느는 뒤에 따라붙은 스파
르타쿠스에게 말했다.

"당신만 들어와요. 황녀도 한 명만 불렀으니까."

스파르타쿠스는 고개를 끄덕인 뒤, 다른 셋을 테라스의 입
구를 지키게 하고 자기만 그녀를 따라 안으로 들어갔다.

라시아는 난간에 살짝 기대더니 미에느가 온 것을 보곤 말
했다.

"밖에 나온 김에 재밌는 걸 보여 줄게요. 진짜 재밌어요. 대
화는 그걸 보고 난 후에 하지요."

미에느가 영문을 모르겠다는 표정을 지었는데, 그때 막 테
라스로 따라 들어온 중원인이 말했다.

"갑자기 왜 불렀느냐, 라시아?"

누가 감히 제국의 황녀 라시아에게 그렇게 말할 수 있을까?

미에느가 놀라는 사이, 라시아는 아무렇지도 않은 듯 말했
다.

"그거 보여 주세요, 그거. 여기 미에느한테도."

그 중원인은 미에느를 슬쩍 쳐다보더니 곧 손가락 하나를 높이 들며 말했다.

"뭐, 좋다."

구궁-!

하늘이 진동하는 듯한 그 소리에 미에느는 자기도 모르게 위를 올려다보았다.

그 순간 달빛과 별빛을 모조리 삼킨 한 거대한 유성이 구름 사이로 수줍게 모습을 드러냈다.

"서, 설마……."

유성은 일순간 밤하늘을 갈라 소로노스 앞, 연합국이 진을 쳐 놓은 곳에 떨어졌다.

쿠쿠쿵-!

전 궁전이 흔들리는 지진과 함께, 고막이 찢어질 듯한 굉음이 그 충돌에서부터 느껴졌다.

미에느는 그 순간 영혼이 뽑혀 나간 것 같은 충격을 느꼈다.

*   *   *

소로노스 외각에서 피어나는 불의 향연은 그 안에 있는 모든 것을 지옥으로 데려갈 듯했다.

미에느는 라시아를 돌아보며 말했다.

"미쳤어. 세상에. 제국에서 한 건가요? 그런 거예요, 라시아 황녀?"

라시아는 그 광경을 계속해서 바라보며 나지막하게 말했다.

"우와, 정말 아름다워. 살면서 한 번쯤은 정말 보고 싶었는데. 이렇게 보게 되다니. 불길이 꺼질 때까지 이 자리를 떠나지 못하겠는걸. 이 파티에 오길 정말 잘했어."

황홀한 듯한 라시아의 눈빛은 묘한 광기가 서려 있었다.

"라시아 황녀!"

가까이에서 큰 소리로 부르는데도 라시아는 시선을 조금도 움직이지 않았다.

그때 뒤에서 남자의 목소리가 들렸다.

"안토니오 대주교께서 막 쾌차하셨다고 합니다, 미에느 공주."

미에느는 고개를 휙 돌려 창가를 보았다.

그곳에는 소론 왕이 그녀를 바라보고 있었다.

그 뒤쪽으로 모든 귀족들과 하녀들이 너 나 할 것 없이 혼비백산하여 사방으로 흩어지고 있었다.

"소론 왕……."

"전쟁 결과에 대해서 논해야 하지 않겠습니까?"

소론 왕의 주변에는 소론의 근위기사들이 그를 거의 둘러

싸다시피 했다.

스파르타쿠스는 자연스럽게 미에느 옆에 섰고, 테라스 안쪽으로 들어온 세 기사들도 그녀를 둥그렇게 보호했다.

기사들은 모두 검을 빼 들었다.

일촉즉발의 상황.

하지만 테라스에 있는 모든 이들은 전부 유성이 낙하한 곳에 자꾸만 시선을 빼앗겼다.

그중 오로지 미에느와 소론 왕만이 서로에게 시선을 고정하고 있었다.

미에느가 물었다.

"제국과 손을 잡은 건가요?"

소론 왕은 고개를 저었다.

"아닙니다. 중원의 도움을 받았습니다."

미에느는 그 말을 듣고서야 라시아가 중원의 소년에게 무언가 보여 달라고 했던 것이 기억났다. 너무나 큰 충격 때문에 잠시 잊고 있었던 것이다.

그녀의 시선이 중원의 소년을 향하자, 그는 손가락을 접었다.

그러곤 뒷짐을 진 채 그녀를 마주 보았다.

미에느는 다시 소론 왕을 보았다.

"저것이 중원의 힘이란 말인가요?"

소론 왕은 한 손을 옆으로 펼치면서 말했다.

"일단은 전쟁에 관해서 종지부를 지어야 하지 않겠습니까, 미에느 공주. 가서 논하시지요."

미에느는 한참을 소론 왕을 노려보았다.

그에게 공격의 의사가 없는 것을 확인한 미에느는, 몇 번이고 미티어 스트라이크가 떨어진 연합군의 진영에 시선을 던졌다.

아무리 봐도 믿기지가 않았다.

"스파르타쿠스, 길을 내 주세요."

불길에만 시선을 고정하던 라시아는 그 이름을 듣고는 고개를 돌려 기사를 보았다.

"어머? 스파르타쿠스? 정말로 당신이에요?"

스파르타쿠스는 라시아를 완전히 무시하며 분노를 담은 목소리로 낮게 으르렁거렸다.

"저 유성 아래에는 저희 임모탈 기사단의 기사들도 있었습니다."

미에느는 살기 어린 스파르타쿠스의 눈길을 정면으로 바라보며 말했다.

"당신이 기사를 아무리 많이 잃으셨어도, 저보다 많이 잃으시진 않았을 겁니다. 그에 따른 분노 또한 제게 미치지 않을 것이고요."

"……."

"여기서 분노에 몸을 맡기고 죽을 때까지 검무를 추려거든 마음대로 하십시오. 하지만 제가 약조하건대, 오늘 밤 절 끝까지 지켜 낸다면, 이 일을 수 배로 되갚을 기회를 만들어 드릴 겁니다. 반드시."

이후에도 스파르타쿠스는 한참 동안 미에느를 바라보았다.

그는 검을 검집에 넣으며 다른 임모탈 기사에게도 말했다.

"검을 넣어라. 후일을 도모한다."

그 말에 다른 임모탈 기사들도 순순히 검을 검집에 넣었다.

기사단이 유성에 의해서 몰살하는 광경을 보았음에도, 단장의 명령 한마디에 충성하는 것을 보면 그들이 평소 얼마나 훈련되었는지는 말할 것도 없었다.

이를 본 소론 왕도 손을 들며 근위기사단장에게 말했다.

"너희도 넣어라."

그 말에 근위기사단장이 먼저 검을 넣었고, 다른 근위기사들도 모두 검을 넣었다.

라시아는 스파르타쿠스를 빤히 바라보다가 피식 한 번 웃더니, 소론 왕을 돌아보며 말했다.

"미에느 공주님이 여자들의 대화를 위해서 테라스로 나왔거든요. 그래서 그런데, 소론 왕께서 잠시 기다려 주시면 안 되겠습니까?"

소론 왕이 대답하려는데, 미에느가 먼저 입을 열었다.

"만약 저것이 제국에서 한 짓이라면 대단히 실수하신 겁니다. 저희에게 미티어 스트라이크 마법을 난사할 수 있는 좋은 명분을 주셨으니까요. 이제 제국 십대 도시는 모조리 잿더미가 될 겁니다. 라마시에스가 멸망하는 일이 있더라도 말입니다."

라시아는 어깨를 들썩이더니 다시 불바다를 향해서 고개를 돌렸다.

"그게 무슨 여자들의 이야기죠? 참 나, 전 여기서 저 아름다운 광경이나 관망하죠. 괜찮겠죠, 소론 왕?"

소론 왕은 고개를 끄덕이며 말했다.

"원하시는 만큼 있다 가십시오. 그리고 미에느 공주님, 라시스 황녀와 더 하실 이야기가 없다면 저와 함께 가시지요."

미에느는 잠시 잠깐 분을 삭이더니, 천천히 소론 왕에게 걸어가서 말했다.

"가시죠."

소론 왕은 고개를 끄덕이곤 앞장섰고, 미에느는 그를 따라 걸어갔다.

라시아는 고개를 살짝 돌려 사라지는 스파르타쿠스의 뒷모습을 바라보다가 이내 흥미를 잃은 듯 고개를 돌리고 다시금 미티어 스트라이크가 떨어진 곳을 바라보았다.

그곳은 아무것도 없는 평야 그대로였다.

"어머? 뭐야? 끝?"

그 말이 끝나기 무섭게 중원의 소년은 깊은숨을 내뱉었다.

"후… 후우……."

그는 상당히 지친 기색으로 전신에서 땀을 흘렸다.

그때 그의 앞에 스페라가 공간이동으로 나타났다.

"수고했어, 제갈극. 네가 정말 큰 도움이 됐어. 아무리 나라도 이중환영은 힘드니까."

제갈극은 고개를 끄덕일 힘도 없었는지, 눈을 몇 차례 깜박이는 것으로 말을 대신했다.

스페라는 피식 웃더니, 옆에 있는 라시아에게 말했다.

"그만큼 구경했으면 됐지요. 자, 약속은 지켰으니까. 이제 황궁에 데려다 드릴게요."

라시아의 볼이 살짝 부풀어 올라 있었다.

*　　　　　*　　　　　*

소론 왕과 함께 테라스를 빠져나간 미에느는 아수라장이 된 파티장 중앙에 홀로 선, 한 여인을 보았다.

짙은 흑발에 기품과 도도함이 가득한 얼굴은 방금 본 라시아 황녀와 어딘가 닮은 듯하면서도 다른 매력을 풍겼다. 하나 확실한 것은 그녀만큼이나 미인이라는 점이다.

그녀가 말했다.

"오랜만이에요, 미에느 공주님."

미에느는 눈초리를 모았다.

그 미녀는 생전 처음 보는 사람 같았기 때문이다.

"누구시죠?"

그 여인은 살짝 미소를 지었다.

"시아스 머혼입니다."

"……."

"기억하시겠지요? 왜, 제가 사교계에 데뷔할 때, 당신이 뱀을 풀어놨잖아요? 어린 시절의 장난이었겠지만, 제게는 끔찍한 기억이었죠."

미에느의 입이 살짝 벌어졌다.

하지만 그녀는 더 대화를 이어 나가지 못했다. 소론 왕이 그들의 대화를 기다려 주지 않고 계속해서 걸어갔기 때문이다.

미에느는 소론 왕을 따라가면서도 고개를 돌려 홀로 서 있는 시아스를 바라보았다.

시아스 또한 미에느를 뚫어지게 바라보았다.

그로 인해 미에느는 델라이가 이 일에 관여했음을 확신했다.

황궁은 조용했다.

미티어 스트라이크 마법에 의해서 사람들이 모두 도망친 탓이다.

그렇게 텅텅 비어 버린 왕궁 복도를 꽤 오랫동안 걷자, 그들은 곧 어떤 방 앞에 서게 되었다.

"접니다."

소론 왕의 말에 안에서부터 문이 열렸다.

그 안에선 잠옷 차림의 한 노인이 소론 왕과 미에느를 번갈아 보다가 이내 문을 열어둔 채로 안으로 들어가며 말했다.

"기사들은 밖에 둬 주십시오."

그 말에 소론 왕과 미에느는 각자의 기사들에게 대기하라 명령한 뒤, 그 둘만 안으로 들어왔다.

노인은 막 무언가 글귀를 작성하고 있던 도중이었는지, 그의 책상 앞에는 반쯤 써 내려간 양피지가 있었다. 그는 그 앞에 앉아 잉크통에 담긴 깃을 들곤 방 안에 들어온 미에느에게 말했다.

"미에느 공주님에게 제 소개를 안 했군요. 소론의 대주교인 안토니오라 합니다."

미에느는 소론 왕을 한 번 흘겨본 뒤 말했다.

"편찮으시다고 들었습니다만."

그는 늙은 눈꺼풀을 들어 소론 왕을 보곤 다시 그녀에게 말했다.

"괜찮습니다. 그나저나 소론에 전쟁을 선포했고, 사랑교에서 이를 허락했다지요?"

"듣자 하니 소론 왕께선 그 소식을 듣지 못했다고 하셨는데, 이것이 사실입니까?"

"글쎄요. 제가 몸이 편찮아서 서찰로 전했습니다만. 소론 왕께서는 그를 받아 보지 못하셨습니까?"

소론 왕은 태연하게 미에느를 돌아보며 말했다.

"받지 못했습니다. 하지만 더 이상 그것은 중요한 것이 아닙니다. 이미 전쟁은 끝이 났습니다. 안 그렇습니까, 미에느 공주?"

미에느는 이를 부득 갈았다.

그녀는 안토니오에게 말했다.

"소론은 미티어 스트라이크를 전쟁에 동원했습니다. 소론 왕은 사랑교에서 출교되어 마땅합니다."

그 말에 안토니오가 고개를 갸웃했다.

"미티어 스트라이크를? 소론이오? 허허, 글쎄요. 소론이 미티어 스트라이크를 사용할 수 있었더라면, 애초에 라마시에스에서 전쟁을 선포하시지도 못하셨을 텐데요?"

미에느는 주먹을 꽉 쥐더니 말했다.

"물론 소론이 미티어 스트라이크 마법을 사용했을 리는 없지요! 하지만 분명 미티어 스트라이크 마법으로 라마시에스 기사단이 몰살을 당한 것은 사실입니다!"

안토니오는 자신의 수염을 매만지며 차분한 눈길로 소론 왕을 바라보다가 이내 몸을 뒤로 편히 하며 말했다.

"그렇다 하나, 소론이 그것에 관여한 사실이 있는지는 또 다른 문제이지요. 일단은 의심스러운 건 사실입니다만. 흐음, 글쎄요. 제국과 다른 사왕국 중 누가 과연 소론을 도와서 미티어 스트라이크 마법을 사용한단 말입니까?"

"그야 당연히……."

델라이지요.

미에느는 그 말이 나오기 전에 가까스로 막아야 했다.

왜냐하면 그 말은 당사자인 그녀가 듣기에도 너무나 터무니없었기 때문이다.

물증이 없는 한 허무맹랑한 소리에 지나지 않는다.

소론 왕이 그녀에게 말했다.

"미에느 공주님, 당신을 안토니오 대주교 앞에 데려온 이유는 미티어 스트라이크 마법에 대해서 해명하고자 함이 아닙니다. 항복을 받으러 온 것입니다."

"하, 항복이요?"

"그럼 유성으로 인해 완전히 전멸한 기사단으로 전쟁을 어떻게 지속하실 생각입니까?"

"그, 그게 무슨……."

"만약 항복하지 않으신다면, 저는 적군의 수장인 미에느 공주님을 처형할 수밖에 없습니다."

"다, 당치도 않은 소리!"

"항복하십시오. 요구 조건은 다시는 소론을 침공하지 않겠다는 맹세입니다. 그것만 해 주신다면 더 요구하지 않겠습니다."

"……."

소론 왕은 안토니오에게 눈짓했고, 그러자 안토니오는 한숨을 푹 쉬더니, 곧 깃을 들고 천천히 글귀를 써 내려갔다.

미에느는 방금 일어난 일로 인해서 자신이 항복해야 하는 상황에 내몰렸다는 것이 도저히 믿기지 않았다.

하지만 한 지역 전체가 불타오르는 광경이 아직도 뇌리에 선명했다.

그 안에는 라마시에스 기사단뿐만 아니라 다른 국가들의 기사단들까지 있다.

이들이 모조리 죽은 것이다.

미에느가 소론 왕에게 소리쳤다.

"대단히 큰 실수를 하신 겁니다! 아주 큰 실수를요! 그것만은 분명히 말씀드리겠습니다!"

"……."

"항복이요? 다신 침공하지 않는다고요? 좋습니다. 맹세해 드리겠습니다. 하지만 아셔야 합니다. 전 오로지 라마시에스만을 대표한다는 사실을요."

때마침 글을 다 쓴 안토니오는 곧 깃을 놓았다.

"이쪽으로 와서 사인해 주십시오, 미에느 공주님. 교황청으로 보내겠습니다."

미에느는 성큼성큼 걸어가, 안토니오가 써 놓은 글을 훑어 보았다.

자세한 내용이 적혀 있는 것이, 도저히 방금 작성한 것이라 생각할 수 없었다.

그녀는 끓어오르는 화를 참아 내며 거칠게 펜을 뺏어 들다시피 하더니 곧 그 아래 자신의 이름을 적어 넣었다.

그러자 소론 왕이 말했다.

"마법사가 없으실 테니, 저희가 직접 공간이동으로 라마시에스까지 모셔다 드리겠습니다."

툭.

결국 미에느는 화를 참아 내지 못하고 펜을 부러트려 버렸다.

＊　　　　＊　　　　＊

혜성이 떨어진 소로노스를 보는 브리타니는 흡사 누군가 영혼을 빼 간 것 같았다.

"누, 누가? 아, 아니지. 화, 황녀님은? 아니야. 저, 저 미티어 스트라이크에서 사, 살아남을 리가 없지… 도, 도대체가."

그 중앙으로 빨려들어 가듯 무너져 내린 소로노스의 곳곳에서 불길이 치솟아 올라 모든 것을 삼키기 시작했다.

도시 하나가 불타는 그 참혹한 광경은 브리타니의 침침한

두 눈에도 확실히 보였다.

"백작! 백작!"

같은 광경을 목격한 기사단장들이 하나둘씩 브리타니에게 다가왔다.

브리타니는 멍한 표정으로 그들을 돌아봤다.

산전수전 다 겪은 기사단장들도 실제 눈으로 도시 하나가 사라져 버리는 광경을 보곤 모두 얼이 빠져 있었다.

브리타니는 가까스로 이성의 끈을 잡았다.

"이, 일단 이 사태가 어떻게 일어났는지 알아봐야겠습니다."

그 말에 기사단장들 대부분의 얼굴이 심각하게 변했다.

"이건 라마시에스가 한 일이 아닙니까?"

"그럼 델라이가 한 짓입니까?"

"브리타니 백작께서도 이 일이 벌어질지 몰랐던 것이로군요?"

쏟아지는 질문에 브리타니는 양손을 들어서 그들을 제지하며 말했다.

"다들 일단 진정하십시오. 연합군을 이대로 유지하……."

그 말은 한 기사단장의 고함에 의해 완전히 끊겨 버렸다.

"제길! 당신도 모르는 일이면 이건 제국이나 델라이의 짓거리가 틀림없소! 나는 당장 고국으로 돌아가겠소! 고국으로 돌아가서 누가 미티어 스트라이크 마법을 사용했는지, 그걸 알아볼 것이오!"

그렇게 말한 그 기사단장은 서둘러 몸을 돌리더니, 자신의 진영을 향해 걸어가기 시작했다.

그러자 그를 시작으로 라마시에스의 기사들을 제외한 모든 기사단장들은 더 묻지도 않고 각자의 진영으로 흩어졌다.

브리타니는 그 모습들을 빤히 보면서도 어떻게 설득해야 할지 감도 잡히지 않았다.

"미티어 스트라이크라니… 도대체 누가? 아니, 우리가 만약 침공했다면? 우리가 지금 소로노스 안에 있었다면? 그걸 계산한 누군가가 지금 시점에 미티어 스트라이크 마법을 쓴 건가? 도대체 본국에선 왜 이걸 감지하지 못한 거지? 도대체가 무슨… 저, 저 마법을… 누가 과연……."

그나마 남아서 그의 명령을 기다리는 자들은 모두 라마시에스 기사단장들이었다.

이곳저곳에서 공간이동이 펼쳐지며, 연합군의 규모는 순식간에 삼분의 일로 줄어들었다.

라마시에스 기사단장 중 그나마 가장 침착했던 자가 브리타니에게 말했다.

"이런 짓을 할 곳은 제국밖에 없습니다. 그들은 전에 보름보다 훨씬 빠른 미티어 스트라이크를 시전하는 신기술을 델로스에 실험하지 않았습니까? 델라이가 미티어 스트라이크를 방어하는 기술이 없었다면 저렇게 되었겠지요."

브리타니는 양손을 들어서 자신의 이마를 잡았다.

"그럴 리가 없어. 라시아가 있는데, 왜 굳이? 아니, 앞뒤가 안 맞아. 만약 우리를 모조리 멸하려 했다면, 왜 파티를 열지? 그냥 침공하게 둬서 소로노스에 몰아넣는 것이 옳지. 그게 아니라면 파티를 연 쪽에서 우리를 보호하려고 했다? 그 또한 말이 안 돼. 델라이나 제국이 왜 연합군을… 흐음. 도저히 알 수가 없구나."

머리가 돼 줘야 할 브리타니가 혼란에 가득하니, 그 아래 있는 기사단장들도 서로를 돌아보며 초조해지기 시작했다.

그들 중 한 명이 브리타니에게 말했다.

"일단은 본국으로 돌아가야 하지 않겠습니까?"

"……."

"백작님!"

"으, 으응?"

"일단은 귀환해야 할 것 같습니다. 저희가 이렇게 어리둥절하는 사이 라마시에스에 무슨 일이라도 생긴다면? 그 점을 생각하셔야 합니다. 그 때문에 타국의 기사단도 모두 돌아간 것이고요."

브리타니는 눈을 감았다.

그리고 생각에 생각을 거듭했다.

하지만 결론은 같았다.

"네 말이 맞다. 어차피 이곳에 남아서 우리가 할 일은 없다. 미, 미에느 공주는… 아마 이미 죽었겠지. 저 불바다 안에서… 생존은커녕 시체조차 찾을 수 없을 거야. 알겠다, 캡틴. 각자 기사단에게 명령해서 라마시에스로 귀환하라."

기사단장들은 그길로 자신들의 진영으로 달려갔다.

브리타니는 온몸에서 식은땀을 흘리면서 그 자리에서 주저앉아 버렸다.

조금 시간이 흐르고 마법사들 중 한 명이 그에게 다가왔다.

"공간이동이 준비되었습니다."

"알겠다, 가지."

브리타니는 무겁기 이를 데 없는 머리를 부여잡고 겨우 마법사의 인도를 따라갔다.

급조한 공간 마법진에는 수백 명의 기사들과 마법사들이 있었다. 브리타니가 그 안에 들어가자, 마법사들이 모두 지팡이를 들고 공간이동 마법을 시전했다.

하늘과 땅이 뒤바뀌고, 브리타니는 중심을 잃고 앞으로 엎어졌다.

"쿠헥, 케엑."

그는 곧 바닥에 손을 대고 구토를 하기 시작했다. 눈물이 쏟아져서 시야가 흐려졌지만, 이곳저곳에서 황금빛이 보이니, 공간이동은 제대로 이뤄진 것 같았다.

몇 번이나 구역질을 더 한 끝에 겨우 정신을 차린 그는 자리에서 일어나 주변을 살폈다. 수백의 기사들이 모두들 바닥에서 일어나지 못하고 있었다.

"내가 구토를 다 할 줄이야. 원래 잘 견디는 서… 고, 공주님!"

다른 공간이동 마법을 통해서 멀찍이 홀로 나타난 미에느는 그 자리에서 엎어지듯 했다. 브리타니는 어지러움도 잊고 달려가 그녀를 부축했다.

그녀는 고통 중에도 희미한 미소를 지었다.

"사, 살아 있었구나. 살아 있었어."

브리타니는 눈물을 흘리며 그녀에게 말했다.

"공주님도 살아 계셨군요! 정말로 다행입니다! 저, 저는 공주님이 죽은 줄로만 알고……."

미에느는 창백한 얼굴을 하고 있었지만, 곧 얼굴에 안도감이 피어났다.

그때 누군가 대문을 열고 그 공간 안으로 들어왔다.

중년의 여성으로, 머리 위엔 검은색의 왕관을 쓰고 있었다.

"미에느! 미에느! 내 딸아, 내 딸아!"

수없이 많은 하녀들을 대동했건만, 그녀는 홀로 뛰어 미에느에게 달려왔다. 그리고 양손을 들어서 그녀의 얼굴을 쓰다듬었다.

미에느가 힘겹게 말했다.

"폐, 폐하……."

중년 여성은 미에느의 어머니이자, 라마시에스의 여왕인 라마시에스 14세였다.

라마시에스 14세는 걱정이 가득한 표정으로 그녀를 확 껴안더니 말했다.

"무슨 일이냐? 무슨 일이 벌어졌기에, 소식을 전하지도 않고 이리 긴급히 공간이동으로 돌아온 게야?"

미에느는 힘을 짜내면서 말했다.

"미티어 스트라이크입니다."

"뭐, 뭐라고?"

"미티어 스트라이크가 소로노스에 시전되었습니다."

그 말을 듣자 라마시에스 14세의 표정이 대번에 굳었다.

그녀는 미에느를 끌어안은 채로 고개를 돌려 궁정 마법사에게 소리쳤다.

"미티어 스트라이크라니! 어째서 감지하지 못한 것이냐!"

그 궁정 마법사는 당황해하더니, 옆에 있던 마법사에게 뭐라 뭐라 빠르게 말했다. 그러자 그 마법사는 지팡이를 들고 갑자기 공간이동으로 사라졌다.

궁정 마법사는 손을 공손히 모으며 라마시에스 14세에게 말했다.

"당장 확인해 보겠습니다. 아마도 그 델로스에 유성 마법을 쓴 제국의 신기술이 아닌가 합니다."

그 말에 라마시에스 14세가 더욱 큰 소리로 외쳤다.

"그 신기술로도 유성이 도착하기까지 한 시간은 걸린다고 하지 않았느냐!"

"……."

"그래서 만 한 시간 안에 궁전 내 모든 것을 공간이동 시키는 체계를 구축하기 위하여 본국 국가 예산의 70%에 해당하는 거금을 들였다! 수많은 귀족들의 반대에도 무릅쓰고 말이야!"

"……."

"그런데 지금 그게 무용지물이라는 소리로 들리는데 맞는가?"

"……."

궁정 마법사는 꿀 먹은 벙어리처럼 말이 없었다.

이에 라마시에스 14세는 더는 분노할 수 없을 만큼 분노했다.

"여봐라! 당장 저 쓸모없는 자를 붙잡아 옥에 가두고 내일 아침 그 목을……."

그때 미에느가 고개를 들고 말했다.

"어머니."

그 말에 라마시에스 14세는 말을 멈추고 얼른 고개를 돌려 자신의 딸을 보았다.

"그래, 여기 있다. 좀 괜찮으냐?"

미에느는 마른침을 한 번 삼키고는 말했다.

"어머니께서는 라마시에스의 여왕이십니다. 어머니의 말씀은 어머니 스스로도 철회할 수 없으세요. 그러니 어머니께서 감정에 북받쳐서 명령을 내리시면 나라가 어지러워질 겁니다."

"......"

미에느는 힘겹게 눈길을 돌려 궁정 마법사에게 말했다.

"괜찮습니다. 일단 미티어 스트라이크 마법이 언제 어디서 시전되었는지 알아봐야 합니다. 피해를 입은 건 비단 라마시에스뿐 아니라, 토레이와 크반 또한 마찬가지니, 그들과도 협력하는 것이 좋겠습니다."

궁정 마법사는 고개를 크게 끄덕였다.

"알겠습니다, 공주님."

미에느는 고개를 돌려 라마시에스 14세에게 말했다.

"괜찮습니다. 우리 기사단 다수가 생존했다면 이번 일은 오히려 라마시에스에게 좋은 일입니다. 다른 사왕국의 피해가 얼마나 될지는 모르겠지만, 우선 연합을 더욱더 끈끈하게 만들 것이고, 행여나 우리를 배신할 생각을 품지 않게 되겠지요."

이에 브리타니가 말했다.

"다른 왕국의 기사들은 저희보다도 먼저 공간이동을 했습니다. 아마 그들 모두 괜찮을 겁니다."

미에느는 고개를 연신 끄덕였다.

"좋아요, 좋아. 세 왕국의 국력은 그대로 유지되면서도, 두 번 다시 얻을 수 없는 명분을 얻게 되었군요. 미티어 스트라이크를 시전한 배후가 밝혀지면 델라이든, 제국이든, 어디든 미티어 스트라이크로 갚아 주면 됩니다. 우리 쪽도 피해가 막심하겠지만, 세 왕국이 합심하면 제국조차 잿더미가 될 겁니다."

그 말을 듣자 그 공간 안에 있는 모든 이들은 아무런 말을 할 수 없었다.

누구나 마음속 깊은 곳에서 두려워했던 미티어 스트라이크 전쟁이 정말로 일어나는 것인가?

브리타니는 순간 머릿속에 스쳐 지나가는 것이 있었다.

델라이의 미치광이에게 있는 패밀리어.

그것은 아무 형상으로나 변할 수 있는 도플갱어다.

그는 의심의 눈초리를 하곤 미에느에게 물었다.

"그러고 보니 공주님께서는 어떻게 공간이동으로 이곳에 오신 것입니까? 소로노스는 불바다가 되었을 텐데."

"그게 무슨 말씀이십니까? 소로노스가 불바다가 됐다니요?"

브라티니의 의심이 더욱 깊어지는 그때, 아까 전 사라졌던 마법사가 다시 공간이동으로 나타났다.

"보고드립니다. 미티어 스트라이크가 시전되며 생성되어야 할 마나의 파동은 파인랜드 어디에서도 발견되지 않았습니다."

그 말에 모든 사람들이 다양한 표정을 지었다.

"뭐라고?"

"뭐?"

"……."

그 마법사는 빠르게 말을 이었다.

"또한 소로노스에 미티어 스트라이크 마법은 시전되지 않았습니다. 그곳은 아무 일도 없었다는 듯 그대로 있습니다."

그 말에 미에느가 말했다.

"소로노스야 그렇지요. 하지만 그 옆에 연합국이 주둔하던 지역에 유성이 떨어졌는데, 그게 발견되지 않았다는 겁니까?"

그 말에 브리타니가 되물었다.

"유성이 연합국이 주둔하던 지역에 떨어졌다고요? 제가 본 것은 소로노스였습니다만?"

이에 미에느가 멍한 표정으로 브리타니를 보았다.

둘의 시선이 몇 번 오고 가자, 그 둘의 생각이 같아졌다.

그들은 동시에 말했다.

"환영 마법!"

"환영 마법!"

미에느는 허탈한 듯 숨을 내쉬었고, 브리타니는 고개를 푹 숙였다.

라마시에스 14세는 그 둘을 번갈아 보더니 물었다.

"무슨 일이더냐? 무슨 일이 벌어진 게냐?"

그때 누군가 열린 대문 안으로 헐레벌떡 들어왔다.

라마시에스의 대주교였다.

그는 한 손으로 공문을 들고 라마시에스 14세에게 말했다.

"여왕 폐하! 교황청에서 연락이 왔습니다."

"교황청에서?"

"예. 항복문을 잘 접수했다고… 맹세를 지키기를 희망한다 하였습니다."

그 말에 미에느의 허탈한 미소는 허탈한 웃음이 되었다.

"하, 하하, 하하."

第九十八章

다음 날.

4시가 되어 신무당파의 점심 수업이 끝났다.

시아스는 언제나처럼 제대로 된 인사도 없이 안으로 들어가 버렸고, 점심 연무에 참석했던 이들 또한 각자 볼일을 보러 신무당파를 떠났다.

연무장에 남은 것은 아시스과 다섯 흑기사들, 그리고 테이머 한슨뿐이었다. 하지만 그중 아시스와 다섯 흑기사만이 계속해서 연공했고, 한슨은 한쪽 벽에 주저앉은 채로 그들이 연공하는 것을 지켜만 보았다.

"후우. 후우."

2시간 동안 무공 수업을 따라가는 것도 지치는데, 그걸 넘어서 계속해서 연공하는 그 여섯을 보며 한슨은 묘한 감정을 느꼈다. 자신이 초라해 보이기도 했고 또 억울함과 질투심이 일어나기도 했다.

자리에서 일어나자 몸이 비명을 지르는 듯했다.

검을 휘두르기커녕 걷는 것조차 힘들었다.

그래도 수업 이후 몇 번 더 휘둘렀던 것이 기적이다.

그는 느린 걸음으로 연무장을 나섰다. 몇 번이고 그 여섯을 돌아봤지만, 그들 중 한슨에게 관심을 가져 주는 이는 없었다.

결국 한슨은 신무당과 밖으로 나왔다.

"꾸우, 꾸우."

중앙 정원에 사는 동물 중 밖으로 나올 수 있으며 사람을 태울 수 있을 만큼 큰 크기를 가진 것은, 붉은깃털타조밖에 없다.

네미라는 이름을 가진 그 붉은깃털타조는 마치 한슨의 울적한 마음을 잘 아는 듯 그의 머리에 자신의 얼굴을 마구 비볐다.

귀여운 애교에 한슨은 얼굴에 겨우 미소를 지었다.

하지만 몸을 휘감은 절망감은 쉽사리 사라지지 않았다.

"연무를 더 하는 줄 알았는데. 집으로 돌아가는 것이냐?"

한슨은 깜짝 놀라며 뒤를 보았다.

신무당파 대문에는 운정이 서 있었다.

한슨은 고개를 조아리면서 대답했다.

"네, 의지는 있지만… 몸이 따라 주지 않는군요. 아무래도 이 나이에 무술을 익히려고 하다 보니 잘 안 되는 듯합니다."

운정은 옅은 미소를 지으며 그에게 다가왔다.

"잠시 황궁에 갈 일이 있는데, 가는 동안 내 말동무나 해 줄 수 있겠느냐?"

"어, 얼마든지요. 호, 혹 네미에 타시겠습니까? 이 아이는 성격이 까다로워서 아무나 태우진 않지만, 마스터께는 아마 등을 빌려줄 겁니다."

그 말에 네미는 눈을 반쯤 감으며 운정을 노려보았다. 하지만 곧 괜찮다는 듯 몸을 휙 돌려 등을 내보였다.

운정은 고개를 저었다.

"아니다. 그렇게까지 배려할 필요는 없느니라. 몸도 고단할 텐데, 네가 타거라. 나는 옆에서 걸어가겠다. 함께 가 주는 것만으로도 충분하다."

한슨은 고개를 더욱 조아렸다.

"아, 아닙니다. 괜찮습니다. 꼭 타십시오. 타지 않으면 제가 불편합니다."

"나도 마법을 연습해야 하니 개의치 말거라."

그는 그렇게 말한 뒤 눈을 감았다.

그리고 조용히 주문을 읊조렸다.

[핸즈 패스트(Hands Fast).]

마법을 시전한 운정이 한슨에게 말했다.

"좀 속돌 낸 괜찮 것 같데? 위 넴락 햇? 네믿 듯간돈 널 기달, 몸 길길핫 각."

한슨이 곤란한 듯 말했다.

"마, 말이 너무 빠릅니다."

그 말에 운정은 시익 웃고는 최대한 느리게 말했다.

"조금 속도를 내도 괜찮을 것 같다고 말했었다. 네미도 두 시간 동안 널 기다렸으니까, 몸이 근질근질할 것 같고."

"그, 그런가요?"

운정은 먼저 앞으로 걸어갔다. 그러자 네미의 눈에 순간 승부욕이 돋아나더니, 운정을 따라서 힘차게 달려 나가기 시작했다.

웬만한 말에 버금가는 속도로 움직이는데, 운정은 마치 산보라도 걷는 듯 편안해 보였다.

한슨은 자기도 모르게 운정을 힐끔 바라보았는데, 운정이 웃으며 그를 마주 보았다.

"신기하더냐?"

한슨은 창피한 듯 고개를 숙였다.

"아, 그, 그게. 정말 대단하신 것 같습니다."

운정은 고개를 앞으로 하며 말했다.

"너도 꾸준히 연공하면 마법이 아니라 무공으로도 충분히 이 정도의 속도를 낼 수 있다."

한슨은 고개를 저었다.

"전 애초에 무술에 재능이 없습니다. 그리고 나이도 너무 많고요. 솔직히 연공 시간에도 반 이상을 따라가지 못하고 옆에서 숨을 몰아쉬기 일쑤입니다. 평범한 사람의 달리기조차 못 따라가는데, 어떻게 마스터처럼 뛸 수 있겠습니까?"

운정은 나지막하게 대답했다.

"신무당파의 무공은 무당파의 무공을 기반으로 하고 있고, 또 무당파의 무공은 백도의 무공이기에 익히는 자의 자질이 매우 중요한 공부이긴 하다. 하지만 그보다 더 중요한 것이 있다면 바로 배우는 자의 자세다."

"자세요?"

"아무리 자질이 뛰어나 내공을 쉽게 쌓는다고 해도, 배우는 자세가 잘못된 사람은 언제고 엇나가게 마련이다. 결국 한계에 봉착하여 더 나아가지 못하지."

운정의 위로에도 한슨의 얼굴은 좀처럼 펴질 줄 몰랐다.

"하지만 그것도 애초에 자질이 있어야만 의미가 있는 것 아닙니까? 자질이 없으면 자세가 바르다 해도 무공을 깊이 익힐 수 없지 않습니까?"

운정이 말했다.

"중원의 무공은 천 년이 넘는 역사를 가진 공부다. 백도의 내공심법은 특히 자질에 얽매여 있다 보니, 이를 극복하기 위한 방법들이 많이 개발되었지. 태어날 때부터 하는 벌모세수라든가, 추궁과혈도 있고, 내단이나 단약들도 있으며, 스승이 제자에게 내공을 전수하는 것도 있다. 이 모든 것은 자질을 극복하고 내력을 쌓는 속도를 높이려는 방법을 연구하다 나온 것이다."

이에 한슨의 얼굴에 희망의 빛이 떠올랐다.

"그, 그럼 그러한 방법이라면 자질이 나쁘다 해도 높은 경지의 무공을 익힐 수 있습니까?"

운정은 고개를 끄덕였다.

"어디까지나 인위적인 것이기 때문에, 자연적으로 자질이 좋은 사람보다 좋아질 수는 없다. 하지만 노력 여하에 따라서 그들의 뒤를 쫓아가는 것은 가능하지."

"……."

"백도 무공의 성취는 자질에 의해서 그 결과가 뚜렷하다. 그러다 보니 자질이 뛰어난 흑기사들과 아시스 같은 제자들은 노력하는 대로 보상이 있기에 더욱 노력하게 된다. 반면에 자질이 없는 제자들은 그들을 바라보며 자신의 더딘 발전에 절망하고 이내 노력조차 하지 않게 되지. 때문에 있는 자는 더 하고 없는 자는 더 안 하게 된다."

"……."

"그래서 매일 같이 남으려 한 네 자세가 더더욱 빛나 보였다. 꾸준히 노력하는 사람은 많아도, 눈앞에 훤히 비교 대상들을 두고도 계속해서 나아갈 의지를 품는 사람은 드물지."

"하지만 전 검을 몇 차례 휘두르지도 못하고 나와 버렸습니다."

"그것은 네 노쇠한 육신의 한계에 부딪혀 더 노력하지 못하는 것임을 나는 안다. 힘이 있었다면 넌 남았겠지. 그렇지 않느냐?"

한슨은 설마 하는 생각으로 그를 보았다.

"혹시 방금 전에 말씀하신 방법들로 제게 도움을 주시려는 것입니까?"

운정은 포근한 눈길로 그를 바라보고 있었다.

"네게 특혜를 줄 수는 없다. 하지만 많은 나이로 인해 가지게 된 불편한 점을 극복할 수 있는 수준까지는 도와주도록 하겠다."

그는 품 안에서 단약 하나를 꺼냈다. 그리고 그것을 그에게 건넸다.

한슨이 그것을 받아 들며 말했다.

"이것이 무엇입니까?"

운정이 말했다.

"네게 주고 싶어서 만든 가장 순수한 형태의 단환이다. 오늘 밤 자기 전에 이것을 먹고 푹 쉬어라. 그리고 내일 아침 9시까지 마스터 룸으로 오거라. 몸이 매우 무거운 느낌이 들테니, 절대로 격한 움직임은 지양해야 할 것이다. 내가 추궁과혈을 하여 젊은 시절의 활력이 돌아오도록 돕겠다."

그것은 일반적인 과일의 씨앗이었지만, 운정이 자신의 내력을 정제하고 불어넣어 만들어 낸 것이었다.

한슨의 얼굴에 기쁨이 가득해졌다.

"감사합니다. 감사합니다."

운정은 다시금 웃어 보이고는 고개를 앞으로 돌렸다.

한슨은 그것을 품에 넣더니 잠시 고민하다가 이내 결심하곤 운정에게 물었다.

"마스터, 한 가지 물어봐도 되겠습니까?"

운정이 대답했다.

"얼마든지."

한슨은 깊은숨을 들이마시고는 다시금 결심하며 물었다.

"혹시, 왜 많고 많은 이들 중에 제게 제자가 되라고 하신 겁니까?"

운정이 되물었다.

"현재 신무당파는 공개적으로 제자를 모집 중이다. 누구든 제자가 될 수 있지. 나는 파인랜드에서 나와 인연이 있었던 사람들 모두에게 물었을 뿐이다."

"저는 이제 곧 황혼에 접어드는 나이입니다. 중앙 정원에 사는 아이들로 외로운 노년을 달래고 곧 있을 임종의 때를 맞이할 생각이었습니다. 그런데 왜 제게도 제자가 되어 보라고 권하셨는지 모르겠습니다."

운정이 설명했다.

"누구에게도 차별을 두고 싶지 않았다. 본래 무당파는 사람을 그 자질로 판단하여 개별적으로 제자를 거두었지. 하지만 나는 아까 말한 것처럼 자질보다도 자세가 중요하다고 생각한다. 그리고 자세는 거두고 가르쳐 봐야 드러나는 것이지. 때문에 속가제자를 받는 데에는 어떠한 제한도 두고 싶지 않았다. 앞으로도 그럴 것이고."

한슨은 눈을 살짝 감았다.

"그래서 제 자세를 보시고, 이 약을 주신 것이로군요."

운정은 고개를 끄덕였다.

"네 마음에 있는 안타까움을 보았다. 의지 또한 보았지. 네게 동등한 기회를 주고 싶었다. 그러니 특혜라 생각하지 말거라."

한슨은 고개를 푹 숙였다.

한참을 말이 없다가 이내 나지막하게 속내를 말했다.

"사실 방금 제가 물어본 것은 첫 번째를 물어본 것입니다, 마스터."

"첫 번째?"

한슨은 더욱 작아진 목소리로 말했다.

"왜, 신무당파가 설립되기 전에도 제게 제자가 되라고 하시지 않으셨습니까? 미티어 스트라이크를 막아 준 대가로……."

"아. 그때 말이더냐?"

한슨은 부끄러움에 더욱 기어가는 목소리로 말했다.

"이미 알고 계시겠지만, 솔직히 전 그때 마스터의 노예가 될 생각이 전혀 없었습니다. 제자가 되라는 것도 그저 노예가 되라는 말의 다른 말쯤으로 오해했었습니다. 그래서 봐 달라는 식으로 페어리를 드렸지요."

"우화를 처음 내게 건넸을 때를 말하는 것이로구나?"

"우, 우화요?"

운정은 한슨을 보며 말했다.

"그 페어리는 이름을 받고 하이엘프가 되었다. 그리고 지금은 어머니가 되었지."

"……."

"아무튼, 이후 내가 다시 네게 찾아가 제자가 되어 달라고 했을 때, 그때의 일을 언급하지 않은 것이 궁금한 것이더냐?"

한슴은 잠시 딴생각을 하다가 곧 고개를 흔들고는 운정의 말에 대답했다.

"맞습니다. 사실 제자가 될 염치도 없는 제게 그런 은혜를 다시금 베푸신 이유가 무엇인지 궁금했습니다."

운정의 시선이 살짝 움직여 네미에게 갔다.

네미는 운정의 시선을 느끼고는 한 번 마주 보다가 곧 고개를 반대편을 휙 하고 돌려 버렸다.

마치 자기가 등을 내주었는데도 타지 않은 그에게 심술을 부리는 것 같았다.

운정이 말했다.

"너도 잘 알다시피 난 신무당파의 선을 '공존'으로 규명하였다. 이는 많은 이들에게 영감을 받아 정한 것인데, 사실 네가 준 영감도 적지만은 않았다. 네가 관리해 온 왕궁의 중앙 정원이야말로 신무당파에서 추구하는 세계의 작은 모형이니까."

"……."

"그리고 그 공존을 선으로 추구하는 동안 많은 일들이 있었는데, 그 경험들을 통해서 공존이란 무척이나 힘든 길이라는 걸 깨닫게 되었다. 그리고 네가 지금까지 중앙 정원을 꾸려 온 일이 또한 얼마나 어려운 일인지를 더더욱 실감하게 되었지."

"……."

"한슨, 넌 다양한 생물들을 다루며 그들 사이의 조정자가 되어 그들 모두를 공존케 했다. 그리고 그 모든 생물로부터 사랑을 받을 만큼 공평한 조정자였지. 네가 가진 경험, 지식, 지혜… 어느 것 하나 신무당파에 필요치 않은 것이 없다고 나는 생각한다. 때문에 네게 다시금 물어본 것이다. 신무당파에 들어와 줄 수 없냐고."

"……"

"신무당파는 백도다. 백도에는 많은 어른들이 있어, 무술 하나로만 위아래가 결정되지 않는다. 그러니, 네가 무공에 뛰어난 자질이 없다 하여 신무당파의 제자가 되지 못하리라는 법은 없다."

"……"

한슨은 한 손을 들었다. 그러곤 눈을 훔쳤다.

촉촉이 젖어 있는 주름진 눈가에선 맑은 눈물이 흘러나왔다.

"꾸우, 꾸우."

네미가 그의 마음을 알고 낮게 울었다.

운정은 그가 진정할 때까지 가만히 기다려 주었다.

한슨이 말했다.

"감사합니다. 정말로 감사합니다."

운정은 방긋 웃더니 말했다.

"그런 의미에서 네게 하나 묻고 싶은 것이 있다."

한슨이 눈을 동그랗게 떴다.

"예, 무엇이든 물어보십시오."

운정은 턱을 괴고 오랫동안 고민했다.

꽤나 오래 걸렸는지라 한슨은 그가 물어보지 않을 거라 생각했는데, 델로스에 다 올 때쯤 운정이 불쑥 물었다.

"도저히 공존할 수 없는… 그러니까, 두 생물이 있는데, 이둘의 사이가 너무나 좋지 않아 한자리에 둘 수 없다면, 그 둘은 어떻게 관리했느냐?"

한슨은 바로 대답했다.

"서로의 활동 반경을 정해 주어 최대한 마주치지 않게끔 했습니다."

"흐음, 만약 쌓인 원한이 너무 깊어, 상대를 찾아다닐 정도라면?"

"그렇다면 둘이 싸우도록 어느 정도 내버려 둬서 서열을 정리하게끔 하던가, 아니면 둘 사이를 중재할 수 있는 강한 동물을 사이에 두던가 합니다."

"……."

운정은 말없이 고개를 끄덕이며 그 대답에 수긍했다.

하지만 한슨의 말은 끝난 것이 아니었다.

"그리고 그렇게 해서도 안 된다면……."

"안 된다면?"

한슨은 어깨를 들썩이며 툭 하니 말했다.

"전체에 더 해로운 쪽을 추방합니다. 사실 그것은 사형 선고나 다름없지요."

"……."

"중앙 정원 전체가 망가지는 것보다는 그게 옳습니다. 어쩔 수 없는 것입니다."

그 말에 운정의 눈빛이 서서히 깊어지기 시작했다.

*　　　　　*　　　　　*

황궁에 도착한 운정은 왕의 집무실로 갔다.

문이 굳게 닫혀 있었는데, 그 앞으론 두 흑기사가 지키고 있었다.

눈가에 은은한 마기를 담고 있는 것이, 블러드스톤으로 마공을 익힌 흑기사들이었다.

운정이 그들에게 말했다.

"머혼 섭정을 뵙고자 합니다."

흑기사들 중 오른편에 선 자가 말했다.

"잠시 기다려 주십시오."

그 흑기사는 문을 열고 안으로 들어갔다. 운정은 그 문틈 사이로 우연치 않게 머혼과 눈이 마주쳤다. 운정을 발견한 머혼의 눈빛은 환영하는 것도 아니고 껄끄러워하는 것도 아닌, 아무런 감정이 없는 듯했다.

흑기사는 안에 이야기를 하더니, 이내 문을 닫고 다시 운정에게 말했다.

"내전에 대해서 논의하느라 시간을 내기 어렵다고 합니다. 원하시는 곳에서 잠시 기다리는 것은 어떻겠냐고 물으십니다."

운정은 말했다.

"얼마나 걸릴 것 같습니까? 제 용무는 그리 길지 않습니다만."

"논의 중에 있는 것이 기밀이라, 저희 흑기사들도 내용을 듣지 못합니다. 따라서 논의가 얼마나 걸릴지도 알 수 없습니다."

운정은 잠시 생각한 뒤에 말했다.

"그럼 말을 전해 주십시오. 신축한 무당파의 건물 이곳저곳에 금이 생기기 시작했습니다. 테라 학파에서 계약대로 마법을 갱신하지 않는다면, 건물을 옮기겠다고 말입니다."

흑기사는 고개를 끄덕였고, 운정은 몸을 돌렸다.

그는 중앙 정원을 바라보며 천천히 왕궁 복도를 걸었다.

당장 급한 일은 없었지만, 신무당파의 기반을 다지는 일에 대해서 고심해야 했기 때문이다.

이젠 사실 델라이, 더 나아가서 머혼의 그늘에서 벗어났다. 그에게 약속한 것은 지키겠지만, 그가 추구하는 방향과 신무당파의 선이 다른 이상 결국 갈라설 운명이었는지도 모른다.

"어? 운정!"

오랜만에 듣는 반가운 한어에 운정이 고개를 돌렸다.

그곳에는 아이시리스와 조령령이 그를 바라보고 있었다.

그들은 이내 쪼르르 달려와 그의 앞에 섰다.

운정이 그들을 내려다보며 말했다.

"왕궁에는 웬일이니?"

아이시리스가 한어로 대답했다.

"수도에 나가 보려고, 저택에서 왕궁까지 공간이동했어요. 이제 나가려고요. 마스터는요?"

운정이 대답했다.

"네 아버지를 볼 일이 있어서. 하지만 아쉽게도 바쁘시다는 구나."

그 말을 듣자 아이시리스의 두 눈이 살짝 감겼다.

그때 조령령이 운정의 허리춤을 붙잡았다.

"운정! 운정도 시간 있으면 우리랑 놀자! 어때? 나랑 놀아 준 지 너무 오래됐잖아!"

운정이 그녀와 마지막으로 놀아 준 날은 신무당파의 건물이 딱 지어졌던 바로 전날이었다. 이후로는 본격적으로 제자를 받고 이런저런 일들을 하느라 조령령에게 신경을 크게 쓰지 못했었다.

아이시리스도 한몫 거들었다.

"어서요. 한번 마스터도 델라이의 시내를 즐겨 보세요. 항상 일하느라 바쁘셨잖아요?"

그 말에 운정은 머리에 떠오르는 사람이 있었다.

"이왕 노는 김에 스페라도 함께 갈까?"

조령령은 못마땅한 얼굴을 하곤 조금은 풀이 죽은 목소리로 말했다.

"뭐, 알겠어."

그때 아이시리스가 말했다.

"스승님은 아마 나오시지 못할걸요? 소로노스에서 너무 많은 힘을 쓰셔서 아마 좀 오랫동안은 쉬셔야 할 거예요. 수석 마법사에게 물으니, 어제 귀환하신 이후 왕가의 서재에 들어가서 아직 나오지 않으셨다고 들었어요."

그 말에 운정이 고개를 갸웃했다.

"이상하구나. 만약 몸을 회복해야 하면 HDMMC에서 하는 것이 가장 좋을 텐데, NSMC도 아니고 왕가의 서재에서 회복이라니……"

그때, 아이시리스는 조령령을 흘겨보더니 음흉하게 웃으며 물었다.

"그럼 나도 비켜 줄까? 둘이서 데이트?"

조령령은 운정에게 안기면서 대답했다.

"우린 그런 사이 아니야. 가족 같은 거라고. 그렇지, 운정?"

운정은 손을 들어서 조령령의 머리를 쓰다듬어 줬다.

"그럼. 같이 지낸 시간은 얼마 되지 않았지만, 내 마음을 너만큼 이해하는 사람은 없으니까."

"헤헤헤, 그 말 들으니까 괜히 좋다."

"그나저나 어디로 가려고 했니?"

아이시리스의 웃음이 더욱 깊어졌다.

"그건 가 보면 알아요."

아이시리스는 무작정 그 둘을 이끌고 왕궁 밖으로 나와 버렸다.

그리고 수도 내에 있는 거리들을 이리저리 누볐는데, 확실히 강대국의 수도인 만큼 이것저것 볼거리가 많았다.

한참을 돌아다니니, 어느덧 저녁 시간이 되었다.

"나 배고파. 밥 먹자."

조령령의 말에 운정이 생각난 곳을 말했다.

"그럼 내가 아는 곳이 하나 있는데, 그곳으로 갈까?"

아이시리스가 한쪽 눈꼬리를 들었다.

"오? 진짜요? 델로스에 아는 곳도 있어요?"

운정은 주변 건물을 살피더니 대답했다.

"멀지 않아."

그는 그 둘을 이끌고 앞장서 걸었다.

그들이 도착한 곳은 알드로뱅쉬.

전에 운정과 스페라가 식사한 곳이었다.

그 앞에 서 있던 주인은 멀리서 걸어오는 운정을 보자, 급히 앞으로 튀어나와 공손히 말했다.

"안녕하십니까, 운정 도사님?"

운정이 물었다.

"저를 기억하십니까?"

"그럼요! 스페라 백작님과 함께 오시지 않으셨습니까? 분명히 기억하고말고요. 그런데 뒤에 계신 두 분은?"

"중원에서 온 제 여동생 조령령과, 머혼가의 삼녀이신 아이시리스입니다."

조령령은 손을 들어서 흔들며 인사했고, 아이시리스는 양쪽 치마 끝을 잡고 살짝 몸을 숙이며 인사했다.

"안녕."

"안녕하세요."

주인은 최대한 웃어 보이면서 그들을 친히 레스토랑으로 안내했다.

최고급 자리밖에 없는 그곳에서도 가장 명당에 데려간 주인은 친히 물과 물컵을 가져다 주면서 말했다.

"오늘 저녁에 모시게 돼서 영광입니다."

조령령은 메뉴판을 보다가 눈살을 찌푸리고는 탁 하고 식탁에 내려놓았다.

"나 그냥 다 먹어 봐도 돼, 운정?"

운정은 그녀가 평소 먹는 양이 얼마나 되는지 잘 알기에 서슴없이 고개를 끄덕였지만, 주인은 그 말을 듣고 도저히 믿을 수 없었다.

"모, 모든 메뉴를 말입니까?"

운정은 그에게 말했다.

"하나씩 모두 부탁드리겠습니다."

"아, 알겠습니다."

주인은 얼떨떨한 표정으로 물러났다.

조령령이 기쁜 마음으로 물을 마시는데, 한 남자가 그들이 앉아 있는 테이블로 왔다. 의자까지 들고 와서는 운정의 맞은편에 턱 하니 내려놓고 거기 앉아 운정을 노려보았다.

다소 장난기 어린 표정을 짓고 있었지만, 눈빛만큼은 살벌했다.

아이시리스와 조령령은 경계 어린 시선으로 그 남자를 보았지만, 운정은 얼굴에 미소를 띠며 말했다.

"무슨 일이십니까?"

그 남자는 여전히 운정을 노려보며 말했다.

"날 기억하지 못하나 보지?"

"죄송하지만 저희끼리 오붓하게 식사하고자 합니다만."

"아아, 그때 환영 마법을 쓰고 있었었지? 이러면 기억하나?"

그 남자는 슬쩍 손으로 얼굴을 쓸어내리듯 했다. 그러자 그의 얼굴이 한 노파로 바뀌었다. 그 남자가 다시금 얼굴을 쓸어내리니 다시 원래 모습대로 돌아왔다.

운정은 그 노파의 얼굴을 기억했다.

"로튼을 납치했던 그 마법사로군요."

"맞아, 기억하는군. 다행이야. 당신 같은 사람이라면 나 같은 건 기억도 못 해 줄 줄 알았는데."

운정의 미소가 조금 사라졌다.

"용무를 말씀하시지요."

그 남자는 몸을 뒤로 하며 어깨를 한쪽으로 삐딱하게 기울였다.

"이쪽은 정보가 빨리 돌아서 말이지. 머혼이랑 별로 사이가 안 좋다며?"

그때 아이시리스가 말했다.

"나랑 령령이는 상관하지 말고 대화하세요. 령령이는 먹는 거에만 집중할 거고, 나는 엄마만 괜찮으면 돼요."

그 말에 그 남자가 한쪽 입꼬리를 올렸다.

"그럼 아빠는? 상관없냐? 이래서 자식 키워 봤자 아무 소용 없다니까? 나도 딱 너만 한 딸이 하나 있는데, 어쩌다 집에서 마주쳐도 본 척도 안 한다니까? 사춘긴지 뭔지. 어릴 땐 잘 따랐는데."

운정은 그에게 말했다.

"저녁 하셨습니까?"

"응?"

"저녁 안 하셨으면 같이하시지요."

운정은 이내 걱정스러운 눈길을 하고 있는 주인에게 손을 들어 보였다.

주인은 조금 곤란한 표정을 하고 다가와 말했다.

"아, 일행분이셨군요… 다행입니다."

그러자 그 남자가 말했다.

"다행이고말고. 운정 도사의 눈치가 보여서 나를 내쫓기는 해야겠는데, 감히 나를 내쫓을 용기는 안 나고. 잠깐 동안이지만 아주 속이 탔겠어? 안 그래?"

주인은 못 들은 척 말했다.

"그럼 준비하겠습니다."

그가 점원에게 눈짓하자, 점원이 빠르게 접시와 포크, 나이프 등을 가져와 새로 준비했다.

그 남자는 점원이 내려놓은 식기를 이리저리 살펴보더니 말했다.

"요즘도 은을 쓰나? 아무튼, 내 이름은 막크야. 여기 델로스를 꽉 잡고 있지. 머혼 섭정하고도 잘 아는 사이고."

운정은 그에게서 마인과 비슷한 분위기를 느꼈다.

"어둠의 마법사로군요. 알테시스와도 아는 사이입니까?"

"머혼과 당신의 불화를 그에게서 들었었지, 아마? 그랬을 거야. 아, 그에겐 너무 뭐라고 하진 말고. 그냥 서로 근황을 이야기하다가 내가 대충 때려 맞춘 거니까."

"……."

"솔직히 용무만 잠깐 이야기하고 가려고 했는데, 보는 눈도 많아서 말이야. 저녁까지 초대해 줄 줄은 몰랐어."

"그러면 거절하시면 됩니다."

"굳이? 점원이 이렇게 앞에 차려 준 정성이 있는데?"

"딸아이가 아비를 등한시하는 이유는 아마 소통의 부재 때문이 아닌가 합니다. 오늘 저녁은 가족과 같이 식사하시는 것도 가정의 불화를 해결하기 위한 좋은 시작이 될 수 있을 겁니다."

막크는 손을 살짝 들고는 세 번 박수를 쳤다.

"머혼도 못 따라가는 언변이라더니, 확실하네."

"……."

"좋아. 내가 이렇게 진짜 모습을 드러내면서까지 네 앞에

온 이유는 네가 내 영향력이 미치는 곳에 먼저 발로 들어와 주길 지금까지 기다리고 기다리고, 또 기다리고 기다렸기 때문이야. 내가 먼저 연락을 취했다가는 머혼에게 들키기 십상이니까."

"전 아직도 당신이 왜 이곳에 앉아 있는지 용무를 모릅니다. 이젠 슬슬 말씀하시지요."

"이 바닥이 원래 이래. 이런 식으로 시간을 끌면서 눈치를 살피는 거니까. 주변에 누가 보고 있는지. 아니면 상대방은 어디까지 알고 있는 건지? 혹 동행한 사람에겐 내 용무를 들켜도 되는지. 이 모든 것이 다 괜찮다고 판단이 될 때까지 말을 돌리고 또 돌리다가 두 번 세 번 확실해지면 그제야 말을 꺼내는 거지. 일종의 버릇 같은 거라고."

그때 누군가 그들이 앉아 있는 자리에서 가장 가까운 곳의 창문을 두 번 두드렸다.

막크가 살짝 눈짓하자, 창문을 두드린 사람은 이내 인파 사이로 사라졌다.

운정이 물었다.

"이젠 말씀하실 겁니까?"

막크가 시익 웃더니 말했다.

"아니, 혹 장소와 시일을 알려 줘도 될까? 대신 이 저녁 식사는 내가 사지."

그 말에 주인의 얼굴이 확 구겨졌다.

그것이 무엇을 의미하는지는 뻔했다.

운정은 한숨을 쉬더니, 이내 눈을 살짝 감고 주문을 읊조리기 시작했다.

이에 아이시리스와 막크 모두 눈이 휘둥그레졌다.

운정이 마법을 시전했다.

[위스퍼(Whisper).]

막크와 운정 사이에만 방음 마법이 펼쳐졌다.

막크는 어리둥절하더니 말했다.

"이, 이게 무슨 마법이지? 일반적인 바, 방음 마법은 아닌 거 같은데?"

운정이 전음으로 대답했다.

[방음 마법을 제 식대로 조금 고쳐 봤습니다. 거기에 전음까지 펼치니 이 내용을 엿들을 수 있는 이는 없을 겁니다. 즉 입 모양만 조금 조심해서 말한다면 아무도 우리 대화 내용을 알 수 없겠지요.]

그러자 그 남자는 입을 움직이지 않고 복화술처럼 말하기 시작했다. 그럼에도 발음은 또박또박했다.

"머혼은 최근 우리 쪽 마법사를 대거 학살했다. 난 그 사실을 전혀 모르고 있다가 아주 우연치 않은 기회에 알게 되었어. 천운이 따르지 않았다면, 지금도 그 사실을 몰랐겠지. 아무튼 중요한 건, 머혼은 내가 그 사실을 알고 있다는 것을 아직 몰라. 내가 자기한테 앙금을 품고 있다는 것도 모르지."

[그래서 저와 힘을 합쳐 그를 해하려고 하시는 겁니까?]

"무대는 우리가 만들지. 시나리오도 우리가 쓸게. 당신은 잠깐 와서 연기만 해. 그냥 손가락만 튕겨 주면 된다고."

그 남자는 그렇게 말하며 손가락을 튕겨 보였다.

운정이 말했다.

[거절하겠습니다.]

"왜지?"

그때 방음 마법이 완전히 사라졌다.

운정의 뜻은 명확했다.

그가 육성으로 말했다.

"전 이해득실을 기반으로 행동하지 않습니다."

막크는 조금도 지체하지 않고 자리에서 일어났다.

"안타깝군. 하지만 언제나 당신을 기다리지."

그는 이내 레스토랑에서 빠르게 나가 버렸다.

마법을 해제한 운정은 식사를 시작했다.

조령령은 정신없이 밥을 먹으면서 음식들에 대해서 아이시리스에게 물어봤고, 아이시리스는 최대한 그 질문에 답변해 주면서도 운정의 눈치를 살폈다.

운정의 표정은 굳은 채 펴질 줄을 몰랐다.

그때 저만치 멀리서 몇몇 귀족들이 레스토랑 안쪽의 복도로 들어가는 것이 운정의 눈에 보였다. 그들 중 한 인물의 얼굴을 기억한 운정은 잠시 고민하다가 곧 자리에서 일어나며 말했다.

"아는 사람이 있어서 잠깐 인사를 나누고 오마."

그의 말에 조령령이 눈을 게슴츠레 떴다.

"그냥 막 사라지는 거 아니지?"

운정은 조령령의 머리를 쓰다듬더니 아이시리스에게 말했다.

"잠시 령령이를 부탁한다."

아아시리스가 고개를 살짝 끄덕였지만, 운정은 그것을 보지도 않고 빠른 걸음으로 그 귀족들을 따라갔다.

그들은 레스토랑 안쪽 깊은 곳에 위치한 방 안으로 들어갔다. 운정이 그들을 따라가는데, 마침 그 방까지 귀족들을 안내한 점원이 운정을 보고는 말했다.

"죄송하지만, 이 안으로는 들어오실 수 없습니다."

운정이 말했다.

"전 운정 도사라 합니다. 방금 들어가신 분과 대화를 나누고 싶은데, 한번 물어봐 주실 수 있겠습니까?"

그 점원은 떨떠름한 표정을 짓다가 곧 고개를 숙였다.

"알겠습니다."

그는 몸을 돌려 그 방으로 잠깐 들어갔다.

그리고 나오더니 운정에게 다시 공손하게 고개를 숙였다.

"들어가십시오."

운정은 그 방 안으로 들어갔다.

그 방에는 일곱여 명의 젊은 귀족들이 넓고 둥그런 테이블에 앉아 있었다. 그들 중 가장 중앙에 앉은 이는 눈빛이 맑고 진했는데, 누가 봐도 그가 다른 귀족들을 이끄는 위치에 있음을 알 수 있었다.

그 청년 귀족이 운정에게 말했다.

"안녕하십니까, 운정 도사님? 이런 곳에서 뵐 줄은 몰랐습니다."

운정은 포권을 취했다.

"안녕하십니까, 소로우 자작님. 식사 중에 방해해서 죄송합니다."

그는 의회장에서 머혼이 훈계했었던 그 젊은 귀족이었다.

"아닙니다. 아직 음식이 나오지도 않았는데요, 뭘. 편하게 앉아서 말씀하시지요."

운정은 사양하지 않고 그와 마주 보는 자리에 앉았다. 다른 여섯 귀족들도 모두 경계심이 가득한 눈빛으로 그를 바라보았는데, 소로우의 눈빛은 자신감이 넘쳤다.

소로우가 사람을 부르려고 하는데 운정이 그에게 빠르게

말했다.

"제 용무는 그리 길지 않습니다. 그러니 식사는 제가 원래 하던 테이블에서 마저 하도록 하겠습니다."

"아, 일행이 있으셨군요. 알겠습니다. 그럼 용무는 무엇입니까?"

운정이 대답했다.

"제가 알고 있기론 그때 의회장에서 소로우 자작께선 머혼 섭정과 반목하시려다가 곧 결정을 바꾸시어 그의 편에 선 것으로 알고 있습니다. 맞습니까?"

그 노골적인 말에 다른 귀족들의 눈빛이 경계심을 넘어서 적개심으로 변했다.

소로우의 눈빛도 조금 낮게 가라앉았으나, 더 부정적으로 변하지는 않았다.

그가 말했다.

"무슨 말씀을 하고 싶어서 그것을 지적하시는지 모르겠습니다. 대답을 원하신다면 예, 그렇게 했습니다."

"왜 그렇게 하셨는지 여쭈어도 되겠습니까?"

소로우는 불편한 기색을 드러내며 운정을 노려보았다.

하지만 이내 대답했다.

"그때는 머혼 섭정에게 반기를 들 만한 상황이 아니었기 때문이지요. 왕비를 이용해서 렉크 백작까지 손아귀에 두었고, 또 운정 도사께서 직접 보여 주셨던 중원의 힘이 그에게 있었으니까요."

"하지만 당신은 델라이의 왕가에 충성하며 그것을 찬탈한 머혼 섭정의 통치를 언제까지고 두고 볼 위인은 아닌 것으로 보입니다."

"……."

"제 말이 틀립니까?"

소로우는 말이 없다가 이내 툭 하니 대답했다.

"운정 도사님은 도박을 좋아하시는군요. 제가 머혼 섭정에게 충성을 다하는 사람이라면? 지금 이렇게 말씀하시는 것만으로도 굉장히 곤란한 상황을 초래할 수 있습니다."

"전 머혼 섭정이 두렵지 않습니다. 또한 그가 제게 적대감을 품은 이상, 돌이킬 수 없는 강을 건넌 것은 사실이니까요."

소로우는 고개를 한번 끄덕이더니 말했다.

"머혼이 운정 도사와 사이가 멀어졌다는 루머를 들었었는데, 그게 사실이었군요."

운정이 말했다.

"저는 소로우 자작께 한 가지 사실을 묻고자 합니다. 그리고 그 대답에 따라서 전 머혼 섭정과 본격적으로 반목할 생각입니다. 그러니 진실로 답해 주시면 감사하겠습니다."

소로우는 팔짱을 꼈다.

그러곤 슬쩍 다른 여섯 귀족들을 보았다.

그 여섯은 일반인이라면 눈치챌 수 없는 수준의 미세 동작을 했다.

둘은 고개를 저었고, 넷은 고개를 끄덕였다.

소로우는 다시 운정을 바라보았다.

"물어보십시오."

운정이 말했다.

"혹 내전 중에 테라 학파가 관여한 일이 있습니까?"

"……."

"제 말은 내전을 하는 도중 기사와 마법사들이 아니라, 일반 주민들까지도 피해를 입는 그런 일들이 머혼 섭정의 명령 아래 발생했느냐는 의미입니다."

소로우는 깊이 숨을 들이마셨다가 내쉬었다.

"무슨 의도로 그것을 물어보시는 겁니까?"

운정이 대답했다.

"신무당파는 공존을 선으로 규명하고 이를 좇습니다. 제가 머혼 섭정에게 힘이 되어 주었던 이유는 그 힘이 최대한의 생명을 살리는 데 사용되어지리라 믿었기 때문입니다."

"하지만 더 이상은 믿지 않으시는군요."

"그의 개인적인 욕심과 야망을 보았습니다. 그리고 그것은 타인의 생명을 짓밟고 올라서려는 것이 명백했습니다. 때문에 마지막으로 그에 관해서 확인하려는 것입니다."

소로우는 이해했다는 듯 고개를 여러 번 끄덕였다.

그는 잠시 생각하다가, 이내 나지막하게 말했다.

"그러니까, 그가 내전에 테라 학파를 동원했다면, 운정 도사의 가설을 증명하는 셈이 되는 것입니까? 머혼 섭정이 악인이라는 가설 말입니다."

"한마디로 정의하자면, 그렇습니다."

소로우는 미소를 짓더니 말했다.

"운정 도사님은 너무나 솔직하시군요. 순수하기까지 하신 것 같습니다. 제가 운정 도사님과 머혼 섭정이 반목하기를 바라서 '그렇다'고 거짓을 말할 수 있는 것 아닙니까? 혹은 운정 도사님을 계속해서 이용할 수 있기를 바라서 '그렇지 않다'고 거짓말을 할 수도 있는 것이고요."

"소로우 자작께서 무슨 의도를 가지셨든, 원하시는 대로 대답하시면 됩니다."

소로우는 뭔가 깨달았다는 듯 입을 살짝 벌렸다.

그러더니 조용히 말했다.

"순수하신 것이 아니라, 자신감이 있으신 것이로군요. 진실과 거짓을 간파할 수 있다는 자신감 말입니다."

운정은 미소를 지었다.

"절 믿지 못하신다면 대답 자체를 거절하셔도 괜찮습니다. 제가 식사 시간에 무례히 찾아온 것은 사실이니까요."

소로우는 고개를 저었다.

"아닙니다. 그저 이 일은 제게 너무나 뜻밖의 일이라 쉽사리 대답하지 못하는 겁니다. 어쨌든 저는 머혼 섭정을 따르기로 했고, 또 그의 뜻에 따라 다른 백작들을 향해 전쟁을 선포하여 영토를 세 배 가까이 늘렸습니다. 여기 저와 함께하시는 다른 귀족분들도 마찬가지시죠. 어찌 보면 모두 그에게 은혜를 입은 입장이긴 합니다."

"그와의 신의를 저버릴 수 없다면 그 또한 이해합니다. 하지만 소로우 자작께서는 제게 진실을 대답해 주시리라 믿습니다."

소로우가 물었다.

"왜 그렇습니까?"

"왜냐하면 만약 소로우 자작께서 머혼 섭정의 뜻에 따라 그를 섬긴다면, 이렇게 저와 대화를 계속해서 나누실 이유가 없기 때문입니다. 저와 대화하면서 진실된 대답을 해 주어도 괜찮은지 계속해서 확인하고 떠보는 이유는 결국, 진실된 대답을 하려고 하기 때문 아니겠습니까?"

소로우가 정면으로 운정을 바라보다가, 곧 땅으로 시선을 떨구었다.

이내 읊조리듯 말했다.

"머혼 섭정이 찬탈자라는 건 변하지 않는 진실이지요."

그 말에 호응이라도 하듯 여섯 귀족들은 모두 고개를 끄덕였다.

운정은 가만히 그를 보다가 이내 준비한 말을 꺼냈다.

"머혼 섭정은 현재 자신의 상속자인 한슨 머혼과 애들레이드 왕비의 결혼을 준비하고 있습니다."

소로우의 눈이 반쯤 감겼다.

"그 루머 역시 들었습니다. 몇몇 귀족들도 머혼 섭정에게 따졌지만, 그가 허무맹랑한 소리라고 일축했다고 합니다. 그런데 운정 도사님께서는 그 진실을 아시고 계신 겁니까?"

운정이 대답했다.

"현재 신무당파에선 애들레이드 왕비를 보호 중에 있습니다. 제 말이 진실인지 알고자 하신다면 신무당파로 언제든 방문하셔서 왕비님의 말을 직접 들어 보시면 됩니다."

그 말에 소로우 자작의 얼굴이 다소 심각해졌다.

소로우는 손을 입에 가져가더니 이내 곧 손을 다시 내리고 운정에게 물었다.

"애들레이드 왕비께서는 그 결혼에 대해서 어떻게 생각하십니까?"

"그분께서 결혼을 원하셨다면 신무당파에서 그녀를 보호하고 있을 이유도 없을 것입니다."

소로우는 다시금 눈길을 돌려 여섯 귀족들을 보았다.

여섯 귀족은 역시 작은 움직임으로 그들의 의사를 표현했는데, 이번에는 모두 같았다.

소로우가 운정을 보더니 말했다.

"억지처럼 느껴질지 모르시겠지만, 제 눈으로 직접 확인해 봐야겠습니다. 그러면 사건의 진상을 알려 드리겠습니다."

운정이 고개를 끄덕였다.

"공간이동으로 잠깐 다녀오지요. 잠시 제 곁으로 와 주십시오."

"지금 말입니까?"

"예, 지금이요."

그 말에 소로우의 눈빛에 순간 의심이 떠올랐다. 작은 움직임으로만 의사를 표현하던 여섯 귀족들도 대놓고 만류했다.

그러나 그는 과감하게 자리에서 일어나 운정에게 가까이 왔다.

운정은 품에서 레드 마나스톤을 꺼냈다. 그리고 우선적으로 그들이 있는 그 방 안의 공간 좌표를 그 안에 저장해 두었다.

이후 신무당파 공간이동진의 좌표를 읽어 내며 눈을 감고 주문을 읊었다.

꽤나 오랜 시간이 흐르고, 공간이동 주문이 시전됐다.

[텔레포트(Teleport).]

소로우와 운정의 모습이 그 방에서 사라지고, 곧 신무당파의 공간이동진에서 나타났다.

작은 멀미를 느낀 소로우는 머리를 짚었는데, 운정이 그에게 말했다.

"이곳에는 머혼가의 하녀들이 많이 있습니다. 때문에 은신술을 펼쳐야 하는데, 그러기 위해선 제 손을 놓으시면 안 됩니다."

소로우가 고개를 갸웃했다.

"그럼 왜 그 하녀들을 두는 것입니까?"

운정은 미소로 답할 뿐 그 질문에는 대답하지 않았다.

운정은 소로우의 손을 잡고 은신술을 펼쳐 둘의 모습을 감췄다. 그러곤 애들레이드가 기거하는 방까지 그를 안내했다.

똑똑똑똑.

네 번의 노크를 들은 애들레이드는 안심하며 말했다.

"들어오세요, 운정 도사님."

문이 열렸고, 조금 후 문이 닫혔다.

기이한 일이지만, 애들레이드는 온화한 표정만 짓고 있었다.

그때 허공에서 말소리가 들렸다.

"소로우 자작을 아십니까? 그가 함께 왔으니, 놀라지 않으셨으면 합니다."

애들레이드는 양손으로 입을 가리더니 말했다.

"소, 소로우 자작이요?"

운정은 소로우와 함께 모습을 드러냈다.

소로우는 애들레이드를 확인하고는 그 자리에 한쪽 무릎을 꿇었다.

"애들레이드 왕비님을 뵙습니다."

애들레이드는 잠시 경계 어린 눈빛으로 그를 내려다보다가 곧 운정을 올려다보며 말했다.

"이 사람은 머혼의 사람이에요."

운정이 고개를 저었다.

"그랬다면 위험을 무릅쓰고 왕비님을 뵈러 이곳까지 오지 않았을 겁니다."

애들레이드는 날카로운 시선으로 소로우를 내려다보며 말했다.

"그렇다면 이젠 머혼이 몰락할 것 같으니, 다시 제게 붙으려는 기회주의자겠지요."

그 말에 소로우는 나지막하게 대답했다.

"그럴지도 모릅니다. 하지만 전 수십만의 영지민과 소로우의 가문을 책임져야 하는 사람입니다. 내전으로 인해 그들의 안전을 위험에 빠뜨릴 수는 없었습니다."

애들레이드는 콧방귀를 끼었다.

"그저 머혼에게 빌붙어서 자신의 영토를 넓히고 싶었던 것은 아니고요?"

소로우는 나지막하게 대답했다.

"욕심이 없는 사람은 없습니다. 다만 사람들은 다들 자기만의 우선순위가 있는 법입니다. 전 무엇보다도 제 가문과 영지민이 일 순위입니다. 이 순위는 델라이를 향한 충성이며 그 한참 뒤에나 오는 것이 제 개인적인 욕심입니다. 제가 머혼을 따른 이유는 일 순위를 위함이지, 제 개인적인 욕심을 위함이 아닙니다."

애들레이드는 나지막한 목소리로 말했다.

"하지만 두 이유 모두 다 결국 머혼을 따르는 결과로 귀결된다면, 둘 중 무엇이 진심인지는 알 수 없는 법이지요."

"때문에 그 진심을 증명하고자, 지금은 넬라이의 왕가를 섬기려고 이곳에 왔습니다."

"이제 와서요?"

"내전은 아직 끝나지 않았지만, 소로우 영지 주변은 정리가 끝났습니다. 더 이상 제 가문과 영지민에 위협이 될 만한 요소가 없습니다. 하지만 그렇다고 해서 제가 내전을 끝낼 이유는 없습니다. 제가 하려고만 한다면 지금보다 더욱 영지를 확장할 수도 있고 다른 머혼과 귀족들을 도와줄 수도 있지요. 다시 말씀드리자면, 제가 가문과 영지민을 생각하여 머혼에게 붙은 것이 아니라 제 개인적인 욕심 때문에 머혼에게 붙었다면, 지금 이 자리에서 왕비님을 뵙는 것이 아니라 전장에 나가 있거나 물자를 공급하고 있을 겁니다."

애들레이드는 팔짱을 꼈다.

"내 남편은 국정의 대소사를 제게 이야기하는 법이 별로 없었습니다. 하지만 그 와중에도 언급하는 인물들이 몇몇 있었는데, 그중 머혼 백작이나 소로우 시니어 자작은 항상 거론되는 인물들이었죠. 특히 당신의 아버지는 혓바닥 하나로 가문을 세웠다고 했어요. 그 말이 무슨 뜻인지 이젠 알 것 같군요."

다소 모욕적인 말에도 소로우는 지체 없이 말했다.

"아버지께서 귀족 작위를 받으신 후 제게 말씀하셨습니다. 기사는 검을 휘두르고 마법사는 지팡이를 휘두르고 귀족들은 혓바닥을 휘두른다고 말입니다. 전 제 무기를 잘 사용하는 것뿐입니다."

애들레이드는 경멸을 담은 시선을 숨기지 않았다.

"역시 남편이 말한 대로 기회주의자답군요. 그 아버지와 그 아들이에요. 지금 제게 찾아온 이유도 더욱 큰 이득을 바라고 그런 것이 아닙니까?"

소로우는 이번에도 바로 대답했다.

"아버지나 저나 기회주의자가 맞을지도 모릅니다. 왕비님의 입장에서 전 왕을 버린 신하에 불과하니까요. 하지만 지금 왕비님께서는 저 같은 사람의 도움조차 필요하신 상황 아닙니까? 운정 도사가 왕비님을 보호할 순 있어도 나라를 대신 다스릴 순 없습니다. 델라이를 통치하기 위해서는 델라이의 사정을 알고 그 문화를 알며 그 사람들을 아는 귀족이 필요하지요. 그리고 제가 단언컨대, 현 상황에서 왕비님의 편을 들어줄 귀족은 손에 꼽을 겁니다. 말씀하신 대로 귀족들은 전부 기회주의자들이기 때문입니다."

"……"

애들레이드는 그 말에 아무 대꾸도 할 수 없었다.

사실 그녀는 운정에게만 도움을 요청한 것은 아니었다. 남편에게 충성했던 몇몇 귀족들에게 똑같이 도움을 요청했었다.

편지는 물론이고 사람을 보내 말을 전하기도 했으며, 행여나 왕궁에 왔다는 소식을 들으면 운정에게 한 것처럼 직접 가서 말을 걸었다. 하지만 그들 중 그녀에게 도움을 제공한 것은 운정뿐이었다.

그럴 수밖에 없는 것이, 지금 머혼 섭정은 제왕과도 같은 권력을 휘두르고 있다. 그의 뜻에 반하여 애들레이드에게 도움을 주었다가 걸린다면, 영지가 쑥대밭이 되는 건 시간문제일 뿐이다. 델라이 왕도, 렉크 백작도 없는 애들레이드는 그 누구도 거들떠보지 않는 미망인일 뿐이다.

그녀는 입술을 살짝 깨물어 마음에서부터 올라오는 비참함을 참아 냈다.

소로우는 여전히 고개를 숙인 채로 말했다.

"혹 저와 더 이야기하기를 원치 않으신다면, 나가겠습니다."

애들레이드는 눈을 질끈 감고는 말했다.

"아닙니다. 제게 도움을 주러 오신 분께 제가 무례가 많았습니다. 용서해 주십시오."

그녀는 치마를 잡고 고개를 살짝 숙였다.

소로우는 잠시 가만히 있다가 물었다.

"제가 오늘 이곳에 온 것은 질문을 하고자 함입니다, 왕비님."

"그게 뭐죠?"

소로우는 고개를 들고 애들레이드를 올려다보며 물었다.

"머혼 백작께서 자신의 상속인인 한슨 머혼과 왕비님을 혼인시키려고 하였습니까? 그리고 왕비님께서는 그에 관해서 어떻게 생각하십니까?"

애들레이드는 그를 똑바로 쳐다보며 대답했다.

"강요는 물론 협박까지 했어요. 그 때문에 선하신 운정 도사께서 절 보호하고 계시지요."

소로우가 운정에게 고개를 돌려 물었다.

"그럼 운정 도사님께서는 애들레이드 왕비님을 계속해서 보호하실 생각입니까?"

운정은 고개를 끄덕였다.

"그렇습니다."

"머혼 섭정이 혼인식을 강행한다면요? 델라이의 어느 누구도 이를 막으려 하지 않을 겁니다. 모두 머혼의 편에 서겠지요.

그럼에도 불구하고 애들레이드 왕비를 보호하실 생각입니까?"

"그렇습니다."

"이유를 물어도 되겠습니까?"

운정은 잠시 애들레이드를 보았고, 그녀는 고개를 끄덕였다.

운정이 다시 소로우를 보았다.

"그녀의 아버지이신 렉크 백작과 약조했기 때문입니다."

"그뿐이십니까?"

"예, 그뿐입니다."

소로우는 이해하지 못하겠다는 듯 운정을 흘겨보다가 이내 다시 애들레이드에게 고개를 숙여 보이며 말했다.

"델라이의 왕가를 가장 수호하려는 자가 델라이의 인물이 아니라는 점이 참으로 비극입니다. 하지만 이 비극에 슬퍼하기만 하시면 델라이는 그대로 역사 속으로 사라지고 남는 건 머혼만이 되겠지요."

"……."

"그러니 애들레이드 왕비께서도 마음을 단단히 먹고 결단하셔야 합니다. 제 말이 무슨 뜻인지 아시겠습니까?"

애들레이드는 그를 노려보다가 씹어 내뱉듯 말했다.

"당신도 나와 혼인하길 바라십니까, 소로우 자작?"

그 말에 운정의 눈이 크게 떠졌다.

그도 전혀 예상하지 못한 것이기 때문이다.

소로우는 씩 웃어 보이더니 고개를 저었다.

"조건으로 자식들은 델라이의 성을 따라야 한다는 것이겠지요? 그렇지 않으면 의미가 없으니. 죄송하지만 전 독자라, 제 자식들이 델라이의 성을 따르면 소로우 가문을 이을 자가 없어집니다. 그래서 불가합니다."

"조건을 바꾸겠어요. 장자만 델라이로 세우겠습니다. 그 이후에 낳는 아이들은 소로우 가문을 이으라 하지요."

"그도 괜찮습니다만, 솔직히 중년에 접어든 애들레이드 왕비님께서 얼마나 더 아이를 잉태하실 수 있겠습니까? 한 명이어도 기적이지요. 머혼 섭정이야 힘이 있으니 명분만 얻으면 그만이지만, 전 힘이 없어 실제 자식이 없으면 아마 금세 역사의 뒤안길로 사라질 겁니다."

애들레이드는 더 이상 참지 못하고 소리를 질렀다.

"그럼 도대체 당신이 바라는 게 뭐죠! 당신이 바라는 게 무엇이기에 이리 날 농락하는 겁니까?"

소로우는 나지막하게 대답했다.

"여왕이 되십시오."

"……"

숨 막힐 듯한 침묵이 찾아왔다.

그것은 꽤 오랫동안 사라지지 않았다.

소로우는 고개를 들고 그녀를 보았다.

"머혼 섭정은 어디까지나 섭정입니다. 그리고 그가 가진 섭정권은 애들레이드 왕비께서 주셨지요. 따라서 애들레이드 왕비께서 그것을 가져가신다 한들 아무런 문제가 없습니다."

"……"

소로우는 아무런 말도 하지 못하는 그녀에게 질문했다.

"왜 다들 왕비님을 외면한 줄 아십니까?"

"……"

"그들이 모두 기회주의자라서 그럴까요?"

"……"

"아닙니다. 모두가 왕비님을 외면한 이유는 왕비님께서 결혼하기 싫다고 징징거리며 떼를 썼기 때문입니다."

"……"

"스스로를 여왕으로 선포하세요. 그리고 의회를 소집하십시오. 모두가 머혼을 대적하지 않는 이유는 그의 힘도 힘이지만 그를 상대할 적합한 인물이 없기 때문입니다. 그와 대항할 만큼 정통성을 가진 자가 없기 때문이지요."

"……"

"물론 그것은 머혼과의 전쟁을 선포한 것과 다름없습니다. 어디서 쥐도 새도 모르게 암살을 당한다 해도 이상할 것이 없지요. 하지만 당신은 무력으로 따지면 파인랜드에서 제일가는 신무당파의 보호를 받고 있습니다. 그러니 이젠 그렇게 나서도 괜찮습니다."

"……"

소로우는 자리에서 일어났다.

"제가 하고 싶은 말은 다 했습니다. 만약 왕비님께서 제 충언을 듣고 행동에 옮기신다면 제가 기꺼이 앞장서고 싶습니다. 소로우 가문이 백작가가 되는 것은 제 아버지의 오랜 염원이었지요. 그것만 약속해 주신다면, 전 당신을 따를 것입니다."

애들레이드는 격하게 숨을 내쉬었다. 몸을 미세하게 떨기도 했다.

하지만 확실한 것은 짙은 슬픔과 절망으로 점철되어 있던 그녀의 눈빛이 점차 바뀌고 있다는 점이었다.

애들레이드가 운정에게 말했다.

"잠시 혼자 있어도 될까요?"

운정은 고개를 끄덕였다.

"그럼 저희는 나가겠습니다."

운정은 소로우에게 오른손을 내밀었고, 소로우는 손을 마주 잡았다. 곧 그들의 몸이 투명해지고, 그들은 애들레이드의 방을 나섰다.

공간이동진에 도착한 운정은 은신술을 거두고는 소로우에게 말했다.

"제 질문에도 답변해 주실 수 있겠습니까?"

소로우는 그를 바라보며 대답했다.

"테라 학파는 이미 열 곳이 넘어가는 성에 지진을 일으켰고, 스무 곳이 넘는 고을과 마을을 생매장했습니다. 그 안에 살고 있던 영지민들은 죽음을 면치 못했고 그 일대를 지배하는 가문은 역사 속으로 사라졌습니다."

"……."

"제가 아는 피해 인구만 대략 십만이 넘습니다. 이에 환멸을 느낀 저나 많은 귀족들은 이미 마음이 돌아선 상태이지요. 그러니, 운정 도사께서 본격적으로 행동을 취하셔도 괜찮으실 겁니다."

운정은 소로우의 말이 진실임을 알 수 있었다.

그가 말했다.

"당신은 이미 기다리고 있었군요."

"아니요. 아마 당신이 절 찾아오지 않았다면, 전 아마 흘러가는 대로 뒀을 겁니다. 머혼 섭정의 행동에 환멸을 느낀 건 사실이지만, 그렇다고 이길 수 없는 싸움을 하기엔 제가 짊어진 가문과 영지민의 무게가 너무나 큽니다. 그리고 명분도 없지요. 저 또한 델라이의 신하일 뿐이니까요."

"……."

그는 운정에게 고개를 숙였다.

"애들레이드 왕비, 잘 부탁드립니다. 그녀만이 마지막 남은 델라이의 유일한 희망이니까요."

운정은 포권을 취했다.

"걱정 마십시오. 그녀의 신변은 반드시 지킬 것입니다."

이후 운정은 공간이동을 통해서 다시 알드로뱅쉬로 돌아갔다.

그리고 그 방에서 나와 아이시리스와 조령령이 있던 곳으로 돌아갔다.

조령령이 그를 발견하자마자 물었다.

"너무 오래 걸려서 그냥 먹어 버렸어. 운정이 잘못한 거니까, 뭐라 하지 마!"

운정은 희미하게 웃으며 그녀에게 말했다.

"알겠다. 다 먹었으면 나갈까?"

아이시리스도 고개를 한번 끄덕이더니, 자리에서 일어났다.

그렇게 셋은 함께 거리를 거닐었다.

델로스의 밤은 대낮보다 밝은 듯했고, 사람이 많았다. 저녁까지만 해도 볼 수 없던 볼거리들이 넘쳐났다. 이미 봤던 거리도 완전히 다른 거리로 변모해서 또다시 걷는 느낌이 전혀 나지 않았다.

얼마나 시간이 지났을까? 조금 피곤함을 느낀 아이시리스는 델로스 중앙에 있는 분수대에서 잠시 쉬자고 했다.

조령령이 반짝이는 눈으로 분수대를 바라보고 있는데, 아이시리스가 툭 하니 운정에게 물었다.

"아버지와는 이제 같이 갈 수 없는 거예요?"

운정은 그녀를 내려다보다가 곧 고개를 끄덕였다.

"그런 것 같구나."

아이시리스는 한숨을 쉬더니 나지막하게 말했다.

"그럼 부탁이 있어요."

"무슨 부탁?"

"정세가 어지러운 동안, 어머니를 데리고 여행이나 하려고
요. 어머니도 여행을 떠나고 싶다 하셨고. 그런데 어머니 눈
이 너무 높아서, 웬만한 데는 만족을 못 하셔서요. 어머니께
서 중원으로 갈 수 있다면 좋겠다고 하셨었어요. 그래서 알
아봤는데, 어찌저찌 가능하긴 할 거 같아요. 알비온은 마법엔
천재지만, 다른 덴 젬병이거든요."

아이시리스는 고개를 돌려 분수대를 바라보았다.

그녀의 눈길에는 은은한 슬픔이 서려 있었다.

*   *   *

아이시리스는 저택으로 돌아갔으나, 조령령은 그녀와 함께
가지 않았다.

델로스에서 신무당파까지 이어지는 길 위에서, 조용히 밤바
람을 맡으며 걸어가던 운정이 그녀에게 물었다.

"너는 어떻게 할래?"

조령령은 고개를 살짝 숙이며 풀이 죽은 듯 말했다.

"갑자기 웬 여행이래, 나랑 있는 게 별로 재미없었나 봐."

운정은 손을 들어 그녀의 머리를 쓰다듬으며 말했다.

"절대 그런 게 아닐 거다."

"그럼 뭔데? 나도 좀 알려 줘."

운정은 한숨을 쉬더니 설명했다.

"아이시리스의 가문은 아버지와 아들이, 형제와 자매가 서로 싸우는 형국이 될 거야. 아이시리스나 그녀의 어머니는 친족 간에 피가 흐르는 꼴을 눈앞에서 보기 싫은 것이겠지."

"그럼 화해하면 되잖아."

"그들이 막을 수 없는 일이니까. 그래서 멀리 여행을 가고 싶다고 하는 거지. 피비린내 나는 진흙탕을 두 눈으로 보고 싶지 않아서."

"……."

"이를 머혼 섭정이 허락할 리가 없으니, 아이시리스는 내일 아침 당장 떠나고 싶어 해. 나는 오늘 밤 중원으로 넘어가서 그들이 중원을 여행하는 동안 천마신교로부터 안전하게 보호받을 수 있도록 조치를 취해 놓을 거다. 그리고 내일 아침이 되면 그들은 정말로 떠나겠지. 그전까지 너 또한 어떻게 할지 정해야 해, 령령."

조령령은 더욱 고개를 푹 숙였다.

"중원은 가고 싶지 않아. 아버지의 목소리를 듣기 싫으니까. 하지만 여기 남아도 할 게 없는걸. 운정은 항상 너무 바쁘잖아."

운정은 미안한 어투로 말했다.

"그건 항상 미안하게 생각해. 하지만 신무당파가 설립되고 자리를 잡으면 그때는 시간이 많을 거야."

조령령은 뚱한 표정을 지었다.

"전에도 그런 비슷한 말 했었는데, 더 바빠졌잖아. 내가 봤을 땐 운정은 앞으로 평생 바쁠걸? 청룡궁의 오라버니들이랑 다를 게 하나 없어."

"미안. 미안하다."

사과 외에 운정이 할 수 있는 말은 없었다.

그에게 있어 조령령은 가족과도 같았다.

그리고 그것은 조령령에게도 마찬가지였다.

그들은 각자의 가족에게서 느끼지 못했던 가족애를 서로에게 느꼈고, 그래서 함께하고 있다.

조령령이 운정에게 바라는 것은 그저 심심할 때 놀아 주는 게 전부다.

파인랜드까지 믿고 따라와 줬는데, 그 작은 것 하나 못 해 주는 것이 못내 죄스러웠다.

그때 조령령이 툭 하니 말했다.

"그래도 괜찮아."

"……."

조령령은 양팔을 들어서 자기 머리 위에 얹었다. 그리고 운정의 손바닥을 양손으로 잡았다.

그녀가 운정을 돌아보면서 시익 웃었다.

"그래도 처음 파인랜드 와서는 많이 놀아 줬잖아? 왜, 그 건물이 지어지고 있던 보름 동안 미리 많이 놀아 줬으니까. 똑같이 보름 정도는 바빠도 용서해 줄게."

운정은 희미하게 마주 웃었다.

"그래?"

"응. 이제 5일 지났으니까, 앞으로 열흘. 열흘 동안만 더 바빠야 해. 알았지?"

과연 열흘 동안 모든 것이 끝날 수 있을까?

도저히 끝날 것 같지 않았다.

하지만 왠지 모르게 끝날 수도 있겠다는 생각이 든다.

운정은 고개를 끄덕였다.

"좋아, 열흘만 기다려 줘."

조령령은 고개를 들었다.

"십 년을 심심하게 살았는데 뭘. 열흘 정도는 충분히 기다려 줄게."

그녀는 이후 아이시리스와 놀았던 이야기를 했다. 델로스는 물론이고 공간 마법을 이용해서 대륙 끝까지 돌아다니지 않은 데가 없었다.

그 이야기들을 듣다 보니, 그들은 순식간에 신무당파에 도착할 수 있었다.

"응? 왜 저렇게 벌써 금이 가 있어? 방금 지은 건물 아니야?"

조령령의 말대로 신무당파의 건물은 마치 수십 년이 지난 건물처럼 이곳저곳에 작은 균열들이 있었다.

운정이 대답했다.

"그래도 보름은 버틸 거라고 해. 테라 학파가 계속 사람을 보내지 않는다면 그 전에 이전해야겠지."

"흐음. 그래?"

건물 안에 들어간 운정은 조령령에게 방을 내주었다. 조령령은 지금까지 머혼의 저택에서 생활했던지라, 그녀에게는 새로운 방을 주어야 했다.

운정은 그녀에게 인사하고는 애들레이드가 있는 방으로 갔다.

똑똑똑똑.

그러자 방문이 벌컥 열렸다.

애들레이드는 운정을 바라보며 즉시 말했다.

"결정했어요."

그녀의 두 눈에는 강한 결의가 있었다.

운정이 말했다.

"괜찮겠습니까? 분명 험난한 길……."

애들레이드는 운정의 말을 자르며 강하게 말했다.

"괜찮아요. 어차피 전 더 이상 살아도 산 것이 아니에요. 남편도 죽었고 아들도 죽었어요. 그리고… 아버지도 죽었죠."

"……."

때마침 그들 뒤로 지나가던 하녀를 힐긋 본 애들레이드가 마지막 말을 이었다. 그리고 그녀가 복도 멀리 사라지는 걸 확인한 뒤 다시 말을 꺼냈다.

"그러니 선포하겠어요."

운정은 고개를 끄덕였다.

"그렇게 결정하셨으니, 좋습니다. 그럼 제가 도와드릴……."

그녀는 품속에서 서찰을 하나 얼른 꺼내서 운정에게 주며 그의 말을 잘랐다.

"프란시스 대주교에게 가져다 주세요. 그 또한 제 도움을 외면하신 분이지만, 제 선언을 듣고 나면 분명 생각이 달라지실 거예요."

운정은 그 서찰을 내려다보다가, 곧 품에 넣고는 말했다.

"알겠습니다. 내일 새벽에 바로 찾아뵙도록 하겠습니다."

"그리고 하나 더……."

"예."

그녀는 불안한 눈길로 양옆을 살펴본 뒤에 말했다.

"운정 도사님께서 이곳에 계실 때는 상관이 없지만 이곳에 없으실 때는 아무래도… 레이디 시아스가 전반적인 것을 운영하시잖아요. 그런데 레이디 시아스는 머혼의 장녀니까요."

운정은 그녀가 무슨 말을 하는지 알 것 같았다.

그가 말했다.

"걱정하시는 일은 절대로 일어나지 않을 겁니다. 시아스는 신무당파의 유일한 정식제자로서, 그 자세가 바릅니다. 또한 머혼 섭정을 향한 부녀의 감정이 없습니다."

"그녀가 직접 나서지 않는다고 해도, 문을 열어 놓거나 할 순 있지 않을까요? 하녀들도 전부 머혼가에서 보낸 사람들인데……."

운정은 고개를 저었다.

"머혼 섭정이 아무리 과감한 사람이라고 해도 신무당파에 있는 애들레이드 왕비님을 건드릴 수는 없습니다. 신무당파의 보호 아래 있는 애들레이드 왕비님을 건드렸다가는 제게 명분을 주거든요."

"명분이요?"

"심판할 명분입니다. 그는 물론이고 그와 관여된 모든 것이 심판받을 명분."

단조로운 어투에 애들레이드는 자기도 모르게 몸을 떨었다.

이후 운정이 미소 짓자, 그녀가 느꼈던 공포가 일순간 뒤바뀌어 안정감이 되었다.

애들레이드가 말했다.

"아, 알겠어요. 믿겠습니다."

운정은 포권을 취했다.

"감사합니다. 조금만 참아 주십시오. 신무당파는 곧 이전을
할 테니, 그곳에선 더욱 안전을 도모하실 수 있을 겁니다."

"이, 이전이요?"

애들레이드는 되물었지만, 운정은 대답하지 않았다.

그는 빠르게 그녀에게 멀어져 시아스가 기거하는 방으로
갔다.

똑똑.

노크 소리에 시아스의 목소리가 안에서 들렸다.

"들어오세요, 마스터."

운정이 문을 여니, 그 안에는 고급 세라믹으로 된 목욕통
안에 누워 있는 시아스가 있었다. 운정이 즉시 시선을 돌리
자, 시아스가 피식 웃더니 말했다.

"뭘 이런 걸 부끄러워하시는지요."

운정은 여전히 눈길을 반쯤 돌린 채로 말했다.

"한 가지 물어볼 것이 있다."

"예, 물어보세요."

"머혼 섭정이 애들레이드를 내놓으라 하면 넌 어찌할 것이냐?"

시아스는 운정을 물끄러미 보았다.

그러곤 곧 몸을 엎드려 목욕통 가장자리에 양팔을 교차하며 올리곤 운정에게 되물었다.

"제가 어쩌길 바라시는데요?"

"그녀의 신변을 보호해 주길 바란다."

"그럼 그렇게 하지요, 마스터."

운정은 고개를 한번 끄덕인 뒤, 몸을 돌려 나가려고 했다. 그런데 시아스가 그를 갑자기 불렀다.

"마스터."

"무슨 일이냐?"

시아스는 방긋 웃더니 말했다.

"그걸 제게 물어보시는 걸 보니, 이제 슬슬 시작되나 보네요."

"……."

"전 아버지나 어머니에게 아무 감정도 없어요. 마스터가 그들을 죽인다 해도 전혀 신경 쓰지 않을 거예요. 제가 그나마 신경 쓰는 건 아시스와 아이시리스 정도? 그래도 그 아이들은 저한테 착했으니까."

"……."

시아스는 몸을 다시 돌려 목욕탕에 누웠다.

"아 참고로, 전에 보니까 로튼은 아직 저한테서 헤어 나오지 못한 걸로 보이더군요. 원하신다면 제가 그를 이용할 수 있으니, 좋은 팻감 정도로 생각해 두세요."

"……."

"그럼 좋은 밤 되세요."

운정은 잠시 서 있다가 곧 방문을 닫고 나왔다.

이후 공간 마법진으로 가 한참 주문을 외운 뒤에, 카이랄에 도착했다.

카이랄에 있는 HDMMC는 세 개나 가동되고 있었다. 아마 알테시스가 자신과 동료들을 위해서 사용하는 듯했다.

시간이 있었다면 그들과도 만나 봤겠지만, 운정은 걸음을 바삐 했다.

카이랄에서 빠져나와 중원으로 나온 그는 전에 단시월이 안내했던 기억을 더듬어 천마신교의 외교부로 향했다.

그는 곧 집무실에서 홀로 일을 하고 있는 주하를 만날 수 있었다.

주하는 전보다는 그래도 괜찮아진 행색이었지만 여전히 눈가에 짙은 피곤이 자리하고 있었다.

"이리도 갑자기… 혹, 급한 일이십니까?"

그녀가 자리에서 일어나려 하자 운정이 손을 들어 보였다.

"말만 전하면 됩니다."

주하는 일어나다 말고 다시 자리에 앉으며 물었다.

"말씀하시지요, 외총부주님."

"내일 아침 델라이의 두 모녀분께서 오실 겁니다. 델라이의 고위 귀족분들입니다. 그들이 중원에서 여행을 한다는데, 그들의 신변 보호를 부탁하고 싶습니다."

주하는 눈초리를 모으고 그에게 물었다.

"외교상 중요한 일이로군요."

"가능하겠습니까?"

주하는 짐짓 심각한 목소리로 말했다.

"중원의 상황도 그리 좋지만은 않아서. 본교가 있는 낙양 내라면 모를까, 밖으로 이동하시는 데는 많은 제약이 있을 겁니다."

"괜찮습니다. 그들의 목적은 파인랜드를 떠나 있는 것이지, 중원을 구경하는 것이 아니니까요. 특히 부인은 사람이 만든 예술품 등을 좋아하시니, 오히려 수도인 낙양에 머무르는 것을 더 좋아하실 겁니다."

"그렇군요. 그렇다면 어렵지 않습니다."

운정은 포권을 취하고는 말했다.

"그럼 부탁드리겠습니다."

그는 그렇게 말한 뒤에 빠르게 빠져나왔다.

이후 천마신교에서 떠나 카이랄로 향하는데, 누군가 그를 따라오는 인기척이 느껴졌다.

운정은 우선 도심에서 벗어나 카이랄 주변에 있는 숲속에서 멈췄다.

그러자 그 인기척은 바로 자신의 정체를 드러냈다.

악존이었다.

"이리도 갑작스레 중원에 돌아올지는 몰랐다."

운정이 대답했다.

"잠깐 있다 가는 것입니다. 바로 돌아가 봐야 합니다만."

"많은 시간을 빼앗지 않겠다. 다만 저번에 약속한 것처럼 혈교주를 보고 가지 않겠나? 너를 만나기 위해서 낙양에 와 있으시다."

운정은 잠시 시간을 생각해 보곤 말했다.

"한 시진. 이 이상은 안 됩니다."

"교주가 계신 곳은 여기서 반 시진이 조금 못 되는 거리다. 대화는 길지 않을 테니 한 시진이면 충분하다. 따라와라."

악존은 이후 바로 경공을 펼쳤다.

운정은 그를 따라서 빠르게 갔다.

대략 일각 동안 달리자, 악존이 한 동굴에서 멈췄다.

"이 동굴 안에 계십니까?"

악존은 고개를 끄덕인 뒤, 팔짱을 끼고는 그 앞에 섰다. 마치 호법을 서는 듯했다.

운정은 잠시 그를 보다가 곧 동굴 안으로 들어갔다.

동굴 안 깊은 곳에는 꽃마차 하나가 있었다.

그 외에는 아무것도 보이지 않았다.

그런데 그 순간 꽃마차가 열리면서 한 여인이 걸어 나왔다. 이는 운정도 간파하지 못했을 정도로 굉장한 암공이다.

놀랍도록 차가우면서 놀랍도록 아름답고 또한 놀랍도록 매혹적인 여인이었다.

그녀는 고혹적인 눈웃음을 지으며 간드러지는 목소리로 말했다.

"처음 뵙겠습니다, 운정 도사. 전 혈교의 교주, 혹설입니다. 익히고 있는 무공의 특수성 때문에 동굴 밖으로 나가기 어려운 점, 양해 부탁드립니다."

第九十九章

악존은 뒤에서 느껴지는 인기척에 고개를 돌렸다.

막 동굴에서 나온 운정은 그를 보며 포권을 취했다.

"하늘에 닿는 살기를 지닌 천살성이 저토록 높은 경지의 은 잠술을 펼칠 수 있는지는 몰랐습니다."

악존은 웃으며 말했다.

"눈을 감으면 앞에 있는지 없는지도 분간이 안 가지. 호법원들이 주로 익히는 암공보다 더 발전한 형태로, 현재 이를 대성한 이는 혈교주밖에 없다."

"그녀는 매우 어린 듯했습니다. 그토록 어린 그녀가 어떻게 혈교를 이끌 수 있습니까?"

"본래 혈교주는 악누라는 형주님이셨다. 하지만 백호의 심장을 품고 계시기에 그 야성으로 인해 몸과 마음이 많이 어려워지셨다. 그래서 천살성 중 가장 강한 이가 혈교주가 되었지."

운정은 믿을 수 없었다.

"가장 강하다고요? 혈교주의 나이가 어떻게 되십니까?"

"본인은 열여섯이라 했지."

"……"

운정이 아무 말도 못 하자, 악존은 바로 말을 이었다.

"하지만 이는 사실이 아니다. 고아 출신이라 자신의 나이를 잘 모를 만하지. 그녀는 방년 십팔 세다."

그 말에서 묘한 의미를 느낀 운정이 나지막하게 물었다.

"단순히 성숙한 외견 때문에 그렇게 추측하는 건 아닌 것 같습니다만."

악존은 잠시 운정을 보다가 곧 고개를 올려 밤하늘을 보았다.

"백호에 관해서 이야기를 나눴나?"

"예. 나눴습니다."

"악누 형주님에 대해서도 이야기를 들었겠군."

"그렇습니다. 변형 혈마석에는 반드시 그의 피가 사용될 거라고 하였죠."

악존은 고개를 여러 차례 끄덕인 뒤 말했다.

"백호가 악누 형주님의 몸속에 잠들어 있으니 이를 우리가 이용할 수 있지. 하지만 이것에는 대가가 있었다."

"무엇입니까?"

"백호가 세상에 없으니, 백호의 기운을 받는 지체가 태어나지 않는다는 점이다."

그 순간 운정의 뇌리에 스치는 것이 있었다.

토생금(土生金).

토의 육신은 금의 기운을 자연스럽게 받을 수 있어 이를 천살지체라 한다.

하지만 백호가 봉인되어졌으니, 더 이상 천살지체가 태어나지 않는다.

운정의 시선이 살짝 아래로 향했다.

"십여 년 전, 백호가 봉인되기 전 태어난 여자아이가 마지막 천살성이란 이야기를 들었습니다."

"심검마선이 열한 살 때에 백호를 죽이고 그 심장을 먹었다 했지. 이후 열두 살이 되어 무림에 출두했다. 현재 그의 나이가 스물아홉이니, 십팔 년 전이라 보는 것이 옳다. 그리고 그것이 그대로 혈교주의 나이가 되는 것이고."

"……."

악존은 눈을 게슴츠레 뜨며 운정을 보더니 말했다.

"심검마선은 스물다섯에 처음 혈교주를 만났다. 그때로부터는 14년 전 일이니 '십여 년 전'이란 표현이 얼추 맞지. 이후 사년이 흘렀다. 하지만 그의 의식 속에선 백호의 일이 계속해서 '십여 년 전'이라 남아 있을 것이다. 그러니 십팔 년 전 일을 '십여 년 전'이라 표현할 법한 사람은 심검마선뿐이다. 혹은 그와 가까운 사이던가. 혈교주 외에 다른 사람에게서 이 이야기를 들은 바가 있는가?"

운정은 순순히 인정했다.

"교주가 황룡의 봉인을 보여 주며 사방신에 관한 이야기를 하였는데, 그때 들었습니다."

"교주가 거기까지 말했다면, 그의 목적이 무엇인지도 이야기했겠군."

"황룡의 환세를 막는 것과 거기에 이용된 심검마선의 연인을 구하는 것으로 알고 있습니다."

"흐음, 역시 그렇군."

악존은 계속해서 밤하늘을 주시했다.

운정은 가만히 그를 보다가, 이내 물었다.

"혈교주께서는 혈교의 독립을 원하시지 않는 듯합니다. 오히려 천마신교로 다시 돌아가고자 하는 듯합니다만."

"그야 심검마선을 사랑하니까."

"예?"

"혈교주는 심검마선을 사랑한다. 그래서 그와 함께 있고 싶어 하지. 사실 그녀가 혈교주가 되어 혈교를 이끄는 것도 심검마선의 명령을 따르는 것뿐이다. 어디로 튈지 종잡을 수 없는 천살성들을 하나로 다스리기 위해서 말이다."

"……"

악존은 운정을 바라보았다.

그러곤 말했다.

"천살성은 애초에 사회를 이루며 살아갈 수 없는 족속들이야. 천살성 간의 결속은 인위적이어야 하고 또한 강제적이어야 하지. 혈교에 있는 천살성들은 천마신교로부터 독립하면 해방감을 느낄 줄 알았지. 하지만 실상은? 혈교에서조차 벗어나고자 한다. 더욱더 큰 자유를 갈망한다. 그냥 자기 마음 내키는 대로 살고 싶어 한다. 왜? 그것이 천살성이니까. 그저 짐승일 뿐이니까."

"……"

"천살성은 오히려 천마신교 내에 있을 때에 살아갈 터전이 있다. 천살가의 독립은 오히려 천살성들의 삶의 터전을 없애 버렸어. 외양간을 부숴 버린 것이다. 그렇게 세상으로 나가선 절대로 오래 생존할 수 없어. 나는 혈교주와 함께 다시금 외양간을 만들 것이다. 때문에 그녀를 따른다."

운정은 턱을 쓸며 말했다.

"혈교 내의 천살성들이 이에 따라 주겠습니까?"

"나와 혈교주는 이 생각에 따르는 이들을 선별 중에 있다. 끝까지 따르지 않는 이들은 결국 죽일 것이다. 그들은 이 세상에 섞일 수 없는 짐승에 불과하니까. 한때, 상록거수 앞에서처럼 모두 죽을 것이다."

"학살이 정녕 옳은 길이겠습니까? 끝까지 따르지 않는다는 것을 어떻게 확신할 수 있겠습니까?"

악존은 잠시 말이 없다가 팔짱을 꼈다.

"유한으로 무한을 정의하는 건 생각보다 간단하다."

"예?"

"반복성이지."

"……."

그는 나지막한 목소리로 설명했다.

"처음 죄를 지으면 말이다, 죄책감이란 것이 든다. 하지만 계속해서 죄를 짓다 보면, 죄책감은 사라지게 마련이야. 그런데 누군가 그것을 밖으로 끄집어 내면 크나큰 부끄러움을 느끼고 한때 사라졌던 죄책감이 다시금 살아나지. 하지만 그것조차 무시하고 죄를 또 지으면? 역시 죄책감은 다시 사라진다. 사라지는 속도는 전보다 빠르지. 그리고 또다시 누군가 그것을 밖으로 끄집어 내면? 또다시 부끄러움을 느끼게 마련이다. 죄책감도 또다시 살아나지. 하지만 그럼에도 불구하고 계속해서 죄를 짓는다면? 살아났던 죄책감은 다시 죽는다."

"……."

"살아나면 죽이고 살아나면 죽이고. 단순히 죄를 반복하는 것을 넘어서 죄책감을 죽이는 것을 반복하다 보면? 그게 끝이다. 죄를 반성하려는 의지조차 가질 수 없지. 그런 사람은 용서하고 싶어도 용서할 수가 없다. 용서를 바라질 않으니까, 아니, 용서를 바라지 못하니까."

"용서를 바라지 못한다?"

"불구(不具)인 것이다. 그것이 내가 말한 '끝'의 정의다."

운정은 그가 델라이 왕궁 지하 감옥에서 설파했던 내용을 아직도 생생히 기억했다.

"선은 약함의 증거이며 악은 강함의 증거일 뿐이라 말씀하셨던 것과는 매우 상충되는 듯합니다."

악존은 고개를 돌려 다시 밤하늘을 보았다.

"악이 강함의 증거라고 하여 악하면 저절로 강해지는 것이 아니다. 순서가 바뀌었지. 강하면, 비로소 악할 수 있는 것이다, 운정 도사."

운정은 손을 내렸다.

"그럼 원주께서 말하는 죄란 무엇입니까? 제가 생각하는 것과는 판이하게 다릅니다만."

악존은 잠시 말이 없다가 빙그레 웃었다.

"약한 주제에 악한 것이지."

＊　　　　　＊　　　　　＊

운정은 악존을 떠났다.

카이랄로 돌아온 그는 막 HDMMC에서 나오는 알테시스와 마주쳤다.

그는 운정을 보더니 고개를 살짝 숙이며 인사했다.

"안녕하십니까, 운정 도사님."

운정이 말했다.

"아, 안녕하십니까, 마스터 알테시스. 제갈극은 잘 있습니까?"

알테시스는 방금 나왔던 HDMMC를 가리키며 말했다.

"방금까지도 제가 부활 마법을 가르쳐 주었습니다. 그는 가늠할 수 없을 만큼 지혜롭고 또 열정이 많아서, 오히려 가르치던 제가 지쳐 버렸습니다."

"그렇군요. 앞으로도 잘 부탁드립니다."

운정이 포권을 급히 취하곤 하나 남은 HDMMC으로 걸어가려는데, 알테시스가 그를 불렀다.

"저, 운정 도사님."

운정은 걸음을 멈추고 그를 돌아봤다.

"예, 하실 말씀이라도?"

알테시스는 잠시 고민하다가 곧 말했다.

"막크를 만나셨다고 들었습니다."

"아, 예."

그는 운정과 눈을 마주치지 못하고 말했다.

"운정 도사님의 일을 그에게 흘리려고 한 것은 아닙니다. 그 저 네크로멘시 학파가 파인랜드에 다시 자리를 잡는 데 도움 을 주어서 술 한번 같이 먹었다가… 쓸데없는 말까지 해 버린 모양입니다. 죄송합니다."

운정은 살짝 웃어 보였다.

"괜찮습니다."

"그랬다면 다행입니다."

알테시스는 가려 했지만, 이번엔 운정이 돌아서지 않았다.

때문에 알테시스가 그를 바라보았는데, 운정이 곧 나지막하 게 물었다.

"그는 어떤 인물입니까?"

알테시스가 대답했다.

"델라이에 존재하는 모든 음지는 전부 그의 손아귀 아래 있 다고 보시면 됩니다. 본래는 도둑 길드의 수장인데, 그 세가 점차 커지면서 어둠의 학파 중에서도 가장 큰 인물 중 하나가 되었습니다. 때문에 네크로멘시 학파를 설립하기 위해서 그의 도움이 필요했던 것입니다."

"그렇군요."

알테시스가 덧붙였다.

"두 분이서 무슨 말씀을 나누셨는지는 모르겠습니다만 한 가지 말씀드리자면, 그는 다소 가벼워 보여도, 아무에게나 함부로 거짓말을 할 위인은 아닙니다. 놀라운 힘을 지니신 운정 도사께는 분명 진실로 다가가겠죠. 그를 한번 믿어 보셔도 괜찮을 겁니다."

운정은 포권을 취했다.

"일단은 알아 두겠습니다. 그럼."

알테시스가 인사하고 갈 길을 가자, 운정도 빈 HDMMC에 들어갔다.

그 중앙에서 가부좌를 튼 그는 심신을 다지기 시작했다.

그러자 그의 귓가에 엘리멘탈의 목소리가 울리기 시작했다.

[미래를 위해 잠깐을 참는 코스모스! 아아! 그 성숙함이여! 그 코스모스의 유지를 이어받아 카오스의 지경을 넓히는 의지. 그것이 우리.]

[이 작디작은 시공간에 갇혀 진동하는 카오스! 아아! 그 원통함이여! 그 카오스의 유지를 이어받아 코스모스의 자비를

호소하는 의지. 그것이 우리.]

그 노래 속에서 운정은 아침까지 시간을 보냈다.

약속한 시간에 이르자, 그는 눈을 번쩍 뜨고 HDMMC 밖으로 나왔다.

이후 공간 마법진을 이용해 신무당파에 돌아온 운정은 먼저 조령령의 방으로 갔다.

여러 차례 기별을 했지만 안에서 반응이 없자, 운정은 결국 문을 열고 들어갔다.

조령령은 배를 다 까 놓은 상태로 침대에 반쯤 엎어져서 잠을 자고 있었다.

운정은 침상으로 다가가 머리맡에 앉아 그녀의 머리를 쓰다듬었다.

그러자 조령령이 눈을 비비며 말했다.

"흐음, 흐음, 우, 운정?"

운정이 말했다.

"곧 아이시리스가 중원으로 갈 것이다. 마지막 인사는 해야지."

조령령은 고개를 끄덕이며 말했다.

"으응, 데려다 줘."

운정은 살짝 웃고는, 그녀를 일으켜 세웠다. 반쯤 졸린 눈을 하고 침상에 앉아 있는 그녀에게 대강 의복을 입힌 운정은 그녀를 등에 업고 빠르게 신무당파를 나섰다.

그가 델라이 왕궁 NSMC에 도착했을 땐, 이미 차원이동 마법이 어느 정도 가동된 후였다.

기다리고 있던 아시리스와 아이시리스가 막 도착한 운정을 발견했다.

운정은 조령령을 깨워서 등에서 내려 주고는 자신에게 다가오는 모녀에게 말했다.

"안녕하십니까, 마담. 안녕, 아이시리스."

아이시리스는 조령령을 보더니 한어로 퉁명스럽게 말했다.

"什麼? 你在睡覺嗎?(뭐야? 자고 있었어?)"

조령령은 눈을 비비며 미안하단 어투로 말했다.

"對不起. 對不起.(미안. 미안.)"

둘이 뭐라고 더 이야기하는데, 아시리스가 운정에게 말했다.

"덕분에 중원에 여행을 가다니 너무 좋습니다. 이런 뜻밖의 기회를 주신 것에 대해서 마음 깊이 감사합니다."

운정도 공손히 고개를 숙였다.

"아닙니다… 그런데……."

운정은 말을 흐리며 NSMC에 있는 마법사들을 둘러보았다. 궁정 마법사인 알비온과 수많은 마법부 마법사들이 주문을 읊고 있는데, 그중 스페라는 찾을 수 없었다.

아시리스가 되물었다.

"무슨 일이신지요?"

운정이 다시 그녀를 보더니 말했다.

"스페라 스승님이 보이지 않아서 말입니다."

아시리스는 고개를 저으며 말했다.

"새벽부터 와 있었지만 저도 본 일이 없군요. 아이시리스?"

조령령과 한어로 재잘재잘거리던 아이시리스는 어머니의 부름에 말을 멈추고 그녀를 올려다보았다.

"네?"

"혹 스페라 백작이 어디 있는지 아니? 차원이동을 하는데도 보이질 않는구나."

아이시리스가 어깨를 들썩였다.

"안 그래도 부탁드리려고 왕가의 서재에 갔는데, 아무 반응이 없으셨어요. 아마 무슨 마법에 몰두하고 계신가 보죠."

그때 운정의 귓가에 먼 곳에서부터 익숙한 발소리 하나가 들렸다.

운정이 말했다.

"머혼 섭정께서 오시는군요."

그 말을 듣자 아시리스의 표정이 살짝 굳었다.

"그래요? 흐음. 눈치채셨나 보네. 하지만 전 정말로 중원으로 여행을 가고 싶어요. 도와주실 수 있겠지요, 운정 도사님?"

운정은 고개를 끄덕였다.

"물론입니다. 그럼 좋은 여행 되십시오."

운정은 포권을 취한 뒤에 밖으로 나왔다.

문을 닫고 한쪽을 보자 그곳에서 머혼과 네 흑기사가 조금 빠른 걸음으로 걸어오고 있었다.

언제나 미소를 잃지 않았던 머혼의 표정은 상당히 딱딱했다.

운정은 입구 문 앞에 우두커니 서서 그 누구도 지나갈 수 없게 했다.

머혼은 그의 앞까지 걸어오더니 그를 위아래로 훑어보였다. 그의 뒤에 있던 네 명의 흑기사들은 모두 흉흉한 마기를 그 눈에 머금고 있었다.

"이게 무슨 짓입니까, 운정 도사님?"

운정이 되물었다.

"저야말로 머혼 섭정님께서 어쩐 일로 이곳에 오셨는지 궁금합니다."

머혼은 눈꺼풀을 반쯤 내리며 말했다.

"지금 안에서 무슨 일이 일어나고 있습니까? 예?"

"마담 아시리스과 레이디 아이시리스께서 중원을 여행하고 싶다 하셔서, NSMC를 통해 차원이동을 하려 합니다."

"뭐라고요?"

"아직 소식을 듣지 못하셨습니까? 내전 때문에 너무 바빠셔서 이런 사소한 일까지는 귀에 들어가지 않으시는 것 같습니다."

머혼은 운정을 밀치며 안으로 들어가려 했다. 하지만 운정의 몸은 거대한 바위처럼 조금도 흔들리지 않았다. 때문에 오히려 머혼이 몸을 가누지 못하고 기우뚱했다.

뒤에 서 있던 네 흑기사들이 대번에 검을 뽑아 들었다.

자세를 바로잡은 머혼이 손을 들어 올렸다. 그러자 흑기사들은 검 끝을 내렸다.

머혼이 운정에게 말했다.

"차원이동은 NSMC를 가동해야 하고, 이를 가동하기 위해서는 제 허가가 필요합니다."

운정은 나지막하게 대꾸했다.

"그것을 왜 제게 따지시는지 모르겠습니다."

"뭐라고요?"

"왜 제게 따지십니까? 이는 레디디 아이시리스께서 원하신 일입니다. 저는 그 요구에 맞춰서 중원과 연결을 해 드린 것뿐입니다."

머혼은 노골적으로 화를 내며 물었다.

"그럼 지금 내 앞길을 막는 건 무슨 뜻입니까?"

"차원이동 마법이 거의 다 완성되어서 언제라도 발동할 수 있는 상태입니다. 이때 혹시나 머혼 섭정께서 함부로 발을 디뎠다가 사고라도 당할까 염려스럽습니다."

"하."

"부인과 따님은 너무 심려치 마십시오. 중원을 여행하는 동안 천마신교에서 그 안전을 보장할 것입니다."

머혼의 얼굴이 붉으락푸르락해졌다.

하지만 지금 그가 할 수 있는 것은 아무것도 없었다.

그는 양손으로 주먹을 쥐며 말했다.

"예! 그래야 할 겁니다!"

머혼은 그렇게 소리친 후 이를 부득 갈았다.

운정이 그에게 물었다.

"머혼 섭정님, 혹 제가 전달한 내용은 들으셨습니까?"

"무슨 내용이요?"

"신무당파의 건물이 서서히 무너지기 시작했다는 것 말입니다. 테라 학파에서 도와주지 않는다면 저는 건물을 옮길 수밖에 없습니다."

머혼은 코웃음을 쳤다.

"그래요? 그것을 왜 제게 따지십니까? 테라 학파에 따지셔야지요. 안 그렇습니까, 운정 도사?"

머혼은 몸을 돌리려 했다. 그런데 그때 운정이 다시 그를 불렀다.

"또 하나 있습니다."

머혼은 그를 바라보며 입꼬리만 웃어 보였다.

"예, 얼마든지 말씀하시지요."

운정이 그를 지그시 바라보며 말했다.

"요즘 통 스페라 백작님이 보이지 않으십니다. 혹 어디 있는지 아십니까?"

머혼의 비웃음은 더욱 진해졌다.

"글쎄요? 제가 마지막으로 본 것은 왕가의 서재로 들어가는 것이었습니다. 아마 그곳에서 또 어떤 놀라운 마법을 발견하시고, 틀어박혀서 공부하고 계신 것이 아닌가요? 운정 도사께서 이걸 모르고 있었다는 게 더욱 놀랍습니다만."

"……."

"그럼 전 이만, 돌아가 보도록……."

그때 NSMC 입구의 문이 덜컹 열렸다.

차원이동 마법을 진행한 알비온은 상당히 지친 기색을 하고 있었는데, 그 뒤로 보이는 다른 마법사들도 별반 다르지 않았다.

그는 머혼을 발견하더니 공손히 말했다.

"머혼 섭정님, 오셨군요. 마담과 레이디를 성공적으로 중원에 보냈습니다."

그 말에 머혼은 다시금 분노를 참지 못하고 크게 소리쳤다.

"멍청한 놈! 너희 마법사들은 항상 책이나 보고 그러니 이렇게 놀아나는 거다!"

그 말에 알비온은 멍한 표정을 짓고는 운정과 머혼을 번갈아 보았다.

그러다가 놀란 목소리로 물었다.

"가, 갑자기 왜 그러십니까? 무슨 문제라도 있으십니……."

머혼은 짜증 난다는 듯 더 듣지 않고 뒤돌아서 휙 가 버렸다.

알비온은 허탈한 눈빛으로 운정을 보았는데, 운정은 그에게 포권을 취했다.

"아이시리스의 부탁을 들어주셔서 감사합니다."

그는 아직도 상황이 이해가 가질 않는지 머리를 긁적였다.

"서, 섭정님께서 왜 저리 화가 나신 겁니까?"

알비온은 운정과 머혼의 최근 관계에 대해서 전혀 모르는 듯했다.

운정은 그 말을 무시하곤 물었다.

"한 가지 묻고 싶은 것이 있는데, 혹 스페라 백작을 최근에 보신 일이 있습니까?"

알비온은 잠깐 생각하다가 대답했다.

"이틀 전 소로노스에서 귀환하시고 나서 본 것이 마지막이었습니다."

"그때 어디로 가셨습니까?"

"글쎄요. 너무 피곤해하시면서 쉬고 싶다고 하셨는데… 아, 그러고 보니 머혼 섭정께서 스페라 백작을 부르셨다고 거기가 봐야 한다면서 짜증 내시던 게 기억나는군요."

"머혼 섭정이요? 어디로 불렀다고 했습니까?"

"왕가의 서재로 부르셨다고 들었습니다. 왜 거기서 스페라 백작님을 부르셨는지는 모르겠습니다만."

운정의 눈빛이 낮게 가라앉았다.

그는 곧 포권을 취했다.

"알려 주셔서 감사합니다."

그때 막 나온 조령령이 운정에게 말했다.

"하암. 졸리지만, 그래도 인사하니까 기분은 좋네. 나 이제 데려다 줘. 더 잘래."

운정은 잠시 고민하다가 벌써 상당한 거리를 걸어간 알비온의 뒷모습을 보고 말했다.

"저, 알비온 수석 마법사님?"

알비온은 걸음을 멈추고 고개를 돌렸다.

"예?"

"죄송하지만 공간이동을 위해 NSMC를 써도 되겠습니까?"

알비온은 곤란하다는 표정을 지었다.

"방금 막 차원이동을 했습니다. 쿨다운까지는 적어도 하루는 필요할 텐데요. 얼마나 멀리 공간이동을 합니까?"

"델로스 근방입니다."

"흐음, 그 정도라면……."

"다만 옮기려는 것이 드래곤본입니다."

"드래곤본이요? 그럼 포커스와 마나가 너무 많이 들 텐데요."

"그건 제가 다 감당하겠습니다. 알비온 수석 마법사께선 NSMC의 조정만 도와주시면 됩니다."

"……."

"부탁드립니다."

알비온은 매우 피곤한 기색이었지만, 이내 고개를 끄덕이고는 NSMC로 들어갔다.

이를 본 조령령이 말했다.

"뭐야? 마법으로 데려다 주게? 왜?"

운정이 대답했다.

"여기서 시급한 일이 있어서."

이후 운정은 알비온과 함께 공간이동을 통해 조령령을 신무당파로 보냈다. 드래곤본을 보낸다고 해 놓고 중원의 여자아이를 보내니 알비온은 의문이 들었지만, 운정의 심각한 표정을 보고는 차마 묻지 못했다.

운정은 알비온에게 감사함을 표하고는 그 자리에서 제운종을 펼쳐 한 줄기 빛이 되어 나아갔다. 알비온은 영문을 모르겠다는 듯한 표정으로 갑자기 사라지는 그의 뒷모습을 바라볼 수밖에 없었다.

그는 땅을 거의 밟지 않고, 기둥과 벽을 차면서 가장 빠른 속도로 왕가의 서재로 향했다. 그것은 왕궁 안에 있지 않고 살짝 밖에 나와 있었는데, 때문에 그 건물 하나만 우두커니 서 있는 모양새였다.

도착한 운정은 위를 바라보았다. 높은 첨탑과 같이 생긴 그 건물 천장에서 스페라와 함께 미티어 스트라이크를 막았던 기억이 떠올랐다.

대문을 보니 전에는 보지 못했던, 마나의 흐름이 보였다.

"정말로 오래된 마법진이구나. 정말로 오랜 시간 동안 유지되면서 마나가 절로 마법진의 형태를 띠고 흐르고 있어. 인위적인 흐름이 계속되다 보니 자연적으로 바뀌게 된 것이지. 엄청난 마법이야."

운정은 손을 들어 그곳에 내력을 집중했다. 그리고 대문에 보이는 마나의 흐름을 방해해 보려고 했다. 하지만 운정이 아무리 내력을 집중한다 해도 그 흐름에 전혀 영향을 미칠 수 없었다.

"스페라도 이 문을 열 수 없었으니까, 델라이 왕가와 거래를 통해서 이 안의 지식들을 얻으려 한 것이겠지. 억지로 열려고 하면 열 수는 있겠지만 그러면 무슨 일이 일어날지 몰라. 최악의 경우, 이 서재가 붕괴할 수도 있겠지."

그는 턱에 손을 얹었다. 그리고 눈을 감았다.

"이틀 전 소로노스 사건 이후 스페라는 이 안에 들어갔어. 그리고 누구도 그녀를 본 사람이 없어. 설마 그녀에게 큰 화가 미친 것인가? 너무나도 강하기에 당연히 잘 있겠거니 했지만, 혹시나 내가 너무 안일했던 것일까? 설마 머혼이 스페라를 먼저 건드릴 거라고 생각하지 못한 것이 방심이었을까?"

한번 부정적인 생각이 드니, 계속해서 머리가 무거워지는 것 같았다.

"머혼 백작은 호락호락한 인물이 절대 아니거늘. 그가 나를 대적하기 위해서 가장 먼저 제거해야 할 대상이 있다면 바로 스페라야. 왜 이것을 놓친 것이지? 스페라, 그저 이 안에서 놀라운 마법을 발견하여 시간 가는 줄도 모르고 공부만 하고 있는 것이라면 다행이지만, 그것이 아니라면……."

운정은 눈을 질끈 감으며 말끝을 흐렸다.

하지만 그는 곧 눈을 번쩍 떴다.

"이미 난 그와 반목하기로 결정했다. 그래서 애들레이드 왕비를 보호했고, 소로우 자작을 만났으며, 아시리스와 아이시리스를 중원으로 보냈다. 행동을 취해야 할 때야. 행동을."

그는 품속에서 스페라가 준 레드 마나스톤을 꺼냈다.

그리고 그것의 한 부분을 눌러 스페라에게 그의 위치를 보냈다.

그렇게 십여 분을 기다렸지만, 아무런 일도 일어나지 않았다.

원래라면 진작 공간이동으로 나타났을 것이다.

운정은 하는 수 없이 걸음을 옮겨 왕가의 서재에서부터 멀어졌다.

그는 몇 번이고 다시 왕가의 서재를 돌아보았다. 당장에라도 문이 열리고 스페라가 튀어나와 왜 여기까지 왔냐고 쾌활하게 말할 것 같았다. 하지만 그가 볼 때마다 문은 굳게 잠겨 있었다.

운정은 제운종을 펼쳐 왕궁을 벗어났다. 해야 할 일이 있었기 때문이다.

하지만 그 와중에도 그의 머릿속에 이런저런 생각들이 떠올랐다. 아무리 마음을 비우려고 해도, 자꾸만 꼬리를 물고 이어졌다.

'머혼 섭정! 스페라가 어디 있습니까? 예! 스페라가 어디 있느냔 말입니다!'

'무슨 소리십니까, 운정 도사님? 갑자기 왜 이러는 겁니까?'

'스페라가 어디 있느냔 말입니다! 지금 당장 그녀를 내놓지 않으면 대신 당신의 목숨을 내놓게 될 겁니다!'

'운정 도사님, 우선 진정하시지요. 우선 진정하고 이 손을 놓아 주십시오. 제가 감히 당신에게 대적하겠습니까? 당신은 손가락 하나로도 절 죽일 수 있지 않습니까?'

'말씀 한번 잘하셨습니다. 전 손가락 하나로도 당신뿐만 아니라 당신이 기르는 흑기사들도 모조리 도륙할 수 있습니다! 이를 잊지 마십시오!'

'압니다, 알아요. 그걸 누구보다도 제가 더 잘 알지요. 그런데 제가 감히 당신께 반목하겠습니까? 운정 도사님, 일단 진정하시지요. 그리고 편안하게 말씀해 보세요. 스페라 백작에게 무슨 일이 일어난 겁니까?'

'더 이상 당신의 거짓부렁은 듣고 싶지 않습니다. 당신의 혓바닥에 놀아나지 않겠습니다. 그러니 당장 말씀하십시오. 스페라 백작 어디 있습니까? 어디다가 감금하신 겁니까? 그도 아니라면 혹 그녀를 죽였습니까? 만약 그랬다면 당신은 편히 눈을 감지 못할 겁니다.'

'운정 도사님! 운정 도사님! 왜 이러십니까! 이성을 찾으세요. 이성을 되찾으십시오! 당신은 너무나 큰 힘을 가지고 있습니다. 당신께서 이성을 찾지 못하시면 당신은 악마에 불과합니다. 검 한번 휘둘러 수천의 기사들을 죽일 수 있고, 건물을 통째로 무너뜨릴 수 있는 당신께서 이토록 이성을 잃으신다면 이는 재앙과도 같습니다.'

'어떠한 말로도 절 현혹하실 수 없을 겁니다. 당신은 신무당파의 객원 장로를 살인하였습니다. 이는 절대로 용서할 수 없는 행위입니다. 신무당파의 이름으로 당신을 심판할 것입니다.'

'살인이라니요? 증거는 있으십니까? 도대체 무엇을 증거로 절 심판하신다는 말입니까? 전 스페라 백작을 해하지 않았습니다. 아니, 애초에 제가 왜 그런 일을 했다는 것입니까? 운정 도사님, 이성적으로 생각해 보십시오. 스페라 백작이 실종된 것은 연합국을 막은 직후입니다. 그러니 당연히 연합국에서 술수를 썼거나, 아니면 제국이 술수를 쓴 것 아니겠습니까? 왜 제가 그런 일을 했다고 믿으십니까?'

'당신입니다. 당신이 스페라를 살해하였습니다.'

'그러니까, 왜요? 제가 왜 그렇게 합니까? 지금과 같은 난세에 델라이의 국력을 왜 스스로 깎아 낸단 말입니까? 적어도 제 말을 들어주십시오! 운정 도사님, 이렇게 막무가내로 저를 죽이면 이건 그저 살인에 불과합니다! 선을 추구하신다면서, 공존을 추구하신다면서, 이렇게 아무나 마구잡이로 사람을 죽인다면, 신무당파는 결코 그 뜻을 이루지도 못할 것이고 오랫동안 영위하지도 못할 것입니다!'

"운정 도사님? 운정 도사님?"

운정은 퍼뜩 상념에서 깨어났다.

앞에는 프란시스 대주교가 염려스러운 눈길로 그를 보고
있었다.

*　　　　*　　　　*

소박한 방 안.

그곳은 프란시스 대주교의 방이었다.

그 안에서 운정과 프란시스는 서로를 마주 보며 앉아 있었
다.

운정은 눈길을 내렸다. 그의 앞에는 김이 모락모락 피어나
는 차가 있었다.

운정은 그것을 들고 한 모금 마셨다.

두 모금.

세 모금.

"괜찮으십니까, 운정 도사님?"

운정은 찻잔을 내려놓았다.

"괜찮습니다. 순간 딴생각이 들어서. 죄송합니다."

프란시스는 그를 위아래로 한 번 훑겨본 뒤에 말했다.

"사실 운정 도사께서는 방에 들어오셨을 때부터 그러셨습
니다. 제가 묻는 말에도 아무런 마음이 없이 대답하셨습니다.
그토록 마음이 쓰이는 일이 있다면 그것부터 해결하심이 어

떻습니까? 전 시간이 많기 때문에 언제든 다시 약속을 잡으시면 됩니다."

운정은 고개를 저었다.

"추태를 보여 죄송합니다. 제가 대화에 집중하지 못한 것을 너그럽게 용서해 주십시오."

프란시스는 인자한 미소를 지었다.

"그럼 다시 물어보지요. 요즘 잘 지내고 계십니까? 신무당파는 어떻습니까? 이렇게 이른 아침부터 찾아오신 걸 보면 급하신 일이 있는 듯합니다만."

운정은 찻잔을 내려놓으며 말했다.

"바쁘게 지내고 있습니다. 여러 일들이 겹쳐서 말입니다. 시급한 문제도 있고요."

"시급한 문제라면?"

"신무당파의 건물을 세워 주었던 테라 학파에서 계약을 이행하지 않고 있습니다. 때문에 신무당파의 건물은 보름 이상 버텨 내질 못할 겁니다."

프란시스는 놀란 눈을 했다.

"그건 엄청난 거금을 들여서 지으신 것 아닙니까? 그 위대한 건축물이 보름 내로 무너진다니… 테라 학파에선 왜 계약을 이행하지 않는다 합니까?"

"다른 일에 있어 신무당파와 갈등이 있었습니다. 그것에 대한 보복이 아닌가 합니다."

프란시스는 눈초리를 모으며 말했다.

"테라 학파의 마스터 데란은 그런 사람이 아닐 텐데요? 매년 테라 학파에서 교황청에 내는 기부금은 거의 사왕국 수준입니다. 그토록 신실하신 분께서 조금 갈등이 생겼다 하여, 계약을 이행하지 않는 건 믿기 어렵습니다."

"……."

"흐음, 혹 피치 못할 사정이 있는 건 아니겠습니까?"

운정은 프란시스의 두 눈을 자세히 들여다보았다.

"그건 잘 모르겠습니다. 다만 테라 학파는 계약을 이행하지 않았고, 때문에 신무당파의 건물에 금이 가기 시작했다는 것은 확실히 압니다."

프란시스는 팔짱을 끼더니 턱을 살짝 매만지며 말했다.

"마스터 데란과 직접 이야기는 해 보셨습니까? 아니라면, 제가 직접 중재하고 싶습니다. 제가 대단한 인물은 아니지만, 그와 티타임 정도는 잡을 수 있을 겁니다."

운정은 그의 말속에서 진심을 느꼈다.

프란시스는 진정으로 데란이 선한 사람이라 생각했고, 그가 일부러 계약을 이행하지 않는다고는 믿지 않는 듯 보였다.

그렇다면 그를 괜히 끌어들일 필요까진 없다.

운정이 고개를 저었다.

"아닙니다. 주교님만 곤란한 상황에 처하시게 될 겁니다."

그 말에 프란시스의 눈빛이 조금 가라앉았다.

그가 나지막하게 말했다.

"운정 도사께서 그리 말씀하시는 걸 보니… 마스터 데란이 정말 의도적으로 계약을 이행하지 않나 보군요. 그러실 분이 아닌데. 흐음, 대면하고 이야기하면 오해가 풀리지 않겠습니까?"

운정은 잠시 고민했다. 그러다 이내 옅은 미소를 지었다.

"괜찮습니다. 사실 제가 이곳에 온 것은 그 때문이 아니니까요."

프란시스는 잠시 운정을 바라보다가 몸을 앞으로 기울이며 말했다.

"운정 도사님."

"예."

"지금까지 운정 도사님께서 직접 절 찾아오신 적은 없었습니다. 저뿐만 아니라 모두가 다 운정 도사님을 찾아뵈려 했지, 운정 도사께서는 누군가를 찾아가지 않으셨지요."

"꼭 그렇지만도 않습니다."

"제 말은, 운정 도사께선 누군가의 도움을 바라는 성격이 아니신 것 같다는 말입니다. 그리고 그 때문에 도움을 요청하는 데 있어서도 서투르신 것 같고요. 이 말이 기분이 언짢으시다면 죄송합니다."

운정은 순순히 인정했다.

"아닙니다. 사실인걸요."

프란시스는 미소를 지었다.

"누군가에게 부탁을 할 때에는 처한 상황을 설명해 주셔야 합니다. 그래야 사태를 정확히 알고 부탁을 들어줄지 말지 판단할 수 있으니까요. 그러니 혹 마스터 데란과 어떤 갈등이 있으신지 제게 말씀해 주실 수 있겠습니까?"

운정은 나지막하게 대답했다.

"전부를 말씀드리긴 어렵습니다. 그래서 말하지 않으려고 한 것이고요."

"괜찮습니다. 일부라도 말씀해 보세요."

운정은 잠시 생각을 정리한 뒤에 말했다.

"신무당파의 제자 중에는 엘프가 있습니다. 안타깝게도 최근 테라 학파에서 그 제자의 일족이 있는 땅을 침범하려 했지요. 그 안에 있는 테라를 탐냈기 때문입니다. 저는 그를 만나 직접 저지했습니다. 당연하겠지만, 마스터 데란께서는 매우 언짢아하셨지요."

"글쎄요. 함부로 도둑질을 할 위인은 아닙니다만?"

"마스터 데란께서는 인간의 기준으로 그 제자 일족의 땅이 무주지라 판단했습니다. 때문에 그것을 훔치는 것이 아니라

쟁취하는 것이라 생각하는 듯합니다."

프란시스는 찻잔을 입가에 가져가 한 모금 마셨다.

"흐음, 무슨 뜻인지 알 것 같군요."

운정이 이어 말했다.

"때문에 이 일에 보복하기 위해서 계약을 이행하지 않는 듯합니다."

프란시스는 찻잔을 내려놓으며 말했다.

"아무리 선한 사람이라도, 크나큰 보물 앞에서는 평정심을 잃어버리게 마련이지요. 제가 한번 그와 이야기를 해 보겠습니다. 본성정이 악한 분이 아니니, 제가 잘 말씀드리면 쉽게 해결될지도 모르겠습니다."

"감사합니다."

"아, 혹 왕궁에도 이야기해 보셨습니까? 사실 그건 법률적인 부분인 만큼 머혼 섭정께서도 해결해 주실 수 있을 텐데요?"

운정은 고개를 저었다.

"테라 학파에서 머혼 섭정을 크게 도와주고 있는 상황이라, 제 이야기를 들어주지 않는 듯합니다."

"그것 참 이상하군요. 아무리 테라 학파에서 도움을 준다 해도 운정 도사님이 주실 도움보다 클 리는 없을 텐데요?"

질문하는 프란시스의 두 눈은 깊었다.

운정이 대답했다.

"아무리 좋은 도구라도 말을 듣지 않으면 의미가 없지 않겠습니까?"

프란시스는 자기도 모르게 웃어 버렸다.

"하하하, 루머가 사실이었군요."

"……."

프란시스는 곧 웃음을 거두곤 한숨을 쉬었다.

"후우, 만약 그런 상황이라면, 제가 몇 마디 말을 한다 해서 마스터 데란이 마음을 바꿀 것 같지는 않군요."

"그렇습니다. 그래서 애초에 말을 하려고 하지 않았던 겁니다. 어차피 바뀔 게 아니기 때문입니다. 하지만 프란시스 대주교께서도 알아 두면 좋을 것 같아 말씀드렸습니다."

프란시스의 두 눈이 동그랗게 변했다. 그는 운정의 용무가 당연히 데란과의 갈등을 풀기 위함이라고 생각했기 때문이다.

"그럼 정말로 다른 이유로 절 보러 오신 겁니까?"

운정은 고개를 끄덕이더니, 품속에 있는 애들레이드 왕비의 서찰을 꺼냈다.

그러곤 그에게 건네주었다.

프란시스는 묘한 눈길로 그것을 내려다보다가, 이내 집어 들고는 그것을 읽어 내렸다.

그의 눈길이 서찰을 내려감에 따라, 얼굴에 있던 온화함이 서서히 증발했다.

마지막에 가서는 완전히 굳어졌다.

그는 분노를 담은 목소리로 말했다.

"대체 무슨 짓을 하신 겁니까, 운정 도사!"

운정은 조용히 말했다.

"머혼 섭정께서 애들레이드 왕비에게 자신의 상속자와 혼인을 하라고 협박하였습니다. 이에 위험을 느낀 애들레이드 왕비께서는 신무당파에 보호를 요청하였고, 전 이를 수락하였습니다. 때문에 애들레이……."

프란시스는 주먹으로 상을 내려쳤다.

쿵!

그러곤 운정의 말을 잘랐다.

"그럼 혼인하시면 되지요! 그러면 되지요! 여왕이요? 여왕이라니… 운정 도사님. 지금 당신이 무슨 짓을 한 건지 아십니까?"

"오해하시는 것 같아 말씀드리는데, 전 애들레이드 왕비를 부추긴 적 없습니다."

프란시스는 서찰을 잡은 손으로 주먹을 쥐었다. 서찰은 완전히 구겨졌다.

"여긴 주님의 집입니다! 감히 거짓부렁을 지껄이지 마십시오!"

운정은 분노에 찬 프란시스의 두 눈을 똑바로 바라보며 말했다.

"맹세하건대, 저는 부추기지 않았습니다. 제가 약속한 것은 보호뿐입니다. 그로 인해서 강단을 얻으셨을진 모르겠지만, 여왕이 되겠다는 건 엄연히 본인의 의지십니다."

프란시스 역시도 운정을 똑바로 바라보며 빠르게 말했다.

"왕비님께서는 홀로 이런 결단을 하실 분은 아니라는 거, 운정 도사님도 저도 잘 알지요. 운정 도사님이 아니라면 누가 이 생각을 불어넣은 겁니까?"

프란시스는 결국 알아야 한다.

알아야지 도와줄 수 있다.

운정은 나지막하게 대답했다.

"소로우 자작입니다."

"……"

"그가 애들레이드 왕비님에게 여왕이 되라 강권했고, 왕비께서 그 말을 듣고 결심하여 이 서찰을 직접 작성하셨습니다. 그리고 당신에게 가져다 달라고 말씀하셨습니다."

프란시스는 서찰을 쥔 손을 서서히 펼쳤다.

그 손에는 핏기가 없었다.

그가 깊은 한숨을 쉬더니 허탈감이 가득한 눈길로 창문을 바라보았다.

"죽으실 겁니다."

"다시 말씀드립니다만, 신무당파에서 그녀의 신변을 보호할 것입니다."

프란시스는 더 이상 참지 못하고 서찰을 집어 던졌다.

"그럼 이것을 쓰지 못하게 막으셨어야지요! 그것이 보호입니다! 머혼은 이렇게 대책 없이 들이댄다고 이길 수 있는 상대가 아니란 말입니다! 저라고 그가 악인인지 몰라서 가만히 두고 보겠습니까? 머혼을 너무 만만히 보셨습니다! 그는 이미 당신과 제가 만나고 있는 것만으로도 이 방 안의 대화 내용을 전부 알 겁니다! 아니요! 지금 당장 애들레이드 왕비께서 암살을 당하실 수도 있습니다! 그런 자입니다, 머혼은!"

"……."

"그가 눈앞에서 실실 웃는다고 그 가벼움에 넘어가셨습니까? 그가 자기 아내와 자식들에게 대할 때 나오는 그 온화한 눈빛에 넘어가셨습니까? 그도 아니라면, 별것도 아닌 일에 짜증을 내며 화내는 그 어리광에 넘어가셨습니까? 당신은 머혼 섭정을 과소평가한 순간 이미 패배하였습니다."

운정이 나지막하게 말했다.

"과소평가했습니다. 때문에 지금 스페라 스승님의 신변을 알지 못합니다."

"예?"

운정이 눈을 들어 프란시스를 뚫어지게 보았다.

"하지만 제겐 소론 왕이 있습니다. 델로스의 어둠을 다스리는 막크라는 자도 있습니다. 또한 소로우 자작도 있습니다. 그리고 프란시스 대주교님도 있지요. 아직은……"

그 말에 프란시스가 눈을 감으며 말했다.

"소론 왕은 그렇다 쳐도 그 막크라는 자나 소로우 자작은 왜 믿으십니까? 그들이 머혼 백작의 명령을 받들어 당신의 행동을 유도한 건 아니겠습니까?"

그 말에 운정은 입을 살짝 벌렸다.

알드로뱅쉬의 갑작스러운 만남.

그것이 과연 자연스러운 만남이었을까?

운정도 머혼에게 한 것이 있다.

렉크 백작을 도와 케네스 군도의 독립을 이뤄내게 만들었고, 소론 왕을 제자로 거두었으며, 테라 학파를 막아섰고, 아이시리스와 아시리스를 중원으로 보내 그를 불안하게 만들었다.

과연 머혼이 가만히 당하고 있을 사람일까?

생각을 마친 운정이 프란시스에게 말했다.

"막크라는 자는 스스로 찾아오긴 했습니다. 하지만 소로우 자작은 제가 직접 찾아간 것입니다."

"혹 막크라는 자와 먼저 만나셨습니까?"

"그렇기는 합니다."

"그럼 대화를 하면서 당신을 유도했을 수 있습니다. 소로우 자작에게 말을 걸게끔. 아닙니까?"

운정은 그 말을 듣고는 너무 억측이란 느낌을 받았다.

그들이 하는 말에서 운정은 진실을 보았기 때문이다.

하지만 일단 프란시스의 논리를 따라가기로 했다.

"그렇다면 머혼이 애들레이드 왕비가 여왕이 되도록 유도해서, 얻을 수 있는 것이 무엇입니까? 오히려 그가 권력에서 멀어지게 되지 않습니까?"

프란시스는 조금 생각하더니 말했다.

"지금 델라이 정세는 극도로 불안합니다. 통치에 아무런 경험도 없는 애들레이드를 여왕으로 섬기고 싶은 귀족은 아무도 없습니다. 그러니 오히려 머혼을 향한 마음이 굳어지는 효과를 낳을지도 모르겠군요."

"……."

"솔직히 머혼 섭정의 속셈은 잘 모르겠습니다. 하지만 이 모든 것이 그가 유도한 것이라 충분히 생각할 수 있다고 봅니다."

운정은 눈을 감았다.

그러곤 느리게 말했다.

"유도된 것인지 아닌지는 크게 중요하지 않은 것 같습니다. 어차피 다들 기회주의자니까요."

프란시스가 되물었다.

"예? 그게 무슨 말입니까?"

운정이 눈을 뜨며 말했다.

"막크도 소로우도 이렇게 흘러가는가 하면 여기에 합세할 것이고 저렇게 흘러가는가 하면 저기에 합세할 것입니다. 결국 귀족들은 우세한 쪽으로 붙을 겁니다. 사실 모든 사람들이 그렇지요. 그러니 그들의 유도대로 흘러가는 것이 꼭 나쁘지만은 않습니다."

그 말을 들은 프란시스의 눈빛이 순간 날카로워졌다.

*　　　　　*　　　　　*

방 안에는 프란시스 홀로 앉아 있는 듯했다.

그는 방 한쪽에서 천에 쓰인 무언가를 가져와 탁자 위에 두었다. 그러곤 문 쪽으로 다가가, 누군가 그의 방에 가까이 있는지 확인한 뒤 문을 잠갔다.

그는 고개를 도리도리 흔들며 원래 자리에 앉았다.

그러곤 천을 거두었는데, 그 아래에서 수정구가 나왔다.

프란시스는 고개를 푹 숙이더니 말했다.

"주여 용서하소서."

그는 곧 그 수정구에 손을 가져갔다. 그것을 비비자, 그 수정구에서 은은한 빛이 나왔다.

이후 프란시스는 초조한 표정으로 그 수정구를 바라보았다.

얼마나 지났을까?

그 안에서 머혼의 얼굴이 튀어나왔다.

"설마 수정구로 제게 연락을 취할 줄은 몰랐습니다, 프란시스 대주교님. 마법이라니요? 하하하, 운정 도사가 가져간 소식이 꽤나 충격적이었나 보군요?"

그 말에 프란시스는 눈을 감아 버렸다.

"역시나 전부 머혼 섭정께서 꾸민 것이로군요."

머혼은 양쪽 입꼬리를 올렸다.

"운정 도사가 대주교님을 찾아간 것을 보아하니 애들레이드가 마음을 굳히긴 했나 봅니다. 하하하. 참 쉬운 사람이에요. 하기야, 정치에 관해선 조금도 모르니까."

프란시스는 이를 한 번 부득 갈더니 말했다.

"저 또한 머혼 섭정 뜻대로 하겠습니다. 하지만 한 가지는 반드시 지켜 주십시오."

머혼이 느긋하게 말했다.

"소론의 고아원에 주는 기부금은 걱정하지 마십시오."

그 말에 프란시스가 조금 당황한 표정을 지었다.

"그것은 당연히 건드리지 마셔야지요."

그 말에 머혼이 코웃음을 쳤다.

"아하. 그것은 당연한 것이고, 그 위에 다른 조건을 또 걸겠다는 겁니까?"

프란시스는 마른침을 한 번 삼키고는 말했다.

"애들레이드 왕비의 생명은 건들지 말아 주십시오. 절대로!"

"……."

"그녀는 제가 아는 모든 사람 중에 가장 신앙이 깊은 분 중한 분입니다. 그러니 그녀를 보호해 주십시오."

그 말에 머혼이 시익 웃었다.

"정말 그런가요? 그녀가 그토록 신앙이 좋았다면 왜 대주교께 생명을 의탁하지 않고, 운정 도사에게 생명을 의탁했을까요? 대주교님도 아시다시피 신무당파는 단순한 기사단이 아닙니다. 하나의 종교라고 봐도 무방할 정도의 자체적인 철학을 가지고 있어요. 그러니 애들레이드 왕비는 사랑교가 아니라 다른 종교에 몸을 의탁한 것과 같습니다. 어찌 그녀가 신앙이 좋다 할 수 있겠습니까?"

프란시스는 나지막하게 말했다.

"그녀는 남편과 아들을 잃었습니다. 그러니 아무리 신앙이 깊은 여인이어도 마음이 흔들릴 만하지요. 제 동생에게 말을 들어 보니, 예배조차 참석하지도 않으신다니 제게 말을 걸기도 싫으셨을 겁니다. 하지만 신앙은 쉽게 사라지지 않습니다. 그녀는 곧 몸과 마음을 추스리……."

머혼은 프란시스의 말을 잘랐다.

"게다가 이제 와서 다시 대주교님을 믿는다는 게 조금, 그렇지요. 여왕이 되긴 되어야겠고, 그럼 사랑교의 도움을 받긴 받아야 하니, 갑자기 다시 연락한다? 그 정도면 가증스럽다는 표현이 어색하지 않을 듯합니다만."

프란시스는 조금 큰 목소리로 말했다.

"와, 왕비님께 가, 가증스럽다니요! 머혼 섭정! 말씀이 지나치십니다!"

머혼은 어깨를 들썩였다.

"아무튼, 프란시스 대주교께서 바라시는 것이 애들레이드 왕비의 목숨이라면, 좋습니다. 충분히 들어 드릴 수 있습니다. 애들레이드 왕비의 목숨을 취할 생각은 없으니까요."

프란시스는 고개를 여러 차례 끄덕였다.

"알겠습니다. 그럼 제가 어떻게 하길 바라십니까? 애들레이드의 서찰을 모른 척하길 바라십니까?"

머혼은 고개를 저었다.

"설마요. 그걸 원했다면 제가 애초에 사람을 써서 그녀를 부추기지도 않았을 겁니다."

프란시스는 이해가 가지 않는 듯 고개를 갸웃했다.

"무슨 뜻입니까?"

머혼은 방긋 웃었다.

"전 애들레이드 왕비가 여왕이 되길 바랍니다. 그래야 그녀의 왕권이 공식적으로 인정될 것이고, 이후 그녀와 결혼하는 사람에게도 그 왕권이 이어질 수 있기 때문입니다."

"……."

"왕비랑 결혼한다고 왕이 되는 건 아닙니다. 오히려 그 왕비가 왕비의 자리에서 내려와 그 남자의 옆자리로 가는 것뿐이지요. 중요한 건 여왕과 결혼하는 겁니다. 그래야 이후 왕의 자리에 올라설 수 있는 명분이 됩니다."

프란시스가 물었다.

"그것 때문에 소로우 자작을 부추겨서 애들레이드 왕비님을 여왕으로 만들려고 한 것입니까?"

"그렇습니다, 프란시스 대주교. 제 계획이 잘 통한 것 같아서 기쁘군요."

"……."

프란시스는 잠시 충격에서 헤어 나오지 못하다가 곧 번쩍이는 생각에 급히 말했다.

"하지만 그녀가 여왕이 되고 델라이를 직접 통치하게 되면, 그땐 또 변덕스러운 귀족들이 어떻게 나올지 모릅니다. 그녀가 또 섭정권을 회수하면 머혼 섭정께서는 지금의 권력을 잃어버리게 될 텐데요?"

머혼의 미소가 더욱 깊어졌다.

"전혀 그렇지 않습니다. 왕이라고 해서 한번 맡긴 섭정권을 의회의 통과 없이 돌려받을 수는 없기 때문이지요."

"그게 무슨 말씀이십니까?"

머혼은 즐거운 듯 설명했다.

"델라이 법률에 따르면 의회의 오분의 일 이상이 섭정권을 회수하는 것에 찬성해야 합니다. 즉, 20%만 넘어도 왕권이 회복되기는 하지요."

"……."

"이는 본래 섭정이라는 자리가 어린 왕을 대신하는 자리인 만큼, 의회의 대다수가 원한다면 섭정이 계속해서 통치할 수 있게끔 배려한 것이지요. 하지만 조건이 가혹합니다. 의회 전체 80%의 동의를 얻어야 하니까요. 그러니 왕이 섭정권을 다시 회수한다면 아마 회수할 수는 있을 겁니다. 역사적으로 거부된 적이 한 번도 없기도 하고."

프란시스는 머리에 번뜩이는 것이 있었다.

"그래서 내전을 일으……."

머혼은 프란시스의 말을 잘랐다.

"그렇습니다. 다 의회에서 몰아냈지요. 그러니 애들레이드가 여왕으로 등극한다 해서 제 섭정권을 가져갈 순 없습니다. 지금 의회는 제가 100% 장악하고 있기 때문이지요. 애들레이드가 힘을 써서 10%를 가져가면 잘한 겁니다. 그러니 애들레이드가 여왕이 된 이후에도 전 여전히 왕권을 가진 채로 이 나라를 통치할 겁니다."

"……."

"물론 현재 모든 귀족들이 모두 다 절 따른다고는 보장할 수 없지요. 막상 애들레이드가 여왕이 되는 것을 보고 나면 마음이 돌아서는 자들이 있을 겁니다. 하지만 현 귀족들은 모두 왕가를 한 번은 거부했던 자들뿐입니다. 제가 조금만 영향력을 발휘해도 10%는커녕 한 명도 돌아서지 않을 겁니다."

"……."

수정구에서 머혼의 얼굴이 확대되었다.

"대주교님, 그 서찰을 교황청에 보내시지요. 교황청이 애들레이드 왕비를 여왕으로 인정한다는 공문을 델라이에 보내면 전 기쁘게 받을 것입니다. 의회를 소집하여 이를 의논하고 여왕으로 추대하여, 거대한 대관식을 열 겁니다. 사왕국은 물론이고 모든 왕국에 초대장을 주어 모든 이의 축하 속에서 애들레이드가 델라이의 여왕이 되었노라 공표할 것입니다."

"……"

"사람은 높은 곳에서 떨어질수록 치명상을 입게 마련입니다. 델라이의 여왕이 되고 제 손아귀에서 벗어났다 믿는 애들레이드 여왕께서는 그날로 즉시 추락하실 겁니다. 자신의 말을 전혀 듣지 않는 귀족들 앞에서 섭정권조차 회수하지 못하는 자신의 무력함을 피부로 느끼게 될 겁니다. 그러면 그녀는 지금껏 느꼈던 절망보다 더한 절망을 느끼겠지요."

프란시스는 더 이상 참지 못했다.

"과거 선왕께서 당신을 백작으로 임명하려 했을 때, 더 필사적으로 막지 않은 것이 제 인생 최대의 실수입니다."

머혼의 여유로운 목소리로 말했다.

"그렇다면 교황청에 알리지 마시지요. 애들레이드 왕비의 서찰을 무시하세요. 겨우 내민 그 미약한 손길조차 철저하게 거절당한 그녀는 절망감에 휩싸이고 회의감에 파묻힐 겁니다. 그로 인해 그나마 마음에 잔재하는 신앙심조차 버리고 자신에게 보금자리를 제공한 운정 도사에게 완전히 기댈 겁니다. 입은 상처가 깊은 만큼 신무당파에 열정을 가질 겁니다. 운정 도사가 애초에 그 생각을 하고 애들레이드를 받아들였는지도 모르겠습니다. 신무당파의 홍보인으로 그녀만큼 좋은 사람이 어디 있겠습니까? 아무튼 대주교께서 그녀의 요청을 거절하시여 친히 그녀를 지옥으로 보낸다고 하신다면, 전 말리지 않겠습니다."

"……."

프란시스는 양손으로 주먹을 쥐었다. 그의 두 주먹은 부들부들 떨렸다. 더 이상 억누를 수 없는 분노가 그의 온몸으로 표출되기 시작했다.

그는 눈을 딱 하고 감아 버렸다.

"약속을 지키십시오, 머혼 섭정. 그녀의 목숨은 살려 주십시오."

머혼은 나지막하게 말했다.

"대주교께서 말씀하지 않으셔도 그렇게 할 생각이었습니다."

프란시스는 눈을 번쩍 떴다.

"만약 절 적으로 두고 싶지 않다면, 그 생각이 바뀌지 말아야 할 겁니다. 절대로."

머혼의 표정이 살짝 굳었다.

그가 낮은 음조로 말했다.

"애초에 제게 연락하신 이유가 뭡니까, 대주교님? 대주교님께서 생각해도 애들레이드 왕비와 운정 도사가 제 상대가 될리가 없다 믿으셔서 그런 것 아닙니까?"

"……."

머혼은 씩 웃으며 말했다.

"만약 절 적으로 두고 싶지 않다면, 그 믿음이 변하지 않아야 할 겁니다. 절대로."

그 말을 끝으로 수정구에서 머혼의 얼굴이 사라졌다.

그때 갑자기 프란시스가 아차 하는 표정을 지었다.

그는 곧 수정구를 비볐다.

그러자 은은한 빛이 나오고 바로 머혼의 얼굴이 나타났다.

프란시스가 말했다.

"아직 용무가 남았습니다."

머혼은 뚱한 표정을 짓더니 말했다.

"딱 멋있게 연락을 끊었는데, 이걸 다시 연락하시다니요? 도대체 얼마나 중요한 용무이기에 연락하신 겁니까? 아직 내전이 마무리되지 않아서 꽤나 바쁘단 말입니다. 에둘러서 말씀하지마시고 단도직입적으로 이야기하시지요."

프란시스는 팔짱을 꼈다.

"지금까지 에둘러서 말씀하신 건 머혼 섭정 본인입니다."

머혼은 귀찮다는 듯 손을 내저었다.

"용무, 부탁드립니다, 대주교님."

프란시스가 조금 몸을 수정구에 가까이하며 말했다.

"스페라 백작의 소식이 없어서 말입니다."

"……."

머혼은 얼굴을 살짝 굳힐 뿐 별다른 말을 하지 않았다.

프란시스가 다시 말했다.

"삼 일 전인가? 소론에서 큰 임무를 맡으셨다는 이야기는 들었습니다. 하지만 그 이후 그녀를 본 사람이 없다고 합니다. 혹 그녀가 머혼 섭정님의 다른 명령을 은밀히 수행하고 있다면, 그녀에게 말을 전해 주실 수 있을는지요."

머혼은 가만히 프란시스를 노려보았다.

프란시스는 아무렇지 않은 표정으로 그를 마주 보았다.

곧 머혼이 툭 하니 말했다.

"무슨 말을 전하면 되겠습니까?"

프란시스가 목을 가다듬더니 말했다.

"사랑교에서 빌려 간 아티펙트를 이제 슬슬 돌려 달라고 말씀해 주십시오."

머혼은 그 이야기를 처음 듣는지 고개를 갸웃했다.

"예? 빌려 간 아티펙트요? 그게 뭡니까?"

프란시스는 헛기침을 하더니 말했다.

"딱 그렇게만 말씀을 전하시면 스페라 백작께서 알아들으실 겁니다."

"흐음… 그렇게 말씀하시는 걸 보니 더욱 궁금해집니다만."

"사적인 일입니다. 관심을 가질 만한 것이 못 됩니다, 머혼 섭정님."

머혼은 피식 웃더니 말했다.

"뭐, 알겠습니다. 스페라 백작에게 말을 전하지요. 그런데 스페라 백작께는 물어봐도 되겠지요?"

"제가 그것까지 막을 순 없겠지요. 하지만 그녀도 분명 아무 말 하지 않을 겁니다."

"흐음, 그래요? 알겠습니다."

프란시스는 수정구에 손을 가져가며 말했다.

"그럼 약속은 지켜 주십시오."

머혼이 뭐라고 더 말하려는데, 프란시스는 수정구를 비벼서 꺼 버렸다.

이후 천으로 그것을 덮어 두고는 깊은 한숨을 쉬었다.

그가 한쪽 방향을 바라보더니 물었다.

"괜찮겠습니까?"

그때 아무것도 없는 그곳의 공기가 살짝 일렁였다.

*   *   *

수정구가 흐려지자, 머혼은 팔짱을 끼며 거만한 표정을 지었다.

그리고 그의 앞에 있는 인물들을 시계 방향으로 둘러보

았다.

테라 학파 마스터 데란.

흑기사단 단장 슬롯.

머혼가 기사단장 고폰.

어둠의 마법사 막크.

군부 장군 멕컬리.

소로우 자작.

머혼가 상속자 한슨.

그리고 기사 로튼.

"저까지 보실 건 없지 않습니까, 머혼 섭정님. 앉아 있지도 않는데."

로튼의 말대로, 그는 머혼의 뒤편에 서 있었기 때문에, 머혼은 몸을 완전히 비틀고 있는 상태였다.

머혼은 그 말에 입꼬리를 살짝 올리더니 다시 몸을 돌려 앞쪽을 보았다.

모두들 머혼을 바라보는데, 머혼이 말했다.

"거사일은 언제로 잡는 것이 좋겠습니까?"

소로우가 대답했다.

"프란시스 대주교께서 저리 나오신 것을 보면, 아마 교황청에선 바로 반응할 겁니다. 내일 바로 의회를 소환하시지요. 변수가 생기는 걸 원하지 않으신다면 빠르게 결판 짓는 것이 좋습니다."

그 말에 슬롯이 말했다.

"저 역시도 동의합니다. 시간을 끌면 신무당파에서 어찌 나올지 모릅니다."

머혼은 여러 사람과 눈빛을 교환하곤 자신의 생각을 말했다.

"운정 도사는 어차피 어쩌지 못합니다. 우리가 먼저 움직이지 않는 한 절대로 먼저 칼을 들지 않는 자입니다. 그래서 그만큼 정치에 취약합니다. 그는 유성도 가르고 드래곤도 사냥할 수 있지만, 명분이 있어야 움직이지요. 그러니 굳이 서두를 필요는 없긴 합니다."

한슨은 다리를 꼬며 툭 하니 말했다.

"솔직히 신무당파의 무술도 딱히 별것 없었어요. 제가 봤을 때는 유성을 가르거나 드래곤을 사냥한 거나 그냥 다 스페라 백작이 한 거라니까요? 스페라 백작이 운정을 사랑하니까, 잔뜩 띄워 준 거라고요."

머혼은 한슨을 노려보며 말했다.

"그의 무력은 진짜다. 이는 슬롯도 로튼도 고폰도 다 동의하는 거야. 그런데 네가 뭐라고 왈가왈부하는 거냐?"

그말에 한슨은 얼굴을 찌푸렸다.

"그래서 셋 중에 신무당파 무술을 직접 익힌 사람이 있습니까? 없잖아요? 그거 진짜 이상하니까요? 그냥 잡기술 같은 거예요, 잡기술."

"그래서 졌냐? 아시스한테?"

그 말에 한슨은 얼굴을 확 구겼다.

분위기가 더욱 삭막해지고, 한슨이 더 뭐라고 하려는데 데란이 말을 꺼냈다.

"솔직히 염려스러운 부분이 있습니다."

머혼이 그에게 되물었다.

"어떤 부분이 말입니까, 마스터 데란."

데란은 팔짱을 끼더니 말했다.

"테라 학파에서 엘프의 땅을 개척하려 했을 때, 그가 보여준 모습은 매우 주도적이었습니다. 머혼 섭정께서 말씀하시는 것처럼 수동적인 인물로 보이지 않았었습니다. 저희가 개척을 강행했다면, 아마 그는 직접 무술을 펼쳐 저희 학파 마법사들을 살해했을 겁니다."

머혼은 고개를 저었다.

"설마요. 그저 제지하는 수준에서 끝났을 겁니다."

"아니요. 제가 봤을 땐 그는 충분히 살인이 가능합니다."

"흐음."

데란이 나지막하게 말했다.

"그러니 거사를 준비하는 동안, 그가 가만히 지켜만 보고 있지는 않을 겁니다. 그는 이미 의회장에서 난동을 부린 일이 있다고 했지요? 그러니 이번엔 정말로 칼을 뽑아 들고 달려들 수도 있습니다."

그 말에 슬롯이 말했다.

"당시 의회에서 난동을 부린 것은 아닙니다. 엄밀히 말하면 난동을 부리려는 자를 제지한 것이지요. 운정 도사는 명분이 없으면 나서지 않습니다."

데란이 그를 바라보며 말했다.

"그렇다면 그에게 빌미를 줄지 주지 않을지, 한번 이 자리에서 점검이라도 해 봅시다. 머혼 섭정님, 일을 어찌 진행시킬 겁니까?"

머혼은 어깨를 한번 들썩였다.

"교황청에서 공문이 오면, 이후 시일을 잡아서 델라이 의회를 소환할 겁니다. 다 같이 모여서 애들레이드 왕비를 여왕으로 추대하면 되겠지요. 환영하고, 축하하고, 박수 치고, 으레 하는 것들을 하면 됩니다. 그리고 아무렇지도 않게 제가 의회를 진행합니다. 그럼 우리의 새로운 여왕은 의문이 들 겁니다. 여왕이 됐음에도, 자기가 아무것도 못 한다는 사실 때문에요."

"……."

그 말을 듣는 모든 이는 숨을 죽였다.

머혼은 몸을 앞으로 숙이며 모두의 눈을 한 번씩 마주치면서 말을 이었다.

"그럼 그때 제 섭정권을 회수하겠다고 하겠지요? 그러면 전 법률을 들어서 의회의 20% 이상의 찬성이 있어야 한다며 받아칠 겁니다. 애들레이드는 그 낮은 숫자를 듣고 은근히 기대를 할 겁니다. 회수할 수 있으리라 믿겠지요. 하지만 현실은?"

"만장일치로 불가하게 될 겁니다."

소로우의 단호한 목소리에, 머혼은 씩 웃었다.

손가락으로 그를 가리키며 말했다.

"모두가 소로우 백작님과 같은 의견이라면 말입니다."

"아직 자작입니다."

"하지만 곧 백작이 되시겠지요. 아무튼, 그렇게 되면 허울만 남은 왕비께서는 결국 자기가 왕비였던 시절과 똑같이 할 수 있는 게 아무것도 없다는 걸 깨닫게 될 겁니다. 그리고 전 그 자리에서 여기, 제 아들 한슨과 왕비님의 결혼에 대한 안건을 바로 상정할 겁니다."

그 말에 한슨은 얼굴을 확 찌푸렸지만, 별다른 말을 하지 않았다.

소로우 자작이 말했다.

"그게 가능합니까?"

머혼은 고개를 끄덕였다.

"왕가의 혼인은 의회의 통과가 있어야 합니다. 이는 왕실의 품위를 위해서지요."

"아니, 그것이 아니라 애들레이드 본인이 혼인을 하려고 하지 않는데, 가능하냐는 말입니다."

"그게 무슨 상관입니까? 안건은 올라올 것이고 귀족들은 모두 찬성할 텐데. 아닙니까?"

"……."

"이후 성대한 결혼식을 열지요. 아쉽게도 여왕께선 참석하지 않으시겠지만 뭐 어쩔 수 없지요. 하지만 그냥 진행하면 됩니다. 뜻깊은 혼인이 성사될 겁니다."

그 말에 한슨이 말했다.

"그냥 그 늙은 여인을 죽여 버리고 왕이 되세요, 아버지. 지금 누가 뭐라 한다고."

그 말에는 고폰이 대답했다.

"운정 도사가 뭐라 할 것입니다, 로드 한슨. 뭐라 하기만 하면 다행이지요."

한슨이 입술을 삐죽거리며 말했다.

"운정 도사, 운정 도사, 운정 도사, 그놈의 운정 도사. 아니, 왜 다들 그렇게 그를 무서워합니까? 안 그래요, 거기? 그, 뭐야?"

한슨의 시선을 받은 막크가 대답했다.

"막크입니다, 로드 한슨."

한슨은 고개를 끄덕이더니 말을 이었다.

"그래, 막크. 스페라 백작도 당신한테는 아무것도 못 한 거 아닙니까? 예?"

그러자 막크가 나지막하게 대답했다.

"소로노스에서 탈진한 상태였기에 가능했을 뿐입니다."

쿵!

한슨이 식탁을 치며 말했다.

"그러니까요! 괴물처럼 보여도 다 약점이 있다는 말입니다! 그러니 귀찮게 이렇게 돌아갈 필요 없이 운정의 약점을 찾아서 제거해 버리면 되지 않습니까? 가뜩이나 앞으로 계속 걸리적거릴게 뻔한데 말이에요."

그 말에 머혼이 슬롯을 흘겨보았다.

"그 계획은 어떻게 진행되고 있지, 슬롯?"

그때 슬롯의 두 눈에서 마기가 번뜩였다.

"현재로선 반반으로 생각합니다. 조금만 시간을 더 주서서 마공을 더 깊게 익히면 이길 확률을 70%까지 끌어 올릴 수 있을 겁니다."

그 말에 한슨은 머혼을 확 돌아봤다.

"뭔가 꾸미긴 했군요?"

머혼은 한슨에게 미소를 지어 보인 뒤에, 슬롯에게 말했다.

"며칠이나 필요한가?"

"내력을 불어넣지 못하는 전투에선 파인랜드의 무술이 중원의 그것보다 떨어지거나 하지 않습니다. 그러니 한 달 정도면 충분합니다."

머혼은 잠시 고민한 뒤에 말했다.

"반반이라면 운이라는 건데, 그걸로 일을 진행하기엔 리스크가 크다. 만에 하나 운정 도사가 살아 나오면? 다 죽은 목숨이지. 그러니 운정 도사를 잡는 계획은 여왕을 세우는 일과 따로 생각해서, 한 달까지 끌어 본 뒤에 하도록 하지."

그때 데란이 덧붙였다.

"그동안 그가 계획을 눈치챌 수도 있습니다. 그러니 이렇게 하시는 건 어떻습니까?"

머혼이 되물었다.

"어떻게 말입니까, 마스터 데란?"

데란은 나지막하게 설명했다.

"마스터 막크께서 스페라 백작을 상대하실 수 있었던 것도 스페라 백작께서 소로노스에서 모든 힘을 다 소모하고 돌아온 직후였기 때문입니다. 그러니, 같은 상황을 만들면 간단합니다."

"모든 힘을 소모한다?"

데란은 고개를 끄덕였다.

"테라 학파에서 그 엘프 일족을 다시금 침공하겠습니다. 의회 시간에 맞춰서 말입니다."

머혼은 그 말을 듣는 즉시 데란의 뜻을 이해했다.

그가 조금 높아진 어조로 말했다.

"오호, 그렇다면 운정 도사는 그 엘프 일족을 보호하기 위해서 테라 학파를 상대해야겠지요."

"테라 학파에서 그의 힘을 빼놓는 동안은 의회의 일도 별탈 없이 순조롭게 진행될 겁니다. 이후, 델로스에 도착하면 바로 그를 덫으로 유인하시지요. 그러면 슬롯 경에게도 훨씬 더 큰 승산이 있을 겁니다."

그 말에 슬롯의 두 눈에 머무는 마기가 한층 더 짙어졌다.

"제가 반반이라 말씀드린 것은 보통의 컨디션을 말합니다. 만약 힘을 소모한 상태로 덫에 들어온다면 저희가 무조건 이길 수 있습니다."

머혼이 고개를 여러 차례 끄덕이며 말했다.

"좋습니다. 좋아요. 혹시 더 하실 말씀들 있습니까?"

그때 소로우가 말했다.

"아직 내전의 끝마무리가 되지 않아서 소환령에 응하지 못할 귀족들이 좀 있을 수도 있겠다는 생각이 듭니다."

"얼마 정도로 예상합니까?"

"대강 한 다섯에서 열 정도? 혹 내전을 모두 끝내고 일을 진행하시는 건 어떻습니까?"

"흐음, 아니요. 그 정도 숫자면 별일은 없을 겁니다. 그럼 시일은……."

머혼은 말끝을 흐리며 한참을 고민했다.

모든 이의 시선이 그에게 향해 있을 때, 그가 말을 이었다.

"좋습니다. 당장 내일로 하지요. 여왕을 세우는 일도, 운정 도사를 잡는 일도. 모두 다 한번에 진행합시다."

과감한 결단력에 모든 이들은 서로의 얼굴을 돌아보았다.

지금부터 준비해도 빠듯하다.

그들은 하나둘씩 일어나며 말했다.

"바로 준비해야겠습니다."

"저도요."

그런데 그때 소로우가 머혼에게 말했다.

"또 하나 있습니다, 머혼 섭정님."

머혼은 이미 일어난 사람들에게 손짓했다.

"가실 분들은 가십시오. 소로우 백작님, 말씀하십시오."

소로우는 바로 말하지 않고 사람들이 빠져나가길 기다렸다.

모두 나가는 것을 확인한 그가 머혼에게 말했다.

"욘토르 백작이 케네스 군도의 독립을 선언한 이후, 내전에서 패배한 귀족들이 몰래 케네스의 배를 타고 군도로 피신하고 있다 합니다."

"흐음, 그래요? 지금까지 들어 본 적이 없는 보고입니다만."

"저도 이번에 린덴 백작과 로드윈 백작께 처음 들은 이야기입니다. 전에도 그러한 움직임이 없지는 않았는데, 지금은 아주 노골적으로 변해서 보고가 올라온 모양입니다."

린덴과 로드윈은 머혼이 익히 잘 아는 귀족들로, 절대 허튼소리를 할 사람들이 아니었고 확실하지 않은 정보를 보고할 자들도 아니었다.

그들이 정식으로 보고할 정도면, 기정사실이라 봐야 한다.

머혼이 눈초리를 모으며 말했다.

"흐음, 조금 신경 쓰이기는 합니다만, 아마 욘토르 백작이 자신의 세력을 늘리려고 하는 것이겠지요. 적의 적은 아군이니까요."

"어떻게 하시길 바라십니까?"

"케네스 군도에 관한 문제는 나중에 생각합시다. 지금 생각할 문제는 아니라고 봅니다."

소로우는 고개를 숙였다.

"흐음, 알겠습니다. 그럼 그렇게 전하도록 하겠습니다."

소로우가 집무실에서 빠져나오니, 싱글벙글한 표정의 막크가 그를 문밖에서 기다리고 있었다.

소로우는 눈살을 찌푸리며 그를 보았다.

"무슨 일이지?"

막크는 쾌활한 표정을 유지하며 말했다.

"그냥 뭐 하나 물어보려고요. 왜 어제 우리 둘이 꽤 팀워크가 좋았지 않습니까?"

소로우는 더욱 불쾌한 표정을 지으며 말했다.

"용건만 말해라, 위저드."

막크가 양 손바닥을 보이면서 말했다.

"어제, 그 운정 도사와 말씀하시면서 뭔가 이상한 거 눈치채지 못하셨습니까?"

"뭘 말하는 거지? 난 모르겠는데?"

막크는 이목구비를 확 모으더니, 고민하는 표정을 지으며 말했다.

"그러니까 이상하게 뭔가 참. 그냥 구리구리한 건데. 뭐라고 딱 잘라 말을 못 하겠군요."

"……"

막크는 혀를 차더니 다리를 획 돌렸다.

"아닙니다, 아니에요. 아무것도 못 느꼈다면 알겠습니다. 아무튼, 잘 들어가십시오."

말이 끝나자 막크는 상체를 마저 돌리고는 멀어졌다.

소로우는 불쾌한 듯 옷을 한 번 털어 보이고는 천천히 복도를 걸었다.

자기 방에 가는 동안에도 그의 머리는 무겁기 그지없었다.

방문을 열며 그는 생각의 결론을 자기도 모르게 입 밖으로 꺼냈다.

"애매하군."

탁.

문을 닫고 서는데, 그 순간 커튼이 크게 일렁였다.

"뭐, 뭐지?"

그 일렁임은 이내 걷잡을 수 없을 만큼 심해졌다.

第一白章

테이머 한슨은 초조한 눈길로 시계를 보았다.

9:35.

약속 시간이 한참이 지나도 아무런 소식이 없다.

"무슨 변고가 생기신 것은 아닌가… 아니야. 마스터에게 어떻게 변고가 생길 수 있겠어. 그러면… 흐음 그럼 그냥 하신 말씀일까? 내가 또 너무 진지하게 들은 건가. 하지만……"

낯빛이 어두워진 그가 고개를 숙인 채 중얼거리고 있는데, 마스터 룸의 문이 활짝 열렸다.

"늦어서 미안하다, 한슨."

테이머 한슨의 표정이 환해졌다.

그는 자리에서 일어나 포권을 취했다.

"마스터를 뵙습니다."

중원식 인사에 운정은 순수한 미소를 지었다.

그는 침상으로 걸어가면서 테이머 한슨에게 손짓했다.

"이쪽으로."

한슨은 깜짝 놀라며 말했다.

"아, 아이고. 거, 거긴 마스터께서 주무시는 곳 아닙니까? 제가 감히 어떻게 거길……."

"괜찮다. 얼른 오거라."

그가 그렇게까지 말하니 한슨이 움직이지 않을 수 없었다.

그는 침상으로 걸어가 어정쩡한 자세로 누우며 말했다.

"바쁘시다면 다음에 해도 괜찮습니다."

"왕궁에서 오느라 조금 늦었다. 바쁘지 않아."

운정은 그의 팔다리를 직접 잡아서 이리저리 뻗어 바른 자세로 놓았다. 한슨은 그런 그를 물끄러미 바라보며 툭 하니 말했다.

"왕궁에 계셨더라면, 같이 올 걸 그랬습니다."

운정은 옅은 미소를 지었다.

"그럴 순 없었을 거다. 아무도 모르게 만날 사람들이 있어서 은밀히 행동했으니. 흠, 일이 잘 풀렸으면 좋겠군."

"예?"

"아니다. 네가 신경 쓰지 않아도 된다. 네 상의를 걷어 올려 단전에 기를 불어넣겠다. 너무 긴장하지 말고 편안하게 있으면 된다."

한슨은 잔뜩 긴장한 채로 고개를 연신 끄덕였다.

"아, 알겠습니다."

운정은 더욱 포근한 미소를 지으며 말했다.

"긴장하지 말래도. 심호흡하거라. 가르쳐 준 토납법을 바탕으로 계속해서 숨을 쉬면 근육이 서서히 완화될 것이다."

한슨은 운정의 말대로 해 보았다. 항상 가부좌를 틀고 했었던 것이라 누워서 하는 것이 조금 어색했지만, 이내 안정적으로 호흡을 하기 시작했다.

그런데 그때, 안에서부터 폭발적인 기운이 느껴지기 시작했다. 마치 원래부터 전신에 가득 굳어 있었는데, 그것이 녹아 액체가 되어서 몸 안을 순환하는 기분이었다.

당황한 그는 입을 벌리고 말을 하고 싶었지만, 아무런 말을 할 수 없었다.

운정은 빠르게 손을 움직여 한슨의 육신에 있는 모든 기혈을 때려 그 안에 쌓인 노폐물을 배출시켰다. 그러자 한슨의 기혈이 뚫리면서, 모공으로 조금씩 찌꺼기 같은 진물이 배어 나오기 시작했다.

얼마나 지났을까? 운정은 그를 내려다보며 말했다.

"오로지 호흡에 집중해라. 정신이 아득해진다고 붙잡으려 하지 말고 여행을 한다는 느낌으로 가만두어라."

그 말이 끝나기 무섭게 현실감이 사라지기 시작했다.

한슨은 눈을 감고 스며드는 몽환적인 기분에 몸을 맡겼다.

해가 지고, 달이 뜨고 그리고 또 해가 떴다.

지면에 닿은 그 첫 햇빛에, 한슨은 두 눈을 번쩍 떴다.

처음 느껴지는 것은 지독한 냄새와, 가볍기 그지없는 육신이었다.

"마, 마스터?"

그가 부르자 운정이 그에게 걸어왔다.

"일어났느냐?"

한슨이 몸을 일으켜 침상에 걸터앉았다.

그는 그 고약한 냄새가 자신에게서 난다는 사실을 깨달을 수 있었다.

"어, 얼마나 지난 겁니까?"

"만 하루가 조금 못 되는구나. 몸은 어떠하냐?"

그는 자신의 몸을 내려다보며 믿을 수 없다는 듯 말했다.

"저, 젊어진 것 같은 기분이 듭니다. 언제인지 기억나지 않을 정도로 오랫동안 경험하지 못한 상쾌한 기분입니다."

운정은 미소 지었다.

"네가 젊음을 되찾은 것은 아니다. 하지만 노년의 삶으로 인해 몸에 쌓인 노폐물들이 모두 제거되었기에, 근력을 키우거나 내력을 쌓는 것에 있어 이제부턴 크게 뒤지지 않을 것이다. 이제는 네가 하는 노력들이 네게 그대로 보상되어질 것이다."

"……"

한슨은 몸을 부르르 떨었다. 그리고 그의 눈망울에 눈물기가 차오르기 시작했다.

덜컹!

그때 문이 활짝 열리더니, 시아스가 안으로 들어왔다.

그녀는 마치 쓰레기를 보는 듯한 시선으로 한슨을 보다가 곧 운정에게 말했다.

"뭐예요, 저건? 좀비?"

운정은 고개를 저었다.

"네 몸속에서 마를 제거했을 때를 기억하느냐? 그와 비슷한 것이다. 한슨의 몸 안에 노폐물들을 제거했다."

"한슨? 아, 그 한슨. 순간 놀랐네. 하기야, 평민들 사이에선 흔한 이름이니까. 그래도 그런 이름을 둘이나 아는 게 조금 불쾌하긴 하네요. 내 위치가 그렇게 떨어졌나?"

"시아스."

"농담이에요, 마스터. 농담."

운정의 차가운 눈빛에 시아스는 입을 다물었다.

한슨은 포권을 취했다.

"마스터 시아스를 뵙습니다."

시아스는 얼굴을 다시금 찡그리더니 말했다.

"시녀들한테 말해서 목욕통 채로 여기 가져와서 몸을 씻겨야겠어요. 저대로는 절대 방 밖에 못 내보내요. 저 고약한 냄새는 여기 안에서 끝내는 걸로 하죠."

한슨은 민망한 표정을 지었다.

운정이 시아스에게 말했다.

"네가 갑자기 들어온 용무는 무엇이냐?"

시아스는 운정에게 걸어오며 풍만한 가슴 사이에서 서찰하나를 꺼냈다. 그것을 운정에게 건네주면서 말했다.

"렉크 백작이에요."

그 순간 운정의 표정이 살짝 굳었다.

"······."

운정은 말없이 서찰을 받아 들고는 읽어 내려갔다.

그의 시선이 서찰의 끝을 향하자, 안도감이 떠올랐다.

이를 본 시아스가 물었다.

"어때요?"

운정은 서찰을 다시 내주며 말했다.

"다행이다. 순조롭게 진행될 것 같구나."

시아스는 그것을 다시 가슴골에 넣으며 말했다.

"흐음, 좋네요. 그럼 이제?"

"난 카이랄로 가야겠지. 일단 오늘 수업은 모두 취소하자꾸나. 네게는 특별히……."

"알아요. 애들레이드 왕비님 보호하는 거. 아시스도 도와줄 거예요."

"좋다. 그럼 난 왕비를 한번 뵙고 바로 출발하겠다."

시아스가 고개를 저었다.

"여기 오기 전에 왕비의 방에 먼저 들렀는데, 아이처럼 주무시고 계세요. 큰일을 앞두고 있으니, 괜히 깨우지 마세요."

운정은 고개를 끄덕였다.

"그렇다면 알겠다. 한슨?"

한슨이 나가려는 운정을 보았다.

"예?"

운정이 나지막하게 말했다.

"오늘은 수업이 없으니, 왕궁 정원에서 아이들을 돌보는 것이 좋을 것 같구나. 일이 자칫 잘못 돌아가면, 아이들이 크게 놀랄 수 있을 테니까."

"……."

운정은 빠르게 걸음을 옮기며 말했다.

"그럼 시아스, 잘 부탁한다."

시아스도 밖으로 나가는 운정을 향해 인사했다.

"마스터도 잘 다녀오세요."

운정은 그길로 공간이동진으로 갔다.

그리고 그것을 통해서 카이랄에 도착했다.

중앙 나무에서 나오자, 뜻밖에도 한쪽 나무 아래에 제갈극이 한가로이 앉아 있었다.

운정이 뭐라 하기 전에, 제갈극이 먼저 한어로 말했다.

"파인랜드에서 본좌가 해야 할 모든 책임을 수행했다. 네가 지금 무슨 일을 하고 있든 간에 본좌와는 상관없는 일이다. 그러니 그런 눈빛과 표정으로 본좌를 바라봐도 본좌가 도와줄 수 있는 건 없느니라. 아니, 애초에 도와줄 수도 없어. 포커스를 모조리 써 버려서 휴식하는 중이니까. 그러니 괜히 말을 낭비하지 말거라."

운정이 미소 지으며 물었다.

"공부하시는 건 어떻습니까? 잘되어 갑니까?"

제갈극은 고개를 앞으로 돌려 멍한 눈길로 정면을 바라보았다.

"대강은. 조금만 더 이해하면… 정말로 심겸마선의 그 낯짝을 다시 보게 될 것이다."

"그가 중원에 있다면, 중원은 평화로워질 것입니다."

제갈극은 냉소했다.

"그게 애초에 잘못된 것이니라. 사람 하나가 있고 없고에 평화가 달려 있다니. 그 자체로 이미 망가져 있는 것이지."

"미봉책에 불과하더라도, 사람의 생명이 걸린 이상 필사적으로 이뤄내야 합니다."

제갈극은 다시 고개를 돌려 운정을 보았다.

"지금 너도 그런 거겠지? 필사적으로 생명을 살리려고?"

"관심이 있으시면 저와 함께하시면 됩니다. 그렇다면 일이 훨씬 수월해지겠지요."

"아니, 아무런 도움도 안 될 거다. 본좌가 말하지 않았느냐? 부활 마법을 익히는 데 모든 포커스를 쏟아부었다. 지금은 범인이 와서 내 심장에 칼을 넣는다 해도, 손가락 하나 들 힘도 없어."

"그렇군요."

제갈극은 눈을 감아 보였다.

운정은 더 말하지 않고 주변에 있는 네 개의 HDMMC를 보았다. 그중 하나만 자리가 남아 있었다.

그 HDMMC로 걸어가려는데, 제갈극이 눈을 떴다.

"네 시진? 아니, 세 시진이면 꽤 회복할 거다."

운정은 고개를 저었다.

"그 안에 승부가 날 일입니다. 괜찮습니다. 다만 엘프가 카이랄에 나타난다면 제게 알려 주십시오."

"엘프?"

운정은 더 말하지 않고 HDMMC에 들어갔다.

그는 그 중심에 가부좌를 틀고 앉아 양손을 뻗었다. 그러자 영령혈검이 그의 양손에 절로 안착했다.

그는 네 엘리멘탈의 이름을 부르며 무궁건곤선공(無窮乾坤仙功)을 운용했다.

살라만드라(Salamandra)와 운디네(Undine)가 인사했고, 실프(Sylph)와 노움(Gnome)이 환영했다.

[미래를 위해 잠깐을 참는 코스모스! 아아! 그 성숙함이여! 그 코스모스의 유지를 이어받아 카오스의 지경을 넓히는 의지. 그것이 우리.]

[이 작디작은 시공간에 갇혀 진동하는 카오스! 아아! 그 원통함이여! 그 카오스의 유지를 이어받아 코스모스의 자비를 호소하는 의지. 그것이 우리.]

그가 무서운 속도로 내력을 흡수하고 내뱉기 시작하자, 그가 속한 HDMMC의 마법진도 영향을 받아 점차 강력해지기 시작했다.

다행히 회복을 목적으로 하는 것이 아니기 때문에, 주변의 기가 빨려들어 가진 않았지만, 그가 한번 호흡을 마시고 내뱉는 데 움직이는 마나의 양은 폭풍과 지진과 화산과 해일 속에 담긴 자연의 기운과 맞먹는 수준이었다.

그의 전신이 선기로 가득하여, 흡사 신선 그 자체가 된 것 같았다.

얼마나 지났을까?

한 엘프가 그 HDMMC 안으로 들어왔다.

"운정."

그 순간 운정의 두 눈이 번쩍 뜨였다.

그의 두 눈동자에선 연보랏빛이 찰나의 순간 떠올랐다 사라졌다.

그가 자리에서 일어나 천천히 HDMMC 밖으로 나갔다.

드래곤본으로 만든 그의 도복이 펄럭이며 아름다운 은빛을 내었다.

"안녕하십니까?"

그 엘프는 천 년을 산, 바르쿠으르의 유일한 와쳐였다.

그녀가 운정에게 말했다.

"테라 학파에서 다시금 숲을 파괴하는 마법을 가동했다. 이 번에는 그 스케일이 상당한지, 전에 느꼈던 것보다 더욱 큰 마나의 파동을 느꼈다."

"역시나군요. 바로 갑시다. 우선은 제 손을 잡으십시오."

운정이 먼저 손을 뻗자, 그 와쳐는 고개를 끄덕이더니 운정의 손을 잡았다.

[같이 들어 줘.]

그가 실프에게 부탁하자, 그 엘프의 몸이 둥실 떠올랐다.

"무, 무슨?"

운정은 그 질문에 답을 해 줄 수 없었다.

주문을 영창하고 있었기 때문이다.

얼마 지나지 않아, 그가 마법을 시전했다.

[핸즈 패스트(Hands Fast).]

그 즉시 제운종을 극성으로 펼쳤다.

가속 마법과 경공이 합쳐지니, 세상의 모든 것은 선이 되었다.

그리고 그 선은 무한하게 압축하여, 그 사이의 허공을 보였다.

와쳐는 그것을 보며 자기도 모르게 중얼거렸다.

"보이드(Void)……."

하나의 빛이 되어 카이랄을 빠져나간 운정은 어느새 바르쿠으르에 와 있었다.

운정이 말했다.

"축복을 부탁드립니다."

와쳐는 고개를 한 번 끄덕이더니, 숲의 축복을 주었다.

운정은 축복 속에서 가속 마법을 입은 채, 제운종을 펼쳐한 발을 내디뎠다.

그러자 그들은 이미 숲의 가장자리에 와 있었다.

운정은 와쳐를 내려 주었다.

"바, 방금은 뭐지? 네, 네게는… 드래곤본도 있는데?"

그녀가 말을 더 잇지 못하는데, 운정은 늪지대 한쪽을 지그시 바라보며 말했다.

"테라 학파군요. 그때보다 적어도 열 배는 많은 걸 보니 정말 학파 전원이 동원된 것 같습니다."

그 말에 그 와쳐가 운정의 시선을 따라 보았다.

그녀가 눈살을 살짝 찌푸리며 말했다.

"그런데 이상하군. 숲을 무너뜨리는 마법이 중단되었어."

"전투를 위해 갈무리한 것이겠지요."

"뭐?"

운정은 전신의 기운을 폭사시키며 말을 남겼다.

"시르퀸과 우화 옆에 가십시오. 제가 저들을 상대하는 동안 그녀들을 지켜 주시면 감사하겠습니다."

그 즉시 운정은 몸을 날려 앞으로 치달렸다.

＊　　　　＊　　　　＊

델라이 왕은 맑게 웃으며 백마를 타고 왕궁을 떠났다.

그것이 눈을 뜨기 전, 애들레이드가 본 마지막 장면이었다.

그녀의 베개는 촉촉이 젖어 있었다.

하지만 그녀의 마음은 놀랍도록 가벼웠다.

그녀의 남편과 아들이 죽은 이후로 단 한 번도 느껴 보지 못한, 개운한 아침이었다.

"아버님께서 서찰을 보내셨어요. 계획대로 진행될 겁니다."

익숙한 목소리에 애들레이드는 눈길을 들어 위쪽을 바라보았다.

한껏 치장한 시아스가 그녀에게 서찰을 내밀고 있었다.

애들레이드는 침상에서 일어나 가장자리에 걸터앉으며 그 서찰을 받았다.

몸 왼쪽으로 쏠려 있던 피가 전신에 다시 퍼지면서 찌르르한 느낌이 난다.

애들레이드는 눈물로 흐린 눈을 비비고는 서찰을 빠르게 읽어 내려갔다.

남편이 떠나며 남기고 간 가벼운 마음에 아버지의 따스함이 차올랐다.

그녀는 그 서찰을 품에 앉으며 눈을 감았다.

그리고 깊게 심호흡을 한 번 하더니 말했다.

"얼마나 남았죠?"

"한 시간 정도. 제 하녀들은 솜씨가 좋아서 치장하는 데 30분이면 충분해요. 늦지 않을 겁니다."

애들레이드가 눈을 떴다. 그리고 다시 시아스를 보았다.

시아스는 새하얗고 풍만한 가슴을 훤히 내놓고는 그 위를 검고 풍성한 머리카락으로 은은히 가렸다.

같은 여자도 손을 대 보고 싶은 충동을 일으키는 아름다움이었다.

"혹시 옷을 빌려주실 수 있어요?"

시아스는 고개를 갸웃했다.

"제 옷이요? 칙칙한 색은 싫어하시는 걸로 알았는데."

애들레이드는 옅은 미소를 지었다.

"강해 보이고 싶어서요."

시아스는 마주 웃더니 그녀를 이끌고 나갔다.

하녀들은 이미 모든 것을 준비하고 있었다. 아시리스의 까다로운 성격 아래에서 머혼가의 저택 생활을 견딘 그녀들은 치장에 관해선 파인랜드 전체에서 최고로 손꼽히는 수준이었다.

시아스의 말대로 30여 분 만에, 애들레이드는 사람이 완전히 달라졌다. 언제나 유하고 여성스럽기만 했던 왕비가 기품과 카리스마를 갖춘 여왕으로 변모한 것이다.

그녀와 시아스가 신무당파 밖으로 나가자, 아시스를 비롯한 세 명의 흑기사가 그들을 기다리고 있었다.

시아스가 아시스를 보더니 물었다.

"셋이네? 나머지 둘은?"

아시스는 고개를 저었다.

"셋이 내 한계인가 봐. 나머지 둘은 연락이 안 돼. 아니, 애초부터 나에게 충성한 적이 없었는지도 모르지."

그 말에 시아스는 그 세 명을 돌아봤다.

그 셋은 모두 맑고 투명하지만 투지가 불타오르는 눈빛을 했다.

시아스는 그들을 보며 말했다.

"너희들은 특별히 내가 마스터에게 이야기하여 정식제자의 길을 걸을 수 있도록 하겠다. 오늘 애들레이드 여왕님의 신변을 잘 부탁한다."

세 명의 흑기사들은 포권을 취하며 한목소리로 말했다.

"알겠습니다, 마스터 시아스."

"알겠습니다, 마스터 시아스."

"알겠습니다, 마스터 시아스."

시아스와 애들레이드는 준비된 마차에 올랐다.

그리고 아시스와 세 명의 흑기사들, 아니, 신무당파의 제자들에게 호위를 받으며 델라이 왕궁으로 입궁했다.

"겨우 며칠 만에 너무나 낯선 곳이 되었군요."

그것은 마차에 오른 이후로 애들레이드가 처음으로 한 말이었다.

시아스는 그녀를 물끄러미 보다가 말했다.

"혹시나 연습하신 상황과 다르게 흘러가도 당황하지 마세요. 여왕님의 신변은 신무당파에서 지켜 드릴 테니까."

그 말에 밖을 향하던 애들레이드의 시선이 시아스에게 향했다.

애들레이드는 몇 번이나 입술을 달싹이다가 이내 결심했는지 입을 열었다.

"지금까지 한 번도 물어보지 않았지요. 하지만 꼭 물어보고 싶은게 있어요."

"무엇이든지 물어보세요."

"당신은 당신의 아버지와 반목하는 것이 괜찮으신가요? 아시스 장군도 그렇고… 제 머리로는 도저히 이해가 가질 않아요."

시아스는 코웃음을 한 번 치더니 말했다.

"그게 머혼이라네요."

"예?"

시아스는 어깨를 으쓱이고는, 애들레이드의 시선을 회피하며 말했다.

"머혼 가문은 원래 그런 거라고 해요. 근데 그게 정말인지, 아버지에게 검을 겨누러 가는 지금도 정말 별생각이 없어요."

"……."

"아마 아시스는 착해서 그래도 좀 꺼려지는 게 있는 것처럼 보이는데, 저는 정말로, 조금도, 일말도, 아무런 감정이 없어요."

"어떻게 그게 가능하죠? 가족인데?"

시아스는 그 질문에 대답하지 않았다.

곧 마차가 서고, 시아스는 마차 문을 열며 툭 하니 말했다.

"제게 가족은 이제 신무당파뿐이에요."

그녀가 내리고 난 후, 애들레이드는 다시 한번 심호흡을 한 뒤 밖으로 걸음을 내디뎠다.

왕궁의 문은 활짝 열려 있었다.

그리고 그 뒤로는 중무장한 흑기사가 일정한 간격을 두고 쭉 서 있었다.

그 방향을 보아하니, 의회장까지 이어진 듯싶었다.

애들레이드는 어깨를 펴고 당당히 걷기 시작했다.

시아스는 애들레이드에 바로 옆 반보 뒤에서 걸었고, 아시스가 전방에 섰다.

세 명의 제자들은 좌우와 후방을 맡았다.

흑기사들은 마기가 넘실거리는 눈빛으로 그 세 명을 노려보았다.

그리고 그 세 명은 현기가 감도는 눈빛으로 흑기사들을 보았다.

이는 마치 중원의 백도인과 흑도인이 서로를 바라보는 눈빛

같았다.

그들은 곧 의회장 앞에 당도했다.

시아스는 들어가지 않고 문 옆에 서며 말했다.

"역사적인 날이 될 거예요."

애들레이드는 고개를 한 번 끄덕이더니, 아시스와 세 제자들의 호위를 받으며 의회장 안으로 들어갔다.

"애들레이드 왕비님께서 등장하십니다!"

높은 외침과 함께, 애들레이드가 의회장에 모습을 보였다.

짝짝짝!

짝짝짝!

쏟아지는 박수 세례 속에서 애들레이드는 당당히 걸어서 머혼이 서 있는 중앙 단상까지 갔다.

머혼은 그녀에게 고개를 숙여 보이더니, 뒤쪽에 있는 의자에 손짓했다.

그것은 역대 델라이 왕들이 의회장에서 앉았던 왕좌였다.

에들레이드는 가볍게 인사하고는 그곳에 가서 앉았다.

갈채는 그녀가 앉아서도 계속해서 이어졌다.

하지만 의회장에 있는 귀족들 중 웃고 있는 사람은 아무도 없었다.

머혼이 손을 들었다.

그러자 박수가 잦아들기 시작하고, 귀족들도 자리에 앉

왔다.

머혼은 한쪽에 손을 뻗었다.

"우선 사랑교 교황청에서 보내온 공문을 모두에게 공표하도록 하겠습니다, 프린시스 대주교님?"

그곳에 자리하고 있던 프란시스는 자리에서 일어나 천천히 단상으로 걸어왔다.

그러곤 공문서를 들고는 모두 앞에서 읽기 시작했다.

"크흠, 큼, 어제 저녁 교황청에서 보내온 공문서를 읽도록 하겠습니다. 크흠, 친애하는 머혼 섭정, 또 델라이의 의회원 여러분. 지난 7월 20일 우리 사랑교 교황청은 애들레이드 왕비께서 친필로 작성하신 서찰을 받았습니다. 그 내용으로는……."

이후 프란시스는 계속해서 공문서를 읽어나갔다.

내용은 간단했다.

애들레이드는 델라이의 여왕이 되기를 바라며, 이에 교황청은 그녀의 결정을 존중하여 델라이의 의회에게 그녀를 여왕으로 추대하기를 권고한다는 것이었다.

그 메시지를 제외한 내용들은 법적인 근거 및 역사적인 근거를 들어서 애들레이드가 여왕이 되는 것이 얼마나 정당한지 설득하고 있었다.

이는 당연한 것이, 지금까지 애들레이드는 부고를 듣기 직전까지 사랑교를 신실하게 믿어왔고, 또 사랑교에서 주최하는 일에 적극적으로 참석해 왔기 때문에, 사랑교 입장에선 그녀가 델라이의 여왕이 되는 것이 유리했다.

프란시스가 단상에서 내려가고, 머혼이 다시 단상에 섰다.

그는 큰 목소리로 말했다.

"자, 이러한 일로 인해서 여러분들을 소환하게 되었습니다. 잠시나마 섭정으로 델라이를 섬겨 온 저는 이 나라를 통치하는 이 일이 얼마나 제게 벅찬 일이니 잘 알고 있습니다. 그러니, 이 귀한 영광의 자리를 하루 속히 그 주인에게 돌려 드리고 싶은 심정입니다. 여러분들의 생각은 어떠한지 들어 보고 싶습니다."

이에 한 귀족이 자리에서 일어나며 모두를 바라보더니 말했다.

"안녕하십니까, 의회원 여러분들. 전 로드윈 백작입니다. 전 왕비님께서 이 나라의 여왕이 되시는 것에 대해서 어떠한 반론도 없습니다. 사실 머혼 섭정께서 처음 섭정이 되신 것도 왕비님께서 남편과 자식을 잃은 비극에 애통하시여 도저히 나라를 통치하실 수 없었기 때문입니다. 하지만 지금 저 모습을 보십시오! 당당하고 기품 넘치는 모습을요! 왕비님께서는 그 놀라우신 정신으로 절망을 이겨 내시고 이렇게 저희 앞에 나타나셨습니다. 그러니 응당 정당성을 가진 왕비님께서 델라이의 여왕이 되시어 하루 속히 이 나라를 이끄셔야 하지 않겠습니까?"

그렇게 말한 그가 자리에 착석하자, 이번엔 다른 쪽에서 한 귀족이 일어났다.

"전 린덴 백작입니다. 저 또한 로드윈 백작의 말에 동의하는 바입니다. 우리가 지금 무슨 일을 겪고 있습니까? 수백 년간 하나였던 델라이가 둘로 찢어져서 서로를 향하여 칼을 겨누는 가슴 아픈 일이 일어나고 있지 않습니까? 사실 이 모든 것은 패악한 반역자 포트리아 장군으로 인해 일어난 재앙과도 같은 일입니다만, 그녀의 악마와 같은 간교도 애들레이드 여왕님의 강건하신 마음을 끝끝내 꺾진 못했습니다. 정통성이 있으신 애들레이드 왕비께서 확실히 왕권을 가지고 통치하시면, 델라이에는 다시금 평화가 깃들 것입니다!"

그는 양손으로 애들레이드를 가리키는 것을 마지막으로 자리에 착석했다.

"……."

"……."

의회장은 쥐 죽은 듯 조용해졌다.

로드윈과 린덴 그리고 머혼은 슬며시 소로우 쪽을 바라보았다.

그런데 소로우는 마치 그들의 시선을 느끼지 못한 듯, 오로지 애들레이드만을 바라보며 가만히 자리하고 있었다.

머혼이 슬며시 고개를 까딱하며 신호까지 주는데, 소로우는 자리에서 일어날 생각을 하지 않았다.

로드윈은 코웃음 치며 아무도 들리지 않게 홀로 중얼거렸다.

"흥, 긴장한 건가? 자작은 자작이군."

린넨 또한 비웃음을 숨기지 않았다.

결국 머혼이 나서야 했다.

"그럼 투표를 진행하도록 합시다. 애들레이드 왕비님을 여왕으로 추대하는 안건을 올리도록 하겠습니다. 하지만 문제가 있습니다. 왕비를 여왕으로 추대하는 데 필요한 의회의 찬성수가 법률로 정해지지 않았다는 점입니다. 그러니 이에, 절반 이상으로 하려 하는데 혹시 이견이 있으신 분 있습니까?"

머혼과 로드윈 그리고 린넨까지 한목소리를 내었으니, 지금 사태가 어떻게 흘러가는지 눈치채지 못할 사람은 없었다.

다들 침묵하자, 머혼은 고개를 한번 끄덕이더니 한 손을 들며 말했다.

"그럼 투표하도록 하지요. 애들레이드 왕비님께서 여왕이 되시는 데 반대하시는 분은 손을 들어 '네이(Nay)'라고 말씀해 주십시오."

"……"

"······."

의회장은 역시나 조용했다.

머혼이 다시 말했다.

"그럼 애들레이드 왕비님께서 여왕이 되시는 데 찬성하시는 분은 손을 들어 '아이(Aye)'라고 말씀해 주십시오."

그러자 의회장 전체가 한목소리로 울렸다.

"아이(Aye)."

"아이(Aye)."

"아이(Aye)."

머혼은 고개를 다시 끄덕인 뒤, 그 소리가 잦아들 때까지 기다렸다.

그리고 다시 말을 이었다.

"너무나 명백한 결과이니, 따로 수를 세지 않겠습니다. 그럼 지금 이후로 애들레이드 왕비님께서 여왕이 되셨음을 이 자리에서 선포하도록 하겠습니다."

모든 귀족들은 자리에서 일어났다.

그리고 전과 똑같이 박수를 치기 시작했다.

짝짝짝!

짝짝짝!

의회장을 가득 메운 박수 소리.

머혼은 기쁨에 젖어 눈물이라도 흘리는 애들레이드를 상상하며 한쪽 입꼬리를 올렸다. 그는 고개를 돌려 승냥이와 같은 눈빛으로 그녀를 보았다.

"여왕… 님?"

애들레이드의 두 눈은 차갑고 냉정하기 짝이 없었다.

날카로운 머혼의 두 눈이 당황으로 물들었다.

그녀의 붉은 두 입술이 열렸다.

"그럼 이제 당신의 섭정권을 회수하는 안건을 진행하지요, 머혼 백작."

그 말은 머혼에게만 들릴 정도로 작았지만, 여왕의 위엄이 담겨 있었다.

이에 머혼의 얼굴이 완전히 굳었다.

그는 설마 하는 생각으로 고개를 홱 돌려 소로우를 보았다.

소로우의 눈빛은 애들레이드의 그것과 똑같았다.

머혼은 입술을 핥았다.

몇 번이고 핥았다.

그때쯤이었다, 귀족들이 박수를 멈추고 자리에 앉기 시작한 것이.

머혼이 말을 시작하려는데, 소로우가 갑자기 자리에서 일어나더니 머혼에게 말했다.

"그럼 머혼 섭정님! 이제 머혼 섭정님의 섭정권을 회수하는 투표를 진행해야 하지 않겠습니까? 여왕께서 세워졌으니 말입니다."

머혼은 고개를 저으며 말했다.

"굳이 그럴 필요가 있을까요? 전 지금이라도 바로 되돌려드리고 싶습니다만."

소로우는 그 즉시 목소리를 높였다.

"하지만, 왕이 섭정권을 회수하기 위해선 의회의 의견을 반영해야 한다는 것이 법입니다. 겨우 20% 이상만 찬성해도 가능한 일이니 사실 귀찮은 절차에 불과하지만, 그래도 절차대로 진행하셔야지요."

그 말에 머혼은 잠시 소로우를 노려보았다.

분명 이번에는 대사대로 읊었다.

그런데 이상하다.

방금 전에는 그저 까먹은 것일까?

머혼은 웃음을 짓더니 모두에게 말했다.

"아하, 그런 법률이 있다니요? 흐음. 절차라면 어쩔 수 없지요. 친애하는 의회원 여러분들! 그저 절차에 불과하지만, 그래도 그냥 지나간다면 델라이의 법을 무시한 꼴이 되니 어쩔 수 없이 투표를 해야겠습니다. 저는 당연히 이 섭정 자리를 내려놓고 싶지만, 만에 하나! 정말로 만에 하나, 여기 계신 의회원분들 중 80% 이상이, 애들레이드 왕비님께서 나라를 통치하시기 전, 제게 통치하는 방법을 배우는 것이 좋겠다고 생각하실 수도 있으니까요. 그러니까 다시 말해서 제가 아주 조금 더 섭정 노릇을 하기를 원하실 수도 있다는 말입니다. 하하하."

"……"

"……"

의회장은 또다시 쥐 죽은 듯 조용해졌다.

그러나 정적까지는 아니었다.

귀족들은 서로의 얼굴을 돌아보며 귓속말로 머혼의 의중을 물어보았고, 이내 머혼의 의중을 이미 알고 있었던 몇몇 귀족들의 말이 의회장 전체를 돌았다.

그때 린텐이 자리에서 일어나더니 말했다.

"전 여왕께서 한 달 정도라도 머혼 섭정께 정치를 배우는 것이 좋지 않나 생각이 듭니다."

이에 로드윈이 말했다.

"저도 그 생각에 동의합니다. 바로 통치를 시작하시면 어려움이 많을 것입니다."

머혼은 짐짓 심각한 표정을 하고는 양손을 들어서 그 둘을 제지했다.

하지만 의회장은 서서히 웅성거리는 소리로 가득 찼다.

두 백작이 자리에 착석하자, 머혼이 다시 큰 소리로 외쳤다.

"과분한 말씀들을 하시는군요. 그럼 바로 투표에 들어가도록 하겠습니다. 제 섭정권을 여왕님께서 회수하는 데 찬성하시는 분들은 모두 '아이(Aye)'를 외쳐 주십시오."

이내 의회장은 다시금 조용해지기 시작했다.

귀족들은 서로의 눈치를 보기만 할 뿐 아무도 손을 올리지 않았다.

소리가 사그라들수록 머혼의 양쪽 입꼬리는 올라가기 시작했다.

그때 누군가 침묵을 깼다.

"아이(Aye)."

머혼은 두 눈을 부릅뜨더니, 소리가 난 쪽을 노려보았다.

그곳에는 소로우 자작이 조용히 손을 들고 있었다.

머혼은 인상을 쓰며 되물으려 했다.

그때였다.

쿵!

한쪽 의회장 문이 양쪽으로 활짝 열리며 큰 소리를 냈다.

때문에 모든 귀족들이 고개를 돌려 그곳을 바라보았다.

*　　　　　*　　　　　*

앞으로 치달려 가 보니 지평선 상에 보이는 마법사들은 모두 일정한 간격을 두고 지평선에 넓게 퍼져 있었다.

그들은 모두 지팡이를 높이 든 채 주문을 읊조리는 듯 보였다.

운정은 눈을 들어, 늪지대의 마나 흐름을 살펴보았다.

그러자 NSMC와 비슷한 수준의 복잡한 마법진이 하늘과 땅을 온통 뒤덮고 있는 것이 보였다. 마법사 한 사람, 한 사람의 지팡이로부터 시작된 포커스가 그 거대한 흐름의 부분 부분을 이뤄 그토록 광대한 마법진을 이룬 것이다.

운정은 마법사들의 얼굴을 하나하나 확인하며, 그들을 이끌고 있을 데란을 찾았다. 하지만 모두 외관을 전부 가리는 로브를 입고 있고 깊은 후드를 눌러쓰고 있어, 누가 누군지 알 수 없었다. 심지어 그들에게서 뿜어져 나오는 포커스의 양도 그 편차가 크지 않아 누가 중심이 되는지 알 수 없었다.

운정은 잠시 눈을 감고 과거를 회상했다. 망망대해 위에서 욘토르의 배들을 앞에 두었을 때, 욘토르를 어떻게 찾았는지 기억을 더듬었다.

그때는 배의 선장들이 욘토르의 명령을 받기 위해서 그쪽으로 시선을 주었었다.

하지만 마법사들이 뿔피리를 가지고 의사소통을 할 리는 만무하다.

메시지라는 훨씬 유용한 수단이 있으니까.

"저들이 주고받는 메시지 주문을 해킹해야겠군."

해킹(Hacking)은 상대방이 시전하는 혹은 시전한 마법을 파고들어 영향을 미치는 것이다. 다시 말하면 주문의 허점을 파고드는 것인데, 이는 마나의 흐름을 세밀하게 파악하는 것이 가장 중요하다.

운정은 메시지 마법의 주문을 머릿속으로 떠올렸다.

그때였다.

쿠구구구구궁-!

갑자기 늪지대 한쪽이 불쑥 튀어나오더니, 마치 작은 화산처럼 솟아오르기 시작했다. 썩은 나무들과 늪 안에 있는 생명체들이 중력에 의해서 아무렇게나 바닥에 추락했다.

쿠구구구구궁-!

쿠구구구구궁-!

이내 같은 소리가 연달아 울리면서, 운정을 에워싸는 형태로 도합 다섯 개의 작은 화산이 만들어졌다. 그 높이는 대략 100m에 육박할 듯했다.

그 화산들이 진짜 화산들과 다른 점이 있다면 바로 용암을 분출하고 있는 것이 아니라 늪을 토해 내고 있다는 점이었다. 끈적끈적해 보이는 어두운 초록색이 보글보글 끓고 있었다.

갑작스레 생겨난 다섯 개의 늪 화산들 양옆으로는 또다시 작은 두 늪 화산들이 길게 솟아오르기 시작했다. 이 때문에 다섯 늪 화산은 모두 산(山) 자의 형태로 변해 갔다.

그런데 거기서 멈추지 않았다. 산 자의 모습을 한 늪 화산들은 더욱더 높아지기 시작했고, 이내 그 아래 중심 부위가 땅에서 들려 그 뒤가 훤히 보이기 시작했다. 여전히 땅과 닿아 있는 지점은 산 자를 이루는 세 봉우리 중간 지점들로, 그두 부분이 마치 기둥처럼 변해 그 위를 지탱했다.

동시에 중앙에 높은 봉우리는 이내 사람의 얼굴 형태로 변했고, 양쪽의 작은 봉우리들은 팔과 손의 형태로 변해갔다.

늪 화산은 다섯 늪 거인이 되었다.

"크아아아아앙-!"

"크아아아아앙-!"

천지를 진동시키는 거대한 소리가 다섯 늪 거인에게서 울려 퍼졌다. 그 늪 거인들은 자신들의 발로 딛고 서 있는 부위의 늪을 위쪽으로 끊임없이 빨아들이며 전체적인 크기를 불려 나갔다.

운정은 그들을 이리저리 돌아보더니, 전신의 기운을 끌어올리며 마나의 파동을 보았다. 동시에 마음속으로는 메시지 마법을 끊임없이 읊었다.

그 다섯 거인 중 하나만 있어도 델로스 같은 대도시는 완전히 쑥대밭이 될 것이다. 그러니 테라 학파의 도움을 받은 머혼이 어떻게 내전을 이끌고 갔을지 짐작이 되었다.

운정은 영령혈검을 고쳐 잡았다.

그리고 그 마법사들이 있는 곳을 향해서 제운종을 펼쳐 나아가기 시작했다.

탁, 탁, 탁.

늪지대 위를 밟고 나아가는 그의 속도는 한없이 빨랐다. 하지만 늪 거인의 크기 또한 한없이 컸다. 운정이 나아가는 방향에 선 두 거인은 주먹을 쥐고는 운정을 향해서 뻗기 시작했다.

부우우우웅-!

하나의 산봉우리와 맞먹는 크기인지라, 그것의 파공음은 하나의 태풍이 될 지경이었다.

운정은 발걸음을 멈추고 뒤로 살짝 물러났다.

그러자 두 주먹이 그의 앞 지면에 충돌했는데, 그것은 곧 하나의 늪이 되면서 그 일대를 완전히 늪으로 뒤덮어 버렸다.

쿠쾅-!

그렇게 대지에 흥건히 뿌려진 늪지대는 또다시 발을 통해서 늪 거인들에게 흡수되기 시작했다.

운정이 뒤를 돌아보자, 세 늪 거인이 그를 향해서 발걸음을 옮기고 있었다.

쿵-! 쿵-! 쿵-!

한번 걸음을 내디딜 때마다 지진이라도 난 듯 대지가 진동했다.

운정은 다시 눈을 들어 그의 눈앞에 두 늪 거인을 보았다.

그 늪 거인들은 다시금 주먹을 만들어 운정에게 뻗고 있었다.

그때, 그가 메시지 주문을 완성했다.

운정은 주변 마나의 흐름을 파악하며 자신이 완성한 메시지 마법을 끼워 넣었다.

[메시지(Message).]

그와 함께 운정은 전신의 내력을 영령혈검에 담았다.

그러고는 한 손을 가볍게 휘둘러 그에게 다가오는 늪 거인의 두 주먹을 횡으로 베어 버렸다.

영령혈검에 실프와 노움으로부터 뻗어 나온 순수한 건기와 곤기가 스며들었고, 그것은 곧 유풍검강을 생성하여 앞으로 넓게 쏘아졌다.

푸아악-!

늪으로 이뤄진 거대한 산이 두 동강 나며 그 뒤로 엄청난 양의 물과 진흙이 흩뿌려졌다.

운정은 힘껏 바닥을 차올라 자신이 만들어놓은 그 단면 위에 올라섰다.

깨끗하게 잘린 단면의 폭은 대략 한 3m 정도 되었다. 하지만 위쪽 단면을 이루는 늪지대는 이내 중력을 받아 아래로 쏟아져 내리며, 그 폭이 점차 줄어들기 시작했다.

그는 제운종을 극성으로 펼쳐, 그 단면 위를 뛰었다.

탁.

가장자리에 선 그는 고개를 돌려 한쪽을 보았다.

그는 해킹에 익숙지 않아, 메시지의 내용을 엿듣지는 못했다.

하지만 상관없었다.

그것이 누구에게 향하는지만 알면 되니까.

모든 메시지 주문의 중심.

그곳엔 한 마법사가 운정을 바라보고 있었다.

운정은 자신이 가진 모든 곤기를 다리에 담아, 늪지대를 찼다.

쿵-!

막 다시 합쳐진 늪 거인이 휘청거리며 앞으로 허우적거렸다.

그리고 그만한 운동량을 역으로 받은 운정은 한 줄기 빛이 되어 그 마법사 앞에 도달했다.

그 마법사는 당황하지 않고, 자신의 지팡이를 들어서 수없이 많은 주문을 마구잡이로 쏟아 냈다.

하지만 운정이 입고 있는 드래곤본에 의해, 모든 마법은 그에게 아무런 영향도 미치지 못했다.

탁.

운정이 코앞에 서서 영령혈검을 그 목에 겨누자, 그 마법사는 지팡이를 내릴 수밖에 없었다.

"마법을 멈추십시오, 마스터 데란."

"……."

"테라 학파의 마법사들은 의미 없는 곳에 마나를 낭비하고 있습니다. 그만하시지요."

그 마법사는 곧 깊이 눌러쓴 후드를 벗었다.

데란의 얼굴이 드러났다.

그는 나지막한 목소리로 말했다.

"운정 도사는 마치 신과 같습니다."

운정은 영령혈검을 살짝 비틀어, 데란의 목에 더욱 가까이 가져갔다.

그의 목이 살짝 베여 피가 흘러내렸다.

"마법을 중지하십시오. 마지막 경고입니다."

그의 두 눈이 순간 연보랏빛으로 빛났다.

데란은 눈초리를 살짝 모으더니 이내 손을 들었다.

그러자 마법사들이 모두 동시에 지팡이를 아래로 내렸다.

동시에 다섯 늪 거인들도 다시금 늪으로 돌아갔다. 마법으로 이뤄졌던 것이라 그런지, 만들어진 것만큼이나 빠르게 사라졌다.

새로 만들어진 늪지대는 마치 홍수라도 지나간 것같이 변해 버렸다. 전에는 그래도 썩은 나무들이 이리저리 보이고 언덕의 높낮이가 있었는데, 지금은 완전히 균일한 하나의 늪으로 변해 버렸다.

운정이 영령혈검을 살짝 뺐다. 하지만 여전히 데란의 목을 겨누고 있었다.

데란이 나지막하게 말했다.

"그래요. 무공만으로 이런 모습을 보일 순 없지요. 악마화 주문은 또 어떻게 알았습니까?"

운정은 고개를 갸웃했다.

"악마화 주문이요?"

"흥. 모른 척할 겁니까? 난 당신의 눈동자 위로 떠오른 연보랏빛을 분명히 봤습니다. 그런데도 마치 무공 하나만으로 이 모든 것을 해낸 것처럼 연기할 생각은 마시지요."

"무슨 소리를 하는지 모르겠군요."

"……."

데란은 아무런 말도 할 수 없었다.

운정이 정말로 모르는 듯 보였기 때문이다.

이내 운정이 말했다.

"전에 분명히 경고했습니다. 신무당파 제자의 일족을 건들지 말라고 말입니다. 하지만 테라 학파에선 제 경고를 무시하고 그 안에 잠든 테라를 도둑질하려고 들었습니다."

"개척이겠지요. 무주지에 있는 자원을 가져가는 것이 어떻게 도둑질입니까?"

"엄연히 주인이 있는 것입니다. 제가 말씀드렸지 않습니까? 그때는 몰랐다 해도, 지금은 모를 수 없습니다."

"하하하, 운정 도사. 참으로 우습기……."

스륵.

영령혈검의 모습이 잠깐 흐려졌다가 되돌아왔다.

그리고 데란은 오른손이 순간 가벼워진 것을 느꼈다.

그가 눈길을 돌리니 지팡이가 반 토막이 나 있었다.

"……"

운정이 말했다.

"지금은 당신의 죄를 논하는 자리가 아닙니다. 당신의 죄를 판결하고 심판하는 자리입니다. 저는 당신에게 충분한 기회를 주었습니다. 충분한 경고 또한 했습니다. 그러나 당신은 제 말을 무시했고 신무당파 제자의 것을 탐내었습니다. 이에 신무당파의 마스터로서 당신을 처벌하겠습니다."

데란은 비아냥거렸다.

"재밌군, 재밌어. 뭐, 좋습니다. 힘의 우위를 점하였으니, 마음대로 하십시오. 어차피 난 반항하지 못할 테니."

"그렇습니다. 당신은 반항하지 못할 겁니다."

"……."

운정은 메시지 마법을 통해 테라 학파 모든 마법사들에게 말을 전했다.

[나는 신무당파의 개파조사인 운정이라 한다. 테라 학파는 신무당파 제자의 보금자리를 침범했을 뿐 아니라 그 소유를 탐내어 이 참담한 짓을 저질렀다. 이에 신무당파는 테라 학파에게 두 가지를 요구하겠다. 첫째, 이 늪지대를 다시 숲으로 원상 복귀시킬 것. 둘째, 그 일이 끝나기까지, 학파의 책임자가 신무당파에 머무를 것. 이는 동의를 구하는 것이 아닌 선포이다. 만약 이 요구대로 행하지 않는다면, 이 사태의 책임자인 테라 학파의 마스터 데란은 처형될 것이고, 같은 요구가 다음 책임자에게 넘어갈 것이다. 이는 첫 번째 요구가 이행될 때까지 이어질 것이며, 만약 마지막 한 사람까지 이것이 이어진다면, 테라 학파의 존속을 위해서 특별히 자비를 베풀어, 그 한 사람은 풀어 줄 것이다.]

이 말은 들은 모든 테라 학파의 마법사들은 아무런 대꾸도 하지 않고 데란을 바라보았다.

데란은 이를 바득 갈더니 나지막하게 말했다.

"좋습니다. 이행하지요."

"메시지 마법으로 모두에게 말씀하십시오. 지금 당장 이행해야 할 겁니다."

데란은 곧 주문을 읊조리더니 이내 메시지 마법을 시전했다.

[그의 말대로 하거라.]

그가 그렇게 모두에게 메시지를 전하자, 운정이 데란에게 말했다.

"점혈을 하겠습니다. 가만히 서 계십시오."

운정은 영령혈검을 거두었다.

그런데 그때 데란의 눈에 살기가 번뜩였다.

"죽여라!"

그의 말이 끝나기 무섭게 그의 가슴팍에서 엘리멘탈 하나가 튀어나왔다.

그리고 그 입에서 바람과 흙의 기운을 운정을 향해 토해 냈다.

너무나 갑작스러운 공격.

그것은 마법을 시전한 것이 아닌, 엘리멘탈의 순수한 공격이기에 드래곤본도 막을 수 없었다.

그것이 운정의 얼굴을 덮으려는 그 순간.

운정의 가슴에서 실프와 노움이 나타났다.

그들은 양손을 뻗었고, 이에 데란의 엘리멘탈이 쏘아 보낸 바람과 흙의 기운을 각각 빨아들였다.

"……"

"……."

데란의 엘리멘탈은 고통스러운 표정으로 데란을 올려다보았다. 그러나 데란은 굳은 표정으로 계속해서 명령했다.

"더! 더!"

운정은 더 이상 가만히 있을 수 없었다.

스릉.

영령혈검이 데란의 목을 깨끗하게 지나갔다.

데란은 무릎을 꿇었다.

그리고 그의 목이 땅에 떨어졌다.

데란의 엘리멘탈이 눈을 들어 운정을 보았다.

실프도 아니고 노움도 아닌 그것은 너무나 슬픈 눈빛을 하고 있었다.

운정이 영령혈검을 손에서 놓자, 그것이 부유하여 등 뒤에 매달렸다.

"미안하다."

운정은 양손으로 그 엘리멘탈을 어루만졌다.

그러자 그 엘리멘탈은 이내 노움으로 되돌아갔다.

그렇게 데란의 생명이 끊어지자, 동시에 노움의 모습 또한 흐려졌다.

노움의 마지막 표정에는 행복이 가득했다.

테라 학파의 모든 마법사가 경악한 표정으로 바라보는 가

운데, 운정은 메시지 마법으로 모두에게 말했다.

[다음 책임자는 제 앞으로 오십시오. 내가 전에 당신의 얼굴을 본 것을 잊지 마시고. 당신은 일이 진행되는 동안 신무당파 내에 구금될 것입니다.]

그의 명령은 모든 마법사들 마음에 깊은 두려움을 불어넣었다.

다음 사람이 나오기까지는 그리 오랜 시간이 걸리지 않았다.

                    *   *   *

"레, 렉크 백작?"

"아버지!"

머혼과 애들레이드는 동시에 자리를 박차고 일어났다. 하지만 그들의 입에서 나온 목소리는 판이하게 달랐다.

과거 해적을 무자비하게 토벌하며 수없이 많은 사람들을 죽음으로 내몰았던 렉크 백작은 그 상어와도 같던 젊은 날을 절로 연상시키는 눈빛을 하고 있었다. 모든 이가 숨을 죽이고 있으니, 그가 한 걸음을 내디딜 때마다 울리는 발소리만이 의회장에 울릴 뿐이었다.

뚜벅.

뚜벅.

뚜벅.

그 발소리가 마치 머혼의 심장을 옥죄는 듯, 그의 얼굴이 일그러지기 시작했다.

그는 로드윈 앞에 섰다.

로드윈이 두려운 눈길로 그를 올려다보는데, 렉크가 으르렁 거리듯 말했다.

"여긴 네 아버지가 의회원이 되기도 전부터 내 자리였다. 로 드윈 주니어."

로드윈은 몸을 한차례 부르르 떨더니, 자기도 모르게 얼른 그 자리에서 일어났다.

렉크는 태연히 그 자리에 앉더니 애들레이드를 향해 미소 를 지었다. 그러자 애들레이드의 얼굴 위에 쓰인 얼음 가면이 녹아내려 그녀의 눈물이 되었다.

머혼은 마른침을 삼켰다. 초인적인 인내심으로 모든 감정 을 억누르고 냉정하게 사태를 파악했다.

렉크가 살아 돌아온 것은 예상외다.

하지만 그가 홀로 무엇을 할 수 있을까?

머혼은 여유를 되찾으며 미소 지었다.

"늦었지만 투표에 참여하시지요, 렉크 백작. 렉크 백작 한 명으로 인해 투표 결과가 얼마나 뒤바뀔지는 모르겠지만 말입니다."

그런데 그때, 다수의 발소리가 들리기 시작했다.

저벅저벅.

저벅저벅.

수십 명에 달하는 델라이의 귀족들이 의회장 안으로 쏟아져 들어왔다. 그리고 의회장에 빈 의석을 점차 채워 나가기 시작했다.

그들은 한때 욘토르 백작을 따라 머혼에게 반기를 들었던 귀족들로, 내전으로 인해 성과 영지를 잃어버린 영주들이었다.

누구는 팔이 없었고, 누구는 다리를 절었다. 누구는 눈이 뽑혀 있었으며, 누구는 얼굴에 화상 자국이 가득했다.

하지만 그들 모두 렉크와 동일한 눈빛을 하고 있었다.

"이, 이럴 수가."

"어, 어떻게?"

원래 앉아 있던 귀족들이 믿을 수 없다는 듯 웅성거렸다.

렉크는 천천히 손을 들었다.

그러자 새로 들어온 모든 귀족들이 손을 들었다.

그들은 모두 한목소리로 말했다.

"아이(Aye)!"

렉크는 마치 그들에게 호응하듯 말했다.

"아이(Aye)."

머혼의 얼굴이 더 이상 구겨질 수 없을 만큼 구겨졌다.

그때 소로우가 자리에서 벌떡 일어나더니 말했다.

"그럼 계수하도록 하겠습니다. 계속해서 손을 들어 주십시오. 제가 이름을 말하면, 손을 내려 주시면 됩니다. 안(An) 네드발 자작, 트와(Twa) 헬턴트 자작, 타레오(Threo) 퍼시발 백작, 페오와로(Feower) 네리아 백작, 피프(Fif) 아프나이델 백작……"

"소, 소로우 백작! 무슨 짓인가!"

머혼의 불타는 눈길에도 불구하고 소로우는 태연하게 계수를 모두 끝마쳤다.

그는 마지막에 방긋 웃음까지 지었다.

"이상 의회의 26%가 찬성했으니, 여왕께서 머혼 섭정의 섭정권을 회수합니다."

이에 애들레이드가 앞으로 나왔다.

머혼이 마치 잡아먹을 듯 그녀를 바라보자, 애들레이드가 살짝 움츠러들었다. 하지만 그녀는 곧 저 앞에서 자신을 따스한 눈길로 바라보는 렉크의 시선을 느꼈다.

아버지의 온화한 얼굴을 보자, 모든 두려움이 한번에 날아가는 듯했다.

그녀는 숨을 깊게 들이마시고는 자신 있게 입을 열었다.

"델라이 여왕으로서 명령합니다. 델라이의 모든 귀족은 지금 이 시각 이후로 내전을 중지하고, 내전으로 빼앗은 영토를 본래의 영주들에게 돌려주며, 서로를 향하여서 칼을 겨누는 어떠한 행위도 금지하겠습니다."

"……"

"……"

"의회원 여러분들, 지금까지 델라이가 이토록 분열된 적은 없습니다. 어째서입니까? 이는 델라이 출신이 아닌 제국에서 온 귀족이 델라이를 이끌었기 때문입니다. 델라이를 분열시켜 제국의 먹이로 전락시키기 위함입니다. 남편과 자식을 잃은 슬픔으로 인해 이것을 꿰뚫어 보지 못하고, 머혼 백작을 섭정으로 임명한 제 잘못도 분명히 있습니다. 그러나 이 모든 참담한 사태의 책임은 단언컨대 머혼 백작에게 있습니다."

"……"

"……"

"이에 머혼 백작의 작위를 거두고 그를 델라이에서 추방하도록 하겠습니다."

애들레이드는 그렇게 말한 뒤, 다시 뒷자리로 가서 앉았다.

그녀의 표정에 안도감이 찾아왔다.

밤새도록 외우고 연습했던 마지막 대사를 외치고 나니, 온몸에 긴장이 풀린 것이다.

이에 소로우 자작이 자리에서 일어나 모두에게 말했다.

"우리는 모두 실수합니다. 저 또한 머혼 백작을 따르는 실수를 하였습니다. 하지만 그는 델라이를 발전시킬 위인이 아닙니다. 여왕님께서 말씀하신 것처럼, 델라이를 분열시키고 멸망으로 이끌 위인입니다. 내전을 통해서 영지를 두 배로 늘렸습니까? 영지민을 세 배로 늘렸습니까? 좋습니다. 이제 곧 제국의 침공을 받아 그 모든 것을 내놓게 될 것입니다! 그러니 이제는 다시 하나가 되어야 할 때입니다. 눈앞의 욕심을 버리고 자신의 잘못을 뉘우치며 함께 앞으로 나아가 델라이를 회복해야 합니다."

"……."

"……."

"맞습니다. 이미 벌어진 참혹한 일에 대해선 어쩔 수 없습니다! 하지만 그 모든 악은 바로 저 머혼 백작으로부터 출발했다는 사실을 잊지 마십시오! 저자가 모든 이의 마음에 악을 불어넣고 서로를 향하여 칼을 겨누게 만들었습니다. 그러니 친애하는 의회원 여러분. 이 위기의 시기에 서로를 용서하고 다시금 하나가 되어, 우리 모두의 국가인 이 델라이를 지켜내야 합니다."

침묵이 찾아든 의회장.

모든 이의 시선이 절로 머혼을 향했다.

머혼은 그 고요함 속에서 자신의 코를 한 번 비볐다.

그리고 입술을 한 번 핥았다.

머혼이 말했다.

"여왕님, 그리고 소로우 자작. 여러분들께는 죄송하지만, 방금 있었던 투표는 무효입니다. 렉크 백작을 따라 새로 들어오신 귀족들께서는 과거 자기 발로 이 의회장을 나가셨던 분들입니다. 저들에게는 투표권이 없습니다. 그러니 투표권이 있는 귀족들로 다시금 투표를 해야 합니다."

이 말에 로드윈과 린덴이 큰 소리로 외쳤다.

"맞습니다!"

"그렇습니다!"

그 말에 본래부터 앉아 있었던 귀족들에게서 소란이 일기 시작했다.

그들은 모두 머혼을 등 뒤에 업고 내전을 일으켜 영지를 넓힌 자들이다. 다시 말하자면, 내전에서 패배한 귀족들과는 이미 철천지원수가 되었다는 것이다.

그런데 만약 그들이 다시 복귀한다면?

애써 승리하여 얻은 영지를 도로 토해 내야 한다면?

생각과 판단이 빠른 귀족들은 자리에서 일어나 머혼의 편을 들기 시작했다.

"맞습니다! 저들은 델라이의 귀족이 아닙니다!"

"반란자들을 이 의회장에서 몰아내고 재투표를 진행합시다!"

그 말에 렉크가 자리에서 일어났다. 그리고 천천히 머혼이 서 있는 단상에 올라섰다.

그는 머혼을 한 번 흘겨본 뒤, 모든 귀족들을 향해서 말했다.

"난 렉크 백작이다! 모두 내 말을 들어 보아라!"

대담한 하대였지만, 감히 이를 지적하는 사람은 아무도 없었다.

의회장이 점차 조용해지자, 렉크는 품속에서 두루마리 하나를 꺼내 펼쳤다. 그것은 그의 팔에서부터 떨어져 바닥에 닿고도 몇 바퀴나 구를 정도로 길었다.

그곳엔 먼저 검은 잉크로 쓰인 문장 몇 개와, 그 아래로 붉은색의 서명들이 즐비했다.

"오늘 나와 함께 의회장에 들어온 귀족들은 모두 신 앞에 맹세했다. 원래의 영지를 되찾고 그 영주로서 다시금 세워진다면, 내전으로 인해 생긴 모든 일에 대해서 어떠한 앙금도 품지 않겠노라고. 머혼의 악의에 물들어 먼저 공격한 이들을 모두 용서하겠노라고. 모두 자신의 피로 자신의 이름을 서명했다."

"……"

"……"

"그러니 한때나마 머혼을 따랐던 귀족들이여, 내 말을 들으라. 나 또한 자네들과 같은 입장이었다. 나 또한 내 영지와 내 딸을 보호하고자 그를 따랐다. 하지만 그 잘못된 결정들을 모두 다시 만회할 수 있는 기회가 주어졌다. 서로가 서로를 사랑하고 용서함으로 분열되었던 델라이가 다시 하나가 될 수 있는 길이 여러분들의 눈앞에 제시된 것이다."

"……"

"……"

"우리는 야만인들이 아니다. 우리에겐 존엄성이 있다. 우리는 우리가 하는 맹세를 지키며 우리의 의무와 책임을 저버리지 않는다. 그러니 델라이의 모든 귀족들에게 강력하게 호소한다. 사랑함으로 서로의 잘잘못을 덮고, 다시금 하나가 되자."

그 짧은 연설 앞에 누구 하나 쉽사리 말을 꺼내지 못했다.

하지만 귀족들의 얼굴빛이 점차 변하기 시작했다.

그들 중에는 자식 간의 혼사가 오가던 귀족 집안을 침공한 자들도 있었다. 어릴 적부터 교류하며 친하게 지내던 친우에게 칼을 빼 든 자들도 있었다. 그뿐만 아니라 혈연관계로 이어진 형제의 영토를 뺏으려 한 자도 있었다.

렉크의 말은 그들 모두가 끝까지 억누르려 했던 양심을 다시금 살렸고, 그들의 죄를 낱낱이 생각나게 했다.

그들의 표정에는 죄책감이 떠올랐고, 그들의 눈빛에는 후회가 떠올랐다.

　이 확연한 변화는 그들 앞에 서 있는 머혼에게 너무나 뚜렷이 보였다.

　"그, 그래. 머, 머혼 백작만 아니었으면 저, 전쟁을 시작하지도 않았을 겁니다. 안 그렇습니까, 모두들?"

　"마, 맞습니다. 델라이 왕권이 흔들리게 되고 이를 델라이 출신도 아닌 이방인 머혼 백작이 찬탈하니, 델라이가 분열된 것입니다!"

　"렉크 백작의 말씀이 맞습니다. 머혼 백작이 아니었다면, 애초에 내전이 일어날 이유가 없지요!"

　"저는 제가 빼앗은 영지를 다 돌려 드리겠습니다! 뿐만 아니라 보상금을 따로 마련함으로 제가 저지른 죄를 진심으로 뉘우치겠습니다! 애들레이드 왕비님! 제 진심을 알아주시길 바랍니다!"

　"이 모든 것은 다 우리를 인도해 줄 머리가 없었기 때문입니다. 하지만 이젠 여왕이 세워졌습니다. 델라이를 사랑하는 진정한 여왕 말입니다!"

　다들 어설픈 미소를 지어가며 서로를 위로하기 급급했다.

　그때, 그 모든 말들을 뚫어 버리는 웃음소리가 있었다.

　"하하, 하, 하하하."

그 웃음은 모든 귀족들의 마음을 철렁이게 만들었다.

머혼은 계속해서 웃었다.

"하하핫, 크하하, 크하하, 크하하하! 크하하하하!"

미친 듯이 웃었다.

그는 양손으로 자신의 얼굴을 가렸지만, 그의 광소까지 가리진 못했다.

"크하하하! 크하하하! 하하하하! 크하하하!"

의회장은 곧 그의 웃음만이 가득했다.

그렇게 한참을 웃은 머혼은 양손을 내렸다.

그 얼굴에는 경멸만이 남아 있었다.

"이 얼마나 더럽고 추하기 짝이 없는 인간들인가? 응? 아무런 대가도 지불하지 않고 용서받을 수 있게 되니까, 지금까지 욕심에 굴복하여 필사적으로 죽이던 양심이 슬그머니… 크흐흐. 스리슬쩍 그렇게 고개를 들더냐? 그런 것이야? 크하하, 크하하하."

"……."

"……."

머혼은 고개를 흔들며 말을 이었다.

"이웃을 침공한 것도 너희들의 의지고, 그곳의 기사들과 마법사들 그리고 영지민까지 죽인 것도 너희들의 의지고, 또 이웃 귀족을 죽이고 처형하고 추방한 것도 너희 의지다. 그런데 이제 와서 그 모든 것이 나의 탓이라 돌린다고 해서, 너희 죄가 사라지리라 믿느냐? 크하하하, 크하하하."

"……."

"……."

머혼은 단상 아래로 내려가며 말을 이었다.

"내가 졌다, 내가 졌어. 렉크 백작, 내 익히 인간이 추하다는 건 잘 알고 있었지만, 이토록 추할 줄은 몰랐어. 욕심에 휘둘려 무슨 짓이든 할 수 있을 정도로 추하다는 건 알았지만, 아무 대가 없이 모든 것을 용서받을 수 있다면 금세 모든 죄를 자복하고 바짝 엎드릴 정도로 추할 줄은 몰랐다고. 그래서 내가 진 것이야. 인간의 악의를 거기까지 보지 못한 내 잘못이지."

그러자 렉크가 차갑게 일렀다.

"이대로 도망갈 수 없을 것이다, 머혼."

머혼은 그 말을 무시하더니 천천히 문가로 걸어가서, 문고리를 잡았다.

"됐어. 됐어. 어차피 스페라와 운정 도사가 없다면야, 무서울 건 없으니까."

그는 앞문을 활짝 열었다.

운정이 그에게 포권을 취했다.

"안녕하십니까, 머혼 백작님."

머혼의 두 눈이 지진이라도 난 듯 크게 흔들렸다.

그가 눈길을 돌려 운정의 뒤를 살폈다.

수십의 흑기사들이 복도 위에 아무렇게나 널브러져 있었다.

머혼이 씹어 내뱉듯 말했다.

"데란, 이 쓸모없는 것."

그가 몸을 돌려 애들레이드 쪽을 보았다.

그곳엔 아시스와 세 제자가 애들레이드 주변에 호위하듯 서 있었다. 그들은 모두 검을 뽑아 든 채로 머혼을 경계하고 있었다.

머혼이 큰 소리로 외쳤다.

"아시스! 여왕을 죽여! 그러면 끝날 일이다!"

아시스는 고개를 저었다.

"아버지."

"아시스!"

"아버지."

"……"

"그만하세요. 아버지답지 않아요."

머혼은 곧 허탈한 표정을 지었다.

그는 이를 한번 부득 갈더니, 곧 고개를 푹 숙였다.

꽉 쥔 그의 두 주먹이 그의 기분을 잘 대변하고 있었다.

아시스는 천천히 머혼에게 다가왔다. 그는 운정을 향해서 눈인사를 하고는 머혼의 귓가에 입을 가져가며 말했다.

"이제 좀 제가 머혼스러운가요, 아버지?"

그 말을 듣자, 머혼의 입가에 한 줄기 미소가 그려졌다.

"그래, 부정할 수가 없구나. 네가 진정한 머혼이다."

이때, 애들레이드가 큰 목소리로 말했다.

"아시스 장군, 그를 체포하여 감옥에 수감하세요. 그에 대한 처벌은 이후 논의할 것입니다."

아시스는 고개를 한 번 끄덕인 뒤, 머혼에게 말했다.

"따라오세요, 아버지. 포박하고 싶진 않으니."

아시스가 앞장서 의회장을 나가자, 머혼은 눈을 감고 한숨을 쉬었다. 그러곤 곧 그녀를 뒤따라갔다.

그가 운정을 지나쳐 가는데, 운정이 그에게 물었다.

"스페라 스승님은 어디 있습니까?"

머혼이 우두커니 멈춰 섰다.

하지만 곧 다시 걸음을 내디디며 말했다.

"마법 감옥 가장 밑바닥에 있습니다. 며칠 동안 식사조차 제대로 못 하셨으니, 얼른 가서 구하셔야 할 겁니다."

그 말에 운정은 즉시 제운종을 펼쳤다.

그 뒷모습을 바라보는 머혼의 눈길에 한 줄기 빛이 번뜩였다.

*　　　　　*　　　　　*

운정이 마법부에 들어섰다.

그 넓은 곳에는 한 마법사만이 홀로 앉아 있었다.

그는 힘없는 표정으로 운정을 돌아봤는데, 그의 두 눈은 완전히 빛을 잃은 상태였다.

"알비온 수석 마법사님."

알비온은 운정의 눈길을 회피했다.

"죄송합니다."

운정이 물었다.

"스페라 스승님이 안에 있습니까?"

알비온은 느리게 고개를 끄덕였다.

"흑기사 다섯이 스페라 백작님을 데리고 들어가는 걸 봤습니다."

"알겠습니다."

운정은 그를 지나쳐 마법 감옥 쪽으로 걸어갔다.

그가 막 들어가려는데, 알비온이 또다시 말했다.

"죄송합니다."

운정은 잠시 서 있다가, 곧 안으로 들어갔다.

안에 있는 철창문은 모두 열려 있었다.

어두컴컴한 원형의 감옥.

그 안에 들어서자 주변의 마나를 전혀 느낄 수 없었다.

기감으로 느껴 보니, 주변의 기는 완전히 멈춰 있었다.

운정은 영령혈검을 앞으로 뻗으며 그 안에 내력을 불어넣어 보았다. 그러자 내력을 넣는 즉시 증발하여 사라져 버렸다.

"노마나존(No Mana Zone)……."

운정은 어둠 속으로 빙 둘러 내려가는 계단에 한 발을 내디뎠다.

저벅.

저벅.

계속해서 내려가니 여러 층들이 나왔다. 하지만 모든 층계엔 아무것도 없었다. 전에 악존을 보러 왔을 때는 뭔지 모를 생명체들이 각 층마다 있었는데, 지금은 마나 감옥 전체가 텅텅 비어 있는 듯했다.

그는 그렇게 계속해서 내려갔고, 결국 마지막 층을 볼 수 있었다.

그곳엔 흑기사 다섯이 있었다.

검은빛을 내는 다섯 쌍의 눈빛은 그 안에 마기를 품고 있었다.

아무것도 보이지 않는 어둠 속에서 검은빛을 내뿜는 것도 이상하지만, 그것이 확연히 눈에 보이는 것 또한 무슨 조화인지 알 수 없었다.

한 가지 확실한 것은, 운정도 그들도 서로를 바라보고 있었다는 점이다.

탁.

계단에서 도약한 운정은 금세 바닥에 착지했다. 그러자 흑기사들은 방패를 들고 각자의 롱소드를 뽑아 그 위에 두는 형식으로 자세를 잡았다.

그들 뒤에는 동그랗게 몸을 말은 채 등을 보이고 누워 있는 스페라가 있었다.

흑기사들 중 중앙에 선 자가 말했다.

"난 그때의 패배에 감사했었다. 그로 인해 겸손을 배웠다고 생각했지. 하지만 그것은 패배자의 마음이었을 뿐이다. 내가 진정으로 느꼈어야 하는 감정은 분함이다. 그리고 강해지고자 하는 열망이어야 했어. 하지만 내 마음은 이미 완전히 꺾여서, 네게 굴복했기에 겸손함을 얻었다고 좋아라 했지. 지금 생각하면 왜 그토록 어리석었는지 모르겠어."

슬롯의 목소리 안에는 진득한 마기가 가득했다.

그 말이 끝남과 동시에 슬롯의 두 눈에서 연보랏빛이 떠올랐다.

그리고 네 명의 흑기사들 눈에도 연달아 연보랏빛이 떠올랐다.

스파르타쿠스의 두 눈이 절로 연상되었다.

"악마화 주문이 걸려 있군요."

그 말이 끝나기 무섭게 슬롯이 외쳤다.

"그뿐이랴! 블러드스톤을 통해서 마공까지 익혔다. 때문에 이 멜리시움 무구가 나무보다 가볍게 느껴지지. 넌 노마나존으로 인해 내력을 밖으로 발산하지 못한다. 네 육신을 강하고 빠르게 만드는 것밖에 할 수 없지. 하지만 이는 우리도 마찬가지. 악마화 주문과 마공을 통해서 널 충분히 따라잡을 수 있다."

"그 둘의 영향으로 반주화입마의 상태에 이르신 것 같습니다. 때문에 마성에 젖으셨군요. 하지만 말씀을 잘하시는 걸 보니, 지금이라도 늦지 않았습니다. 마법을 해제하고 단전에 박힌 블러드스톤을 떼어 내면 그나마 남아 있는 수명을 건질 수 있을 겁니다."

슬롯의 두 눈에서 마기가 더욱더 진해졌다.

"그렇게 살아서 무슨 의미가 있지? 네놈에게 패배한 채로 살아 있어 봤자 무슨 의미가 있냐는 말이다! 네놈에게 승리하지 않으면 더 이상 살아 봤자 의미가 없다!"

쿵-!

다섯 흑기사는 똑같은 움직임을 보이며 한 발을 내디뎠다.

그들은 당장에라도 돌진할 기세였다.

운정은 영령혈검을 앞으로 뻗으며 그에게 말했다.

"스페라 스승님을 순순히 넘겨주시지요. 그러면 생명을 보존하실 겁니다. 하지만 검을 내려놓지 않는다면, 신무당파의 객원장로를 건드린 대가를 똑똑히 치르게 될 겁니다."

슬롯은 피식 웃었다.

"설마 아직도 그녀가 살아 있다고 믿는 건가?"

운정의 눈이 크게 떠지는데, 슬롯은 방패를 앞으로 둔 채 그에게 돌진해 왔다.

그와 동시에 그의 양옆에 있던 다른 두 흑기사들도 그를 따라서 다가왔다.

멜라시움 방패 세 개가, 운정의 시야를 완전히 막았다.

운정은 훌쩍 뒤로 물러났는데, 공간이 협소한지라 결국 벽을 등지게 되었다.

"죽어라!"

슬롯이 방패 위로 멜라시움 롱소드를 깊게 찔러 넣었다. 마찬가지로 그의 양옆에 선 흑기사들도 똑같이 롱소드를 찔러 넣었다.

운정은 다리에 힘을 주고 위로 크게 도약했다.

하지만 위에는 이미 두 명의 흑기사가 그를 기다리고 있었다.

그들은 무려 풀 플레이드 멜라시움 세트를 입고, 사람의 키보다 높게 도약한 것이다.

운정은 영령혈검을 교차하듯 세워 방어해 냈다.

콰광-!

두 번의 충격음이 마법 감옥을 울렸다.

멜라시움의 무게도 무게지만, 악마화 주문과 마공으로 인해 강력해진 두 흑기사의 검격에는 수백 근의 무게가 고스란히 담겨 있었다.

공중에 떠올랐던 운정의 몸이 그대로 벽에 부딪혔다. 운정은 곧 자세를 잡아 벽을 차서 앞으로 영령혈검을 뻗었다.

하지만 영령혈검은 멜라시움 갑옷을 뚫어 내지 못했다.

아니, 정확히 말하면 그것을 그저 훅 지나가 버린 것이다.

아래에서 슬롯이 외쳤다.

"모두 공격!"

아래에선 세 검이, 위에선 두 검이 운정에게 쏟아졌다.

운정은 그의 단전에 자리 잡고 있는 두 정령에게 말했다.

[힘을 줘.]

실프와 노움은 그 즉시 순수한 건기와 곤기를 그에게 전달했다.

운정의 손에는 건기가 모여들었고, 그의 발에는 곤기가 모여들었다.

그러자 마치 누군가 잡아당긴 것처럼 운정의 몸이 바닥으로 추락했다.

때문에 흑기사들이 휘두른 다섯 개의 검이 허공을 가르게 되었다.

쿵-!

운정은 영령혈검을 역수로 들어 양손으로 부채꼴 모양을 만들었다.

그러자 그의 손에서 광풍이 생성되어 다섯 흑기사들에게

쏟아졌다.

휘이이잉-!

흑기사들은 그 바람에 의해 아무렇게나 뒤쪽으로 처박혔다.

하지만 슬롯은 바닥에 검을 박아 가며 견뎌 냈다.

그는 고개를 쳐들고는 믿을 수 없다는 듯 말했다.

"이게 무슨! 노마나존인데!"

운정은 그대로 앞으로 치달렸다.

그리고 발에 모든 내력을 담아 슬롯이 기대고 있는 롱소드의 검면을 차 버렸다.

쾅-!

멜라시윰과 인간의 육신이 충돌했음에도, 멜라시윰이 옆으로 찌그러졌다. 사실 멜라시윰이니 찌그러지는 데서 멈춘 것이지, 다른 물질이었다면 그대로 터져 버렸을 것이다.

무게 중심이 무너진 슬롯은 살짝 옆으로 기우뚱했다.

운정에게는 그 정도로도 충분했다.

운정은 슬롯의 품 안에 파고들더니, 왼손을 펼치며 그의 가슴에 꽂아 넣었다.

퍽-!

둔탁한 소리가 지하 감옥에 울렸다.

예로부터 권법은 뼈와 근육을 부수나, 장법은 그 속의 장기를 부순다고 했다.

운정의 팔괘장법(八卦掌法)은 그 속에 담긴 힘을 멜라시움 갑옷을 뚫고 슬롯의 가슴에 그대로 전달했다.

슬롯은 입에서 피를 토해 냈다.

"크하악."

그는 한쪽 무릎을 꿇을 수밖에 없었다.

운정은 그의 투구를 잡아 온 힘을 다해 뜯어 냈다. 그러자 투구가 벗겨지며 슬롯의 얼굴이 나왔다.

그의 두 눈은 퀭했고, 볼은 앙상했다. 입에서는 계속해서 핏물을 게워 내고 있었다. 하지만 그는 여전히 오른손에 검을 쥐고 있었다.

운정은 반쯤 접힌 그 검을 내려다보며 툭 하니 말했다.

"패배를 인정하십시오."

슬롯은 몇 번 더 기침을 하더니, 곧 큰 소리로 외쳤다.

"절대 그럴 수 없다!"

슬롯은 검을 버리곤 운정의 어깨를 확 붙잡았다.

그러곤 사방을 향해 고함쳤다.

"어서 공격해!"

막 자세를 잡고 일어난 네 흑기사들은 각자의 방패조차 버려두고 양손에 롱소드를 든 채 그에게 달려들었다.

슬롯은 비열한 웃음을 지으며 운정을 내려다보았다.

운정의 표정은 차갑기 그지없었다.

뭔가 잘못되었다는 걸 본능적으로 느낀 슬롯은 전신의 마기를 폭주시켰다. 그리고 온 힘을 양손에 쏟아부어 운정의 몸을 더욱 세게 붙잡았다.

하지만 그러면 그럴수록 운정의 몸에서 느껴지는 반발력이 더욱더 강력해졌다.

그리고 이내 그것은 슬롯의 모든 힘을 월등히 뛰어넘었다.

"아, 아니?"

운정은 양손으로 슬롯의 양 손목을 붙잡았다. 그리고 그대로 앞으로 한 발을 내디디며 슬롯의 몸을 위로 들었다. 그러자 마치 나무막대기라도 드는 것처럼 슬롯의 몸이 붕 떴다.

운정은 그대로 슬롯의 몸을 휘두르려 했다.

그런데 그때 그의 단전에 있던 실프와 노움이 그에게 말을 걸었다.

[우릴 믿어 봐요.]

[우릴 믿어 봐요.]

운정은 놀랄 수밖에 없었다. 싸움 중 그들이 먼저 말을 걸어온 것은 이번이 처음이었으니까.

운정은 그 즉시 슬롯을 몸을 앞으로 버렸다.

그리고 등 뒤에 둔 영령혈검을 뽑았다.

[믿어 보마.]

마나는 없었다.

기는 정지했다.

그의 모든 감각은 그렇게 말하고 있었다.

하지만 운정은 그 모든 감각을 무시했다.

그리고 오로지 그의 엘리멘탈만 믿고 영령혈검에 내력을 불어넣었다.

그 상태로 한 바퀴를 돌았다.

스윽.

검이 물 위로 지나가는 소리가 운정의 귓가에 작게 울렸다.

그리고 그 뒤로 날카로운 바람 소리가 뒤따랐다.

파앙-!

네 흑기사는 순간 자신의 몸을 통과하는 따뜻한 바람에 영문을 알 수 없었다.

단 한 가지 확실한 것이 있다면, 몸이 갑자기 멈춰 서서 도저히 움직여지지 않는다는 점이다.

찰나 후, 네 흑기사들은 모두 뒤로 쓰러졌다.

쿵-! 쿠웅-!

묵직한 소리가 연달아 울렸다.

이를 똑똑히 본 슬롯은 믿을 수 없다는 듯 고개를 흔들었다.

"거, 검기를… 검기를?"

운정은 차분한 눈길로 영령혈검을 내려다보았다.

방금 그 감각은 무엇이었을까?

이내 그는 그 기분을 떨쳐 냈다.

해야 할 일이 있었기 때문이다.

운정이 단조로운 목소리로 말했다.

"가만히 있으십시오. 그럼 그나마 남은 수명을 보존할 것입니다."

"……."

슬롯은 아무 말도 하지 못했다.

운정은 영령혈검을 등 뒤에 넣었다.

그리고 천천히 스페라에게 다가갔다.

몸을 동그랗게 만 상태로 미동조차 없는 스페라.

운정은 그녀 앞에 앉았다.

그리고 손을 뻗어 그녀의 맥을 짚었다.

맥이 뛰지 않는다.

"내가 받았을 때부터 이미 죽어 있었다."

맥이 뛰지 않는다?

"머혼 백작은 네가 순진한 걸 알았어. 스페라가 여기 있다고 말하면 무조건 오리라는 것을 알았지."

맥이 뛰지 않는다.

"그래서 죽일 수 있었던 거야. 네가 철두철미하다고 생각했다면 죽이지 못했겠지. 살아 있다는 증거를 요구했을 테니까."

맥이 뛰지 않는다!

"탓하려거든 네 거만함을 탓해라, 운정 도사. 그것이 스페라를 죽인 것이니까. 노마나존 안에서 바람을 일으키고 검기를 쓰다니… 그것만 아니었어도 내가 승리했을 텐데 말이야."

움직이고 싶지 않다.

숨도 쉬고 싶지 않다.

생각하는 것도 싫다.

모든 것이 귀찮다.

왜 그리 일일이 따졌을까?

왜 그리 하나하나 재단했을까?

선이 뭐 그리 중요하다고?

기준이 뭐 그리 중요하다고?

그것이 아무리 중요하다고 한들, 스페라만큼이나 중요한가?

운정은 자리에서 일어섰다.

그리고 자신의 영령혈검을 내려다보았다.

[안 돼.]

[안 돼.]

시끄럽다.

듣고 싶지 않다.

운정은 영령혈검을 꽉 쥐었다.

그리고 천천히 슬롯을 향해 다가갔다.

슬롯은 웃었다.

"그래, 날 죽여라, 운정 도사. 날 죽여!"

운정은 영령혈검을 높게 들었다.

그리고 슬롯을 향해 휘둘렀다.

"운정? 운정 맞지?"

쾌활한 목소리.

영령혈검이 공중에 멈췄다.

운정의 몸이 사시나무처럼 떨리기 시작했다.

그는 믿을 수 없다는 표정으로 고개를 돌렸다.

막 몸을 일으키는 스페라가 그를 바라보고 있었다.

운정이 중얼거렸다.

"어, 어떻게?"

스페라는 기지개를 켜듯 양손을 위로 뻗었다.

"아휴. 내 패밀리어 도플갱어 알잖아? 위기의 순간에 걔랑 바꿔치기했지. 도플갱어를 내 모습으로 바꾸고, 난 아스트랄(Astral)에 가 있었어. 그런데 다시 돌아올 기회를 안 주는 거야. 노마나존에 넣어 놓고 꺼내질 않으니, 내가 다시 와도 할 수 있는 게 없잖아? 그런데 그러다가 네 손길을 느낀 거야. 네가 내 패밀리어를 만진 그 순간 딱 알았지. 이건 운정 이라고. 그런데… 우, 운정?"

운정은 스페라가 말하는 사이 어느새 그녀 앞에 다가와 있었다.

스페라가 당황하는데, 운정이 양손을 뻗어 그녀를 확 끌어

안았다.

"스페라, 살아 있었군요."

"우, 운정? 너? 우, 우는 거야?"

운정은 더 이상 말하지 않았다.

그저 스페라를 안은 채로 그녀를 놓아주지 않았다.

놀람이 가득했던 스페라의 얼굴에 차츰 따뜻함이 차올랐다.

그녀는 손을 들어 운정의 등을 쓸어내려 주었다.

천천히.

그리고 곱게.

『천마신교 낙양본부』 21권에 계속…